云南省哲学社会科学创新团队成果文库

文学理论的
实践视域

The Practical Horizon of
Literary Theory

张永刚 著

社会科学文献出版社
SOCIAL SCIENCES ACADEMIC PRESS(CHINA)

《云南省哲学社会科学创新团队成果文库》
编辑说明

　　《云南省哲学社会科学创新团队成果文库》是云南省哲学社会科学创新团队建设中的一个重要项目。编辑出版《云南省哲学社会科学创新团队成果文库》是落实中央、省委关于加强中国特色新型智库建设意见，充分发挥哲学社会科学优秀成果的示范引领作用，为推进哲学社会科学学科体系、学术观点和科研方法创新，为繁荣发展哲学社会科学服务。

　　云南省哲学社会科学创新团队 2011 年开始立项建设，在整合研究力量和出人才、出成果方面成效显著，产生了一批有学术分量的基础理论研究和应用研究成果，2016 年云南省社会科学界联合会决定组织编辑出版《云南省哲学社会科学创新团队成果文库》。

　　《云南省哲学社会科学创新团队成果文库》从 2016 年开始编辑出版，拟用 5 年时间集中推出 100 本云南省哲学社会科学创新团队研究成果。云南省社科联高度重视此项工作，专门成立了评审委员会，遵循科学、公平、公正、公开的原则，对申报的项目进行了资格审查、初评、终评的遴选工作，按照"坚持正确导向，充分体现马克思主义的立场、观点、方法；具有原创性、开拓性、前沿性，对推动经济社会发展和学科建设意义重大；符合学术规范，学风严谨、文风朴实"的标准，遴选出一批创新团队的优秀成果，根据"统一标识、统一封面、统一版式、统一标准"的总体要求，组织出版，以达到整理、总结、展示、交流，推动学术研究，促进云南社会科学学术建设与繁荣发展的目的。

编委会

2017 年 6 月

目录
CONTENTS

自　序　/　001

第一章
实践走向

一　文学理论与文学实践　/　007

远离实践的理论状态　/　007

理论逻辑与实践特性　/　009

历史原因与外来影响　/　014

走向文学实践的方式　/　017

二　基本思路与现状反思　/　023

三个认识与理论自觉　/　023

历史状态与现实处境　/　026

第二章
范畴开掘

一　"意识形态"与文学本质　/　039

文学特性与意识形态知识谱系　/　039

文学与意识形态的关联　/　043

意识形态是文学的一种价值　/　048

二　"意识形态"与理论姿态　/　051

作为问题的文学意识形态性　/　051

审美与意识形态性　　/　054

文学表现方式与意识形态　　/　056

三　文学理论研究对象思辨　　/　060

文学理论研究对象的确定　　/　060

理论品质对研究对象的限制　　/　066

几种应该关注的观点　　/　070

四　形态认识与理论自觉　　/　071

文学理论形态的构成　　/　073

对文学理论基本形态的认识　　/　076

第三章
原理反思

一　话语方式　　/　081

独特的文学理论话语方式　　/　081

话语方式的历史与现实状态　　/　083

文学理论话语方式的内质　　/　087

二　知识、方法与思维　　/　092

与教学紧密相连的文学理论　　/　092

学科特性与教学实践矛盾　　/　096

知识、方法和思维的关联　　/　099

三　学科定位与特点　　/　104

学科定位　　/　104

学科特点　　/　107

四　理论历程　　/　109

中国文论发展脉络　　/　109

西方文论发展脉络　　/　113

马克思主义文论概要　　/　119

第四章
理论演进

一　"言意论"　/　126

中国古代言意关系探讨　/　126

言意论的内在价值　/　132

二　"范式"　/　139

"范式"对文学理论产生的影响　/　140

从"范式"看中国当代文学理论　/　144

范式建构的价值与可能　/　149

三　"形式主义"　/　155

形式主义文论的内在逻辑　/　155

形式主义文论的发展过程　/　157

形式主义文论终结的原因　/　163

四　现当代文学观念　/　172

现当代文学观念局限　/　172

文学观念的拓展路径　/　174

后现代提供的动力　/　175

多民族文学构建的基础　/　178

五　诗歌方式　/　181

诗歌是一种什么方式　/　181

个人和时代的精神　/　184

第五章
现象关注

一　新时期文学理论　/　191

问题：丰富、单一与偏狭　/　191

导因：观念忽视与实践遮蔽　/　194

思路：理论价值寻找　/　198

前景：学派化多样共存　/　202

二　在实践中生长的理论　/　206

　　课堂与学科　/　206

　　实践与逻辑　/　208

三　中西方文论交流与融汇　/　213

　　西方文论资源　/　213

　　理论创新诉求　/　215

　　关注中国文学现实　/　217

四　影视艺术亚文化形态　/　219

　　起点：与传统艺术的差异　/　220

　　条件：与现代文化的认同　/　225

　　意义：价值功能及其释放　/　229

第六章
地方资源

一　从边缘到中心　/　236

　　开启当代云南民族文学研究　/　236

　　主要倾向与不足　/　238

　　省外的研究与贡献　/　245

　　发展方向及理论设想　/　249

二　富有特色的研究　/　253

　　丰富的研究状态　/　253

　　鲜明的地域特色　/　256

三　地方化研究的价值　/　259

　　理论意义　/　259

　　研究深化　/　263

四　城市文化与文学　/　265

　　城市：想象中的世界　/　266

　　边疆城市文化　/　273

后　记　/　284

自　序

　　文学理论来自文学实践，最终又必须回到文学实践，这是文学理论构建的基本常识。文学理论对文学的后释与先导功能，正是由理论的这种基本状态决定的。换言之，有力地阐释文学作品与文学活动的价值，并为即将展开的文学创作提供观念启示和方法引导，这是文学理论的活力之源。当然，作为一种"理论"，文学理论在自我生长和内在逻辑完善的过程中，会受到种种误导，以至于会一定程度偏离那个基本价值起点。事实上，在许多历史时期，文学理论确实或多或少忽视了它所应该植根并归依的文学实践世界，成为孤寂的理论之旅，或者芜蔓的理论王国。为理论而"理论"而不是为文学而"理论"的情形并不鲜见，在这种状态中，文学理论话语方式显示出巨大而特别的文化区隔，其中优劣参半，长处与不足都体现出丰富的文化意义，有着值得深入探讨的原因。

　　在笔者粗浅的理论思考中，我一方面关注文学理论对文学实践的切入，渴望理论在实践层面展现出巨大力量；另一方面又肯定理论自我完善的方式，理解理论在抽象过程中离开现象世界所形成的内在活力。这个看似矛盾的心态，使我总是力图在文学理论内部与外部寻找其逻辑自洽的规律和方式。可以肯定，我因此置身于一个复杂的世界。这项工作实际上是要求对文学理论进行更高层次的理论审视，它需要具有完成这种工作的理论方式。在这个层面上，笔者感觉理论的视域扩大了，与此同时，它所面对的实践的形式和意义也扩大了。它不仅涉及作为对象的文学活动，也涉及文学理论本身的发展过程。文学理论用巨大的建构之力显示出自我成长的实践意义。它使我们相信，文学理论的实践视域既是一个丰富的现象领域，更是一个重要的理论世界。

在这里，首要问题是构建文学理论走向实践的基本观念和思路，同时更应注重基本范畴的开掘与拓展，注重原理的自律与延伸，并在理论的深化或变化过程中理解、把握它对实践的融入方式，当然，有时则是更为奇特的分离方式；至于现象世界的丰富内容，并不全都具有天然的阐释价值，只有提供了有利于理论逻辑完善的佐证，或者强化了逻辑内在力量的现象，才可能成为值得珍视的理论因素，具有进入理论抽象过程进行整合融会的资格。譬如近年受到越来越多关注的地方文学资源就是这样，它们对丰富、拓展文学观念和文学理论思维起到了积极作用，使当代文学理论观念与形态得以不断丰满，并促成了文学理论的中国韵味，因此必然成为文学理论实践视域中的亮点，甚至可以说是最光彩的部分。在笔者的理解里，地方文学资源是一个宽广的领域，它包含了多民族多区域文学，也包含着现当代城市生活中的市民文学和形形色色的通俗文化。过去，这类具有中国本土特点的文学因素长期被忽视被过滤，很难成为中国现当代文学理论的资源和养分，这是文学理论建设的一大憾事。在本书里，笔者侧重突出中国多民族多区域文学的丰富状态及其价值，肯定它对中国现当代文学观念和文学理论建设所产生的重要作用，因为我坚信，中华民族的文学，应该是幅员辽阔的统一的多民族国家的文学，而不应仅仅定位为单一的精英文学和主流文学。既如此，中国文学理论的实践走向，如果将它视为重要的阐释与旨归之一，所能获得的将是一个巨大的实践空间，理论自身的实践历程也会因此得以相应拓展。最终，意义的不断丰富充实带来的必然是文学理论形态与内在意义的不断完善。

从实践角度探讨文学理论功能、价值以及理论机制问题，实际上并没有一个现成的完整的范式可以依循，笔者所注意并表述的每一个要点，可能都还显得孤立和单一，还缺少较为明显的逻辑关联。因此，与其说笔者在描述文学理论实践视域的整体状貌，不如说是提出了一些设想和期望，更深入的探讨、论证和收获，有待于进一步的关注和努力。可以肯定，在实践意义上，文学理论的逻辑自洽永远都不意味着一个新的封闭体系的形成，文学在不断发展，文学理论也在不断演进，在关于文学理论观念与形态的沉思中，浩大的实践范畴其实不仅仅具有对象意义，它还更多地体现出丰富的哲学意味。笔者相信所有的探讨，哪怕只是点滴的回味与反思，都会因为指向了有价值的目标而显示出积极意义，它所释放的建构之力终将逐渐转化为文学理论的有效成分，并使理论的状态更为清晰，逻辑更为有力。

第一章

实践

走向

随着时代发展，吁求中国当代文学理论更多切近中国文学实践的呼声越来越高。但中国文学理论走向文学实践的可能及方式必须超越感受和信念的常识层面在理论内部进行探讨才能深入认识。在这里，文学理论有着"具体—抽象—具体"的逻辑过程，中国当代文学理论之所以远离文学实践并不是理论的抽象过度而是抽象不足造成。主要原因是现代以来文学理论被观念引领而过度超越了文学实践，当代大学文艺学学科建构又抽空了它的文学实践成分。因此，反思文艺学学科建设，更多发挥文学史和文学批评的资源意义和考量作用；通过文学批评的积极活动积淀具有特色文学理论元素；充分注意理论语言的重要并找到它的恰当的言说逻辑，这是文学理论走向文学实践的可能方式。

文学理论研究必须面对三个基本问题，形成对文学、文学理论自身以及文化现状的三个认识，这是一个基本思路。在这三者之中，最为重要而艰难的是对文学理论自身的认识。从文化现状反思中国文学理论，有四个方面值得注意：（1）继续跟进西方文学理论；（2）理论体系不断膨胀；（3）理论话语晦涩难懂；（4）与中国现实文化状况相脱离。

一　文学理论与文学实践

远离实践的理论状态

文学理论来自文学实践，并以走向文学实践为旨归，这是文艺学的基本常识，也是文艺学学科建构合法性的逻辑基点。今天，谁也不会怀疑文学实践活动价值（包括创作、阅读、文本的基本构成及其社会文化的审美的功能）需要充分研究才能得到彰显，并使其相关意义不断有效增值。即使是个人化的欣赏感悟，其发生之时，"我们的有关风格、人物、结构、叙事视角等等文学概念，就必然会自然地涌现出来，它固然可能呈现为一种不可以笔之于书的那种模糊的艺术感觉，作为一种感知的、鉴赏的分类图式，它会构成一种在文学经验过程中发生作用的内在尺度和秩序，并支配我们对于文学的理解或评价"[①]。正因此，像斯坦利·费什一类号称"理论已死"的理论家，其实也是在渴求与寻找理论的阐释功能的背景下持此耸人听闻之论。因为费什相信，"理论甚至在当实践者本身是个理论家之时，也不具有因果性，或者说必然会由此得出某种结果"[②]。显然，费什只不过放大了理论与文学实践相分离的一面，而分离永远只会基于已经发生了的某种契合，就像旅行的再度离开必

---

① 朱国华：《转智成识：论文艺学的逻辑出发点》，《文艺争鸣》（理论综合版）2008 年第 5 期，第 18 页。

② 〔美〕斯坦利·费什：《读者反应批评：理论与实践》，文楚安译，中国社会科学出版社，1998，第 121 页。

然基于旅行的到达一样。文学理论在某一时刻的疲软正显示出文学对理论的强烈需求，以及理论相对于作品的无所作为。因此我们没有必要怀疑文学理论的漫长旅行总是会超出文学的原野和版图之外，进入那些让人难以理喻的境地，形成种种梦呓般的自言自语。

　　然而，这个常识现在却受到了来自理论自身的挑战，文学理论正在越来越多地离开它应该紧紧依傍的文学实践活动。在中国，自新时期以来，伴随着高度西化的文艺理论走向所形成的一个明显事实是，文学理论确实在以种种方式与中国当下的文学实践相分离，许多游离于中国文学实际的文学理论言说（注意：这句话在这里不是追求一种价值判断）正在引发诸多问题，因此也引发了多种批评性的关注、反思和质疑。在具体层面上，有人断言："被中国文论家倡导的'西方文论观'与'中国文学创作实践'一直是脱节的"①；在整体格局上情况也并不乐观，"新时期对于西方文论吸收较多，消化不够，因而具有中国特色的当代文论至今尚未完成建构的任务"。同时，"我国当代文论对于现实的指导作用也发挥不够，理论不能适应现实需要的情况没有得到根本的改变。实际上，我国当代文学艺术与日常生活审美现实发生了巨大的变化……但我们在这一方面的理论却显得乏力。理论的贫乏，已经成为我国当代文论的共同性的评价"②。这类具有代表性的见解所针对的事实，使中国当代文学理论应该走向中国文学实践的吁求不断出现，并成为十分急迫而重要的声音。问题是，文学理论将以何种可能和

① 吴炫：《当前文艺学论争中的若干理论问题》，《文学评论》2008 年第 4 期，第 87 页。
② 曾繁仁：《中国新时期文艺学史论》，北京大学出版社，2008，导言第 9 页。

何种方式走向文学实践？离开了中国文学实践的当代文学理论为什么仍然具有强大的存在之力？换一种提问方式，难道以文学实践为起点和旨归的文学理论同时可以离开文学实践而独自前行？既如此，它的理论目标又在哪里？它赖以存在和发展的依据与逻辑自洽到底是在哪一点上发生了扭转或者改写？有无必要和可能对这种扭转或改写进行回归本源的再次矫正？这些问题显然已经超越了文艺学基本常识，必须在理论内部展开探讨才可发现某些真相，否则，我们将把理论建设的逻辑张力转化为文化现场中的感受性和信念化主张而加以忽略，或者加以重视——结果将是相同的，因为"本应如此"的观念只会进一步削弱理论建构应有的锐性，使可以得到某种程度解决的问题继续悬而难决。

理论逻辑与实践特性

如果不仅仅局限于感受性和信念化吁求来探讨文学理论走向文学实践的可能及其方式，必须首先探讨文学理论为何可以离开文学实践以及它离开实践的方式。这里，我们必然遇到一个普遍性问题：文学理论是什么。显然，这是一个复杂的问题，在不同哲学和文化背景下有着不同的文学理论观念，对它进行逐一梳理并不是简单言说所能完成的。在此，仅就文学理论的当下语境和"中国化"问题方式，选择　些更具针对性的路径，对当前中国文学理论的这种吁求进行内在解读。

所谓文学理论的当下语境是指在经历特殊文化历程之后我们所形成的文学理论观念及其实践。这个历程与西方文学理论观念的影响息息相关。我们知道，"理论"并不是从来就有的，在理论产生之前，信念更多地支配着我们，但"信念未必是理论。理论是我们可以掌握的东西，而信念却是掌握我们的东西"①。人类历史中很长一段时间，人们靠信念认知事物，追求真理。哈贝马斯分析说，在古代，"理论生活方式居于古代生活方式之首，高于政治家、教育家和医生的实践生活方式……理论要求放弃自然的世界观，并希望与超验事物建立起联系"②。哈贝马斯这里所说的"理论"其实正是信念的异词。在那个历史时段，信念的作用是巨大的。新的信念不断修正旧的信念以改写真理的状态，直到促成现代含义的"理论"生产条件出现，这就是所谓"前理论"的发展之旅。当人们可以形成关于客体世界的系统性的认知和表述之时，情况才发生巨大变化。米克·巴尔说："理论是有关某一特定客体的一系列系统性的概述。"③ 可见这种"系统性的认知和表述"给我们带来的正是可以真正被称为"理论"的东西。当然从发生角度看，"这种系统性的概述"并非突然产生而是在实践中逐渐析出，其最后结果的彰明虽十分晚近，但它的形成过程则源远流长。在这个结果出现之时发生了什么变化？回答是人们实现了离开事物而形成对事物的完整认知和完整表达，而且这种认知和表达同时还离开了超验观念并可以被掌握和挪移运用。换言之，思想可以与具体实践分开，抽象法则获得了它的普适性生命力。即使对于艺术这类与思想形态迥异的领域也可以因此被转化为认知。

---

① 朱国华：《转智成识：论文艺学的逻辑出发点》，《文艺争鸣》（理论综合版）2008 年第 5 期，第 18 页。
② 〔德〕于尔根·哈贝马斯：《后形而上学思想》，曹卫东等译，译林出版社，2001，第 31 页。
③ 〔荷〕米克·巴尔：《叙述学：叙事理论导论》，谭君强译，中国社会科学出版社，2003，第 1 页。

文学理论亦然，沃尔夫冈·伊瑟尔在《怎样做理论》中说："文学理论是新近时期的产物。二战之后它开始崭露头角，并对文本阐释这个人文科学的主要关注对象产生了相当大的影响。"[①] 可以看出，伊瑟尔以这样的思路理解文学理论同样旨在突出某种变化，即相对于"前文学理论"来说，文学理论也就是对文学的认识达到系统化了的种种概述——一种确定无疑的可供掌握和分析的知识体系。这与上述普遍的理论观念的发展历程是一致的。伊瑟尔因此接着写道："可以毫不夸张地说，理论的兴起标志着批评的转变，这一变化的重要性足可与 19 世纪伊始亚里士多德诗学为哲学美学所取代相提并论。亚里士多德诗学由规则所制约，提供了制作艺术品的秘诀，而以胜利者姿态出现的美学则宣告艺术是可知的，'制作'艺术与'认知'艺术的对立清楚地表达了美学所带来的转变。"[②] 从此论回到文学理论与文学实践关系角度，我们可以清晰看见伊瑟尔所强调的这种巨大变化导致的最大结果，乃是文学理论与文学实践的基本关系的变化，或可言，文学理论的变化正是以文学理论和文学实践的基本关系来区分的。确乎无疑，文学理论的出现大大改写了以往"文学理解"与文学实践的关系。在文学理论产生之前的文学理解中，观念总是与想象相随，想象又与感觉相随，艺术评价无法离开体会、品味、领悟和鉴赏，个体艺术修养与个人嗜好扮演着这幕内心演出的主角。在这种状态中，就主体心理而言，关于艺术作品的理解可以达到绝对"自明"的境界，

---

① 〔德〕沃尔夫冈·伊瑟尔：《怎样做理论》，朱刚、谷婷婷、潘玉莎译，南京大学出版社，2008，第 1 页。

② 〔德〕沃尔夫冈·伊瑟尔：《怎样做理论》，朱刚、谷婷婷、潘玉莎译，南京大学出版社，2008，第 1 页。

却与他者则保持着差异与间隔。这样的理解方式必然将理解者与作品捆绑在一起，并迫使他的阐述采用与作品相一致的艺术方式，带着想象和颖悟特点，形成个性化的语言表达。这种方式也可以简化地称为"文学批评"，虽然它的外延要超出这个概念许多。在古代，特别是中国古代，这是一种主要的文学理解方式，它的主导性作用几乎使文论从未离开过具体的文学作品和时代规约，即使是初具体系的尝试，如刘勰的《文心雕龙》、钟嵘的《诗品》、叶燮的《原诗》、布瓦洛的《论诗艺》、勃兰兑斯的《十九世纪文学主潮》、歌德的《论文学艺术》、雨果的《克伦威尔序》等，都是紧密结合文学实践的典范，它们顺时应世，缘事而发有感而作，其中起决定作用的观念往往并不超出特定文学实践甚至具体文学文本，它们所要谈论的也正是这些文学实践或文学文本本身，一般并不具有推而广之、无限扩展的普适性和阐释功能。这与现代文学理论的状态是大相径庭的。

文学理论一旦产生，就展开了追寻自身独特方式和独立价值的旅程。它从自己赖以生长的文学世界中分出精力营造另一个充满理论色彩的王国，体现出离开文学实践和文学现象的强烈趋向和强劲动力，它由表及里，由浅入深，抛弃个别追逐一般，在文学现象深处搜寻本质与规律，把"抽象"原则这一法宝用到了极致。西摩·查特曼说："文学理论是对文学的本质的研究。它不会为了自身而关注对任何特定的文学作品进行的评价或描述。文学理论不是文学评论，而是对批评之'规定'的研究，是对文学对象和各部分之本质的研究。"① 依循这一原则，

---

① 〔美〕西摩·查特曼：《故事和叙事》，见阎嘉主编《文学理论精粹读本》，中国人民大学出版社，2006，第9页。

理论建立了自己在现象之外的框架并获得了自己的品质，有了雄心勃勃的扩展之力，结果就像乔纳森·卡勒所说："被称为理论的作品的影响超出它们自己原来的领域。""思考发展成理论的一个特点就是它提供非同寻常的可供人们在思考其他问题时使用的思路。"卡勒还通过分析德里达和福柯的理论得出结论："关于理论的两个例子都说明理论包括话语实践：对欲望、语言等等的解释，这些解释对已经被接受的思想提出挑战。……它们就是这样激励你重新思考你用以研究文学的那些范畴。"[①] 20世纪以来文学理论带来的文学研究格局就包含着这种理论强力和扩展性。它证明，文学理论从文学实践基点上出发之后，义无反顾地走向了逻辑过程，靠理性和逻辑张力认知、分析、阐释并超越具体文学实践和文学经验，甚至走向与之分离之路，在自己的抽象话语系统里展示或者重建了"文学真理"。文学理论的这种理论品质，正是导致文学理论离开文学实践的内在因素。我们确实难以想象始终为文学现象和具体文本纠缠的文学理论是什么形态，就范于杂多的文学现象而不是理论建构，文学文本所具有的无限的意义可能反而会阻碍理论体系的经络和理论话语的线状逻辑，并最终淹没它们。因此，理论以自己的方式离开具体文学实践活动，乃是理论自身的内在需要，并不像感性经验所认为的那样，仅只是文学理论家的短视（甚至能力欠缺）和时代的文化的浮躁所致。

中国当代文学理论正处在这种理论建构的内在趋向与外在吁求的强烈冲突之中，现在我们知道，简单评价和粗暴责难中

---

① 〔美〕乔纳森·卡勒：《文学理论》，李平译，辽宁教育出版社，1998，第3～15页。

国当代文学理论对中国文学实践的疏离可能都是不恰当的，也是于事无补的。文学理论不会随意成为文学实践的追随者。中国当代文学理论也必须满足它自身内在的理论规约，在抽象的思维王国中完成自己的理论建构。抽象正是它应该做的，而且可以肯定地说它在这方面不是做得太多而是做得太少，它离理论完善的目标仍然十分遥远。

历史原因与外来影响

那么，在与中国文学实践的关系上，是否可以任由文学理论与文学实践分离而无须提出走向实践的吁求？如果中国文学理论确有缺憾，那么它到底存在或者遇到了什么样的问题？

这必须进一步深入中国文学理论的某些状态中进行考察。一种有活力的文学理论会具备高度抽象的理论品质，又不给人以空泛的远离实际的感觉。因为它天然有一个文学实践的起点，又会在一个更高层面契合它所关注的文学实践，并影响着几乎所有的文学实践。前者是历史的，后者是现实的，但前者的历史状态却深刻地影响着后者。这是理论内部的逻辑自洽规律决定的，也是理论思维的一个基本方式，即马克思主义所说的那种从具体到抽象，再"从抽象上升到具体的"① 理论过程和方法。换言之，就理论自身构成而言，在经由具体到抽象之后，理论还要经由另一个重要环节，那就是再次走向具体。这个"由抽象上升到具体"的过程，是以客观事物的抽象原则为逻辑起点，通过新的逻辑扩展达到思想的具体，也就是多种规定的

---

① 刘放桐等：《新编现代西方哲学》，人民出版社，2000，第419页。

综合和统一。这是理性认识的深化与发展过程，是最后形成概念群落，构建理论框架及理论体系的过程，也是理论的一种基本原则和方法。它以"具体—抽象—具体"的否定之否定方式，实现对事物本质的完整的认识和掌握。以这种"理论方式"衡量中国文学理论的状态，当然也就不能简单地、直观性、感受化地要求并满足于它与具体文学实践的联盟，而是要进一步考察这种关涉是不是经由理论体系的逻辑层递性而达到理论的自为状态，同时还要看它为理论活力提供了多少有价值的支持，并使理论的逻辑自洽力量得到多大程度的验证。简化一点说，这里至少提供了三个考察点，那就是文学理论的逻辑起点和终点，以及在这两点中间发挥作用的抽象过程。

梳理中国文学理论的理论逻辑进程及其状态，必须回到现代文学理论建设的历史中去，寻找它的逻辑起点。应该说中国现代文艺理论的建立，并非从中国古代文论的历史和传统中逐步析出，而是以突变的方式出现的。"断裂"是它与中国传统文论的基本关系。由于民主革命的需要，在五四新文化背景下西方和俄苏文论被引入中国，成为中国现代文学理论建设的基本参照，西方哲学传统中关于本质与现象的探寻，普遍与个别的叩问，偶然与必然的辨析作为基本逻辑思路渗透到中国感悟式的传统文论理解思维中并逐渐取代了这种思维。带着强烈异质义化新观念和新思维特点的文学理论在冲破传统旧文学的同时，也并非适应着这个时代的新文学实践，而是以先导性姿态催促着、推进着这种新的文学创作。在这个激动人心的时代，革命性观念的力量巨大。启蒙、民主与科学、反帝反封建、血与火的呐喊与抗争……这些时代主词在文学领域释放的是观念的强力，它必然导致文学理论相对于文学实践的引领作用。可以说在中国新文学的萌生时代，文学理论扮演着惊雷和暴雨的角色，新理论观念超越了初生的文学实践活动并对这种活动形成规约与引导，而不仅只是顺应与后释。这样的理论生产状态，为后来理论的过度膨胀和更多地远离文学实践埋下了伏笔。20 世纪50 年代，伴随着特殊文化意识形态进程，苏联文学理论以体系化整体形式进入中国，通过大学教育体制迅速被复制推广并居于主导地位，一套定型化的理论观念和思维方式始告形成，使新中国的新生的文学必须努力地适应着它，为它的"现实 - 本质 - 反映"的理论框架所框定。显而易见，这时的理论与文学的关系总体上处于某种倒置状态，不是文学实践诱发和催生了理论建设，而是理论诱导着文学实践的展开。理论的这种超前惯性一直延续至新时期。如果说新时期中国文学学习了西方的种种写法，不如说是中国的文学理论复制和传播了这些写法的观念，并通过文学实践展现了它们。在这个新的开放的时代里，思想解放始终走在了文学创作的前列，西方的文学理论话语几乎一直充塞着中国文学理论的话语空间。许多时候，人们为获得了某种深刻的西方观念和理论而得以获得一种似乎同样深刻的理论言说可能而窃喜，同时又为这种理论话语权力并非真正为自己所有而尴尬、忧虑。理论因高度西方化而形成的超前性使"中国的"文学理论总是走在文学实践前面而与文学实践相分离。在这个短短的 30 年时间里，我们因知晓和学习了西方百余年文学理论各种派别而感到理论建设的紧迫感和压力，以至于来不及解决中国的文学实践问题，与此同时我们也就会必然地忽视西方形形色色文学理论所植根的具体文学实践对该种理论建构的重要作用。因此，只满足于理论话语借鉴与操演的做法实不鲜见，种种被抽空了文学活性的西方文学理论在今天琳琅满目，既标示了理论的繁荣又见证着理论的空洞。在这种状态中，文学理论的中国化只是一个具有魅力的遥远的期待。

至此或可得出一个结论，即中国当代文学理论远离文学实践而显示出来的空洞并不是由理论的抽象过度造成，恰恰相反，而是抽象不足的体现，因为它实际上并未具有真正需要抽象的文学实践，它那作为理论所具有的抽象性是先在的，是移植或者预置的结果，它们来自西方或者主流意识形态及主流文化观念。换句话也可以说，中国当代文学理论的理性思维过多受到外在因素干扰而没有自为展开，尚未体现和达到"具体—抽象—具体"的逻辑自洽状态。带着这种痕迹的理论，何以能够在逻辑终点达成更高层面对文学实践和文学现象的整合，实现"思想的具体"，或者"多种规定的综合和统一"？中国当下的文学实践虽然具有西化倾向但它毕竟不是西方文学，当然，它也并不仅仅是为主流意识形态作形象化注解的文学，它的多样性状态，特别是它因多区域多民族现实基础而展现出来的丰富性与动态性，肯定是某种（或种种）西化的理论观念或一元性思想学说无法框定的。因此，它使这种状态的文学理论感到疲软和尴尬是必然的。可以说，这正是中国文学理论与文学实践分离的真相和问题难于解决的原因。

走向文学实践的方式

当然，这种状态和后果并非理论主体的个人作为或者理论主体的整体盲动导致的。它有着深厚的社会文化原因，体现着文化选择的历史必然性。其中 20 世纪以来中国革命通过观念的强化所发挥的作用上文已略作表述，这里主要谈谈来自中国当代大学文艺学学科体制的不可小觑的力量。

新中国成立之后，中国大学在 50 年代经院系调整形成至今也未有太大变化的格局。十分抽象的文学理论成为一个学科，它的学科称谓是文艺学（等同于文学学）。这个被建构出来的学科所操用的几乎是一整套西方和苏联的理论话语。它后来成为一个招收研究生的专业，源源不断地培养着文艺学的专门人才。这种状态使空洞的文学理论找到了它赖以生存的现实载体，今天如有人询问文学理论存在于何处，最恰当的回答就是大学的讲坛，而不是文学的实践现场。换言之，文学理论可以只为学科和专业而存在，为学科和专业而不断生产它的知识体系，却不必向它的理论逻辑起点和终点的文学实践负责。极致之时，甚至它之所以还带着文学性，那也只不过因为它名为"文学的"理论。进一步的裂变还在大学文学各二级学科的关系中体现出来，"文艺学这个本来以文艺理论、文艺发展史、文艺批评作为三个基本子系统的学科，被狭义性地等同于文艺理论，甚至文学理论，文艺学专业实际上也就是文学理论专业。表面看这仿佛只是概念的习惯性误置，但实际上却包含着十分重要的文化信息，且会带来对文学理论学科的许多负面影响，使它更多地向着空洞化、单一化和非学理化方向发展"①。也就是说，中国的文艺学其实是被抽去了文学史和文学批评的文艺学，它仅仅包含着文学理论，是一个过分纯化和单一的范畴。在这样

---

① 张永刚：《文学理论：文化阐释与学科形态》，云南大学出版社，2004，第 210 页。

的文艺学中，文学理论孑然独立，与文学的历时形态和共时形态必然逐步分离。它在建构话语体系时由于失去了具体文学实践的规约同时也就获得了超然言说的自由，而且它必须不断运用这种自由，以显示学科的存在意义与合理价值。正因此，在翻用西方文论和延展主流观念的时候文学理论也就乐此不疲，不断展现出它的学科优势。结果其文学理论的性质也发生了变化，即它可以放弃"具体—抽象—具体"这个理论抽象的基本逻辑而为学科的存在进行言说，形成"为学科"而非为文学需要的文学理论。这种文学理论，套用观念和移植体系是其最为便捷的理论生产方式。叶舒宪说："文化移植与塑造的后遗症在于，使当事者难以超脱和超越自己的学科专业，滋生出一种根深蒂固的学科本位主义心态，或者称学科自闭症。其症状表现有：不但不能有效地自我反思和批评，而且会放任和纵容学科本位立场的知识生产——制造出无限制地自我重复的产品——千人一面的'文学概论'、'美学原理'与'中国文学史'（据统计，百年来由文学研究界生产出的形形色色的'中国文学史'书籍已经多达 1600 余种）。如果没有一种带有根本性的学科合法性反思运动，自我复制式的重复生产格局还会惯性蔓延下去，并且愈演愈烈，积重难返。"① 文学理论领域类于这种文学史的著作其实也汗牛充栋。在进行这种重复的理论生产之时，大家由于服从了一个形而上学的观念或者"结构"而并无不安。这恰似乔治·基迪所说："这种形而上学的结构是理性的：它所拥有的形式可能是被某个理性安排者给与的，尽管在这个系统内

---

① 叶舒宪：《本土文化自觉与"文学"、"文学史"观反思——西方知识范式对中国本土的创新与误导》，《文学评论》2008 年第 6 期，第 6 页。

并没有设想任何安排者。形式的结构被理解为在每个内涵中都内在地具有种属联系。"① 一种不合理的现象就这样看似学理性地转化为合理的存在。在这种情况下，怎能指望所谓文学理论达到与实践的深度契合并抛弃艰涩展示出阐释的活力？

在此基础上如果硬要进一步探讨文学理论走向实践的可能及其方式，情况似乎反而变得明了。首先，我们应该反思的肯定是文艺学学科建设的出发点与合理路径，而不是文学理论本身。通过对文艺学这个"奥吉亚斯牛圈"中存在问题的清理以改变它所导致的理论发展的停滞状态。在被人视为圭臬的西方文论中其实也存在着同样问题。美国理论家杰拉尔德·格莱夫写道："在文学研究被集中于大学的那整整一个世纪的时间里，这一停滞的过程变得如此漫长，以致今天的有些研究者把它看成是官僚政治式的制度化所造成的不可避免的结果，这一诊断似乎常有过分浓厚的宿命论色彩，但它强调了一个在思考文学理论的未来时需要涉及的问题：一方面，停滞的循环说明了对理论的呼唤为何经久不息的原因；另一方面，由于每一种新的理论反应都已被制度化了，因而连自身也保不住，也被卷进那停滞的循环之中，如是又导致新的理论思考的爆发，到头来它又被吸收同化，被惯例化。"② 可以肯定，这种理论的循环的板结的状态只有理论所依傍的文学实践可以活化。因此在文艺学学科建设中应该倡导更多地回到文学实践，更多地发挥文学史和文学批评的资源意义和考量作用，以促进文学理论在中

---

① 〔美〕乔治·基迪：《定义艺术：内涵和外延》，载〔美〕彼得·基维主编《美学指南》，彭锋等译，南京大学出版社，2008，第39页。

② 〔美〕杰拉尔德·格莱夫：《理论在文学教学中的未来》，载〔美〕拉尔夫·科恩主编《文学理论的未来》，程锡麟等译，中国社会科学出版社，1993，第333页。

国文学的历时状态和创作现场中进行有效活动。同时，文学学科内部二级学科分割分治的做法应以弱化，应加强学科的交融性，努力回复文艺学学科三足鼎立的状态。这个工作十分艰难，因为"在大学人文学科的集团动态中，似乎有这样的情形：一旦方法上的改革以一批互无关联的领域、大纲和课程的形式制度化了之后，不仅最初引起这场改革的那个理论被人遗忘，而且最后连这场改革曾有理论卷入这一事实也被人抛至脑后"①。但唯其艰难才富有意义和价值，可以预测，由于学科反思和变革带来的文学理论发展将会是活力充沛的，因为它会将理论思维的中心移到文学实践的深处，而不是超越文学实践的虚空。

其次，通过文学批评的积极活动积淀具有特色的文学理论元素，形成与文学实践紧密关联的理论范畴和基本概念。在富有针对性的文学批评中获取文学理论建构之力，车尔尼雪夫斯基、别林斯基、巴赫金等人已经做出成功尝试，其典范作用不可遗忘。广泛而有深度的文学批评所具有的强劲的现实切入力量会使文学理论的理论骨架获得血肉，理论树干长出枝叶。哈贝马斯说："把理论活动放到其实际的发生和应用语境当中，这就是唤醒了人们注重行为和交往的日常语境的意识。比如说，这些日常语境和生活世界概念一起要求达到哲学高度。"②这样，理论就会获得文学实践源源不断的滋育，形成有活力的话语方式，最终达到而不是天然具有"哲学的高度"。伊格尔顿强调要"回复批评的传统作用，而不是为它创造某种新的时髦

---

① 〔美〕杰拉尔德·格莱夫：《理论在文学教学中的未来》，载〔美〕拉尔夫·科恩主编《文学理论的未来》，程锡麟等译，中国社会科学出版社，1993，第333页。
② 〔德〕于尔根·哈贝马斯：《后形而上学思想》，曹卫东等译，译林出版社，2001，第33页。

功能"①。原因正在于此。

最后，在文学理论话语的建构过程中，应充分注意到理论语言的重要性，找到理论语言恰当的言说方式。在理论逻辑中语言常常发挥引发冲突的作用，它在把抽象思维转化为具体可感的阅读对象之时会对理论的逻辑过程提出线性发展要求并释放强制力量，从而使理论在感性化的文学世界里呈现出一种难以周圆的困窘。弗雷德里克·詹姆逊说："由于理论屈从于物质的语言，因此理论将含有某种类似语言警察的功能，其使命是毫不留情地搜寻和摧毁我们在语言实践中不可避免地流露出来的思想；我们只能说，对理论来讲只要使用语言，包括语言本身，就容易受到打滑和漏油的影响，因为已经没有任何正确的语言表达方式了。"② 当然，并不是绝对没有任何正确的语言表达的方式，而是暂时没有正确的语言表达的方式。对于中国文学理论，为着这种表达的建立，我们要做的是寻找到适合中国文学实践的理论"框架"而不是去搬用一个现成的"框架"。文学理论话语的合理性与特色只能据此而生，获得理解逻辑。伊瑟尔说道："每一种文学理论都把艺术转变成认知，而这需要搭建一个基本框架，它从一个假定的前提出发，在其之上建立了一些结构，服务于特定的功能，该功能的实践通过特定运行来组织。"③ 显然，这是理论话语的基本逻辑底蕴，是其先后秩序或线性规律。而这一切都取决于那个假定的前提，这个前提

① 〔英〕特里·伊格尔顿：《批评的功能：从旁观者到后结构主义》，科罗维图书，1984，第123页。
② 〔美〕弗雷德里克·詹姆逊：《理论的症状还是关于理论和征兆？》，载王宁主编《文学理论前沿》第二辑，北京大学出版社，2005，第14页。
③ 〔德〕沃尔夫冈·伊瑟尔：《怎样做理论》，朱刚、谷亭亭、潘玉莎译，南京大学出版社，2008，前言与致谢第1页。

不会来自凭空的信念、设想和远距离搬用，只会来自具体文学实践，来自文学传统和批评现场，否则所谓文学理论就会仅仅成为一种方法，一种工具，"倘文学理论仅仅只是一种方法时，那就意味着它可能面临两种结局，一是不断地泛化，成为无所不能的无能；一是不断地工具化，在事物的表面摩擦，而无法抵达本体之根"[①]。这显然已不是理论话语的无能，而是文学理论本身的无能了。

说到这里，我们在一个新的层面又回到了那个常识的真理性内涵之中，那就是：文学理论来自文学实践，并且必须以走向文学实践为旨归。这是中国文学理论始终应该持有的重要姿态。

二　基本思路与现状反思

三个认识与理论自觉

对于一般人来说，"文学理论"这个概念听上去十分空洞与宽泛。对于文学理论的学习者与研究者，有许多东西则是具体明确的，或者说这种具体明确正是文学理论对其理论主体的要求。换言之，研究文学理论，必须面对并掌握三个层面的基本问题，形成三个清醒的认识，这是一个基本思路。

第一是关于文学的认识，这是文学理论的来源与归宿。对文学的认识，应该是一种理论化的认识，体现着研究者掌握着文学理论。这不同于一般人的感受性的、模糊化的文学"观

[①]　董学文、张永刚：《文学原理》，北京大学出版社，2001，第289页。

念"。它使研究者可能成为文学的"理论家",与一般人形成第一个层次的文化区隔。第二是关于文学理论的认识,使用理论的人必须超然于理论,对理论的外延与内涵具有清晰的了解,并上升为文学的理论观念。第三是关于文化现状的认识,它为理论的合理性,特别是理论的价值提供重要依据。在建构文学理论知识体系的时候,它的促进作用是巨大的,当然也是不可缺少的。

这三者相互关联,搭建起人们的文学理论知识结构,促成人们的文学理论视野。从专业素养养成来说,其中最重要的是关于文学理论自身的认识与掌握。理论自觉对理论主体是不可缺少的基本因素,搞理论的人必须超然于理论才能谙熟理论。严格地讲,文学理论家是使用和构建文学理论的人,他与理论必须保持一个适当的距离,从而确保自己的认识具有理论的认识价值,释放得出行动的力量。正如哈贝马斯所说:"只有获得了一种理论观点的认识才真正有能力确定行动的方向。"① 黑格尔在《小逻辑》中也曾讲道:"本质的观点一般地讲就是反思的观点。"反思当然只会发生在超越理论的高视点审视之中。

历来,文学理论的自觉是一项艰难的工作,它还常常会被故意忽视,甚至放弃。主要原因在于,较之对文学和文化的了解,后者更直接而直观,无须太多艰难的理论概括与探索性努力,因而也较容易实现,人们以此取代对理论本身的拷辨,结果是使常识化的看法消解了理论的深刻与纯粹,文学理论世界因此充满了盲点。不仅对于个体,即使对于文化整体也是这样。

---

① 〔德〕尤尔根·哈贝马斯:《认识与兴趣》,郭官义、李黎译,学林出版社,1999,第9页。

在中国古代，甚至理论收获较为丰富的时代，如魏晋南北朝时期，我们所看到的，虽然也有一些关于文学理论的理论认识，比如对思维与表达的认识所形成的"言意论"等，但总体说，这个时代最多也不过是"文学的自觉时代"①，而不是文学理论的自觉时代。20世纪以来，我们学习西方的、苏联的文学理论，同时也尝试建构中国的文学理论学科体系，有了许多新的收获，但由于"跟随"的成分较大，说是文学理论自觉时代到来了并不确切，有许多行为刚好是文学理论盲目性的体现。长期以来，中国的文学理论因为缺少对文学理论本身的深刻反思，或者说不能完成这种深刻的反思，建立学派化的文学理论也难以进行，更不要说充分中国化的、全景式的理论体系了。在此背景下看"跟随"苏联和西方的文学理论，可以说，这也是理论主体无法选择的选择。

时至今日，在中国当代文学理论领域，虽然可以看到一些冠名新颖的倾向化的文学理论探索，如生态论文学理论、否定主义文学理论、相对主义文学理论、日常生活审美化文论等，它们使文学理论的亚理论形态十分丰富，但什么是文学理论，文学理论自身的规约与定位，仍然是一个具有巨大科研价值的课题。"文学理论"这个概念，对于学习和研究它的人来说，在感觉层面似乎十分清楚，如要理性化地对它进行表述，则有许多困难。美国文学理论家乔纳森·卡勒在其定义性的著作《当代学术入门：文学理论》中所表达的认识也是如此。当然，也

---

① 鲁迅：《魏晋风度及文章与药及酒之关系》，《鲁迅全集》第二卷，人民文学出版社，1983，第380页。

有学者试图建立《文学理论学》，如董学文著有《文学理论学导论》①，做了许多开创性建设性的探索，这是极富价值的尝试。

总之，在文学理论的自觉方面，比起自然科学，人们需要做的工作还很多。一些深入的研究甚至不能不从自然科学方法论中吸取思想和方法。如托马斯·库恩关于科学发展"范式"的思想被移植到文学理论领域就是例证。库恩在《科学革命的结构》中写道："我们说的范式通常是指那些公认的科学成就，它们在一段时间里为实践共同体提供典型的问题和解答。"② 据此库恩概括了科学发展模式，那就是"前科学→常态科学→反常与危机→科学革命→新的常态科学"，形成科学范式的演进。文学理论家姚斯从中获得了借鉴，得出西方文学理论发展经历了"古典主义－人文主义""历史主义－实证主义""审美形式主义"三个范式的概括。这些研究思路，是我们对"文学理论"进行理论反思之时可以借鉴的。

但就整体来说，对文学理论的理性认识，没有解决的问题很多。并且还引发了许多讨论、争论，因为它所触及的矛盾，实际上是科学主义与人文主义的矛盾，在西方文化中，这是由来已久的对立、对峙，它当然会在文学理论领域强烈地体现出来。

历史状态与现实处境

上文说到要对文学理论的基本思路形成明晰认识，还应从

---

① 董学文：《文学理论学导论》，北京大学出版社，2004。
② 〔美〕托马斯·库恩：《科学革命的结构》，金吾伦、胡新和译，北京大学出版社，2003，第 9 页。

它的历史状态和现实处境入手。在这里，主要讲当前中国文学理论的一些基本情况。

先从感觉状态说起。当前中国文学理论可以说是较为丰富多彩的。它新锐，多样（甚至多元），包含着反映论文艺观、主体论文艺观、本体论文艺观、相对主义文论、感觉化文论等。在理论建树中充盈着狂欢式场景。稍作概括可以看出，新时期文学理论建构经历了四个阶段，取得了较多成果。20 世纪 70 年代末，真实性文学观念重新确定，摆正了文学与政治的关系，人们开始重视文学特质、规律；80 年代初，"自我表现"文学观念崛起，作家强化了主体的能动性；80 年代中后期，主体性文学思潮兴起，其理论核心是"自我实现"的文学观念，它在高扬文学主体精神的同时，一定程度导致与社会历史的背离；90 年代，围绕重构当代文论批评观念、形态而开始了探求中国文艺学的品格构建①，体现出渐进发展的趋势。

然而，反思这个历史过程与现实状况，展望未来理论的发展趋向，想从内在层面找到更多更有价值的东西，如真正中国化的文学理论体系与话语方式、对中国文学更为有力的阐释与影响、中国化的文学理论主要范畴厘定等，我们就无法不产生一些疑惑与疑问。由此，无法不说到它的负面与不足。

1. 继续跟进西方文学理论

新时期以来，甚至 20 世纪以来，中国文学理论是一路跟进西方的。中国现代文论与古代文论之间有一条鸿沟，它一直阻碍着我们形成当代中国化文学理论体系。这条鸿沟的形成与对

---

① 　陈传才主编《文艺学百年》，北京出版社，1999，第 176 页。

西方文学理论的选择和跟进是有关系的。

在 20 世纪初的文化变革的时代，学习西方是历史的选择。近代文化革新运动拉开了文艺学转型的帷幕。我们不能否定龚自珍、魏源的文学革新思想，不能否定资产阶级改良派大师康有为、梁启超、谭嗣同等人对文学变革的贡献。那时受西方文化影响导致的诗界革命、文界革命、小说界革命，在新文学运动史上写下了重重一笔。五四时期，新文学运动中已经完成对西方三大文艺思潮即现实主义、浪漫主义、现代主义的引进，中国文学在此过程中获得了新的发展思路，或者说西化的思路。具体到文学理论学科建构方面，其影响是明显而积极的。以作家老舍为例，老舍 1930～1934 年在齐鲁大学文学院教书时编著了《文学概论讲义》①，该讲义立足中国文学状态，体现中国化理解，但已经渗透了西方的一些观念和分析方式，因此提供了一些新的理论成分，带上了明显的西方化色彩。

关于 20 世纪初的中国文学和文学理论状态，李何林在《近二十年中国文艺思潮论》序中有一个概括："在这短短的 20 年期间（指 1917 到 1937 年），一方面受了世界各国近二三百年文艺思潮的影响，一方面因为国内外的政治经济社会的变迁，使中国的文艺思想或多或少地反映了欧洲各国从 18 世纪以来所有的各种文艺思潮的内容，即浪漫主义、自然主义、写实主义（现实主义）、颓废派、唯美主义、象征派、表现派等等以及新写实主义（亦称社会主义的现实主义，动的现实主义，或新现实主义）。但是人家以二三百年的时间发展了的这些思想流派，

---

① 老舍：《文学概论讲义》，复旦大学出版社，2004。

我们缩短到了二十年来反映它，所以各种'主义'或流派的发生与存在的先后和久暂，不像欧洲各种文艺思潮的界限较为鲜明和久长；或同时存在，或昙花一现地消灭。"① 可以说，多元发展状态最后逐渐归结于现实主义与社会历史批评，形成了中国的主要文学理论形态。

今天，有人认为文化启蒙中带来了文化殖民主义因素。确实，在文学理论话语结果中，我们感到了这点。我认为在文学理论的建设上，学习西方是必要的，但过分的跟进往往会失去自我，所谓消极性正是在这一点上体现出来。在 21 世纪初，如果还有人仍以是否"跟进"为中国当代文学理论的价值标准，这就需要认真思考。

对苏联文学理论模式的学习与跟随，最根本的原因是中国现代革命走的是俄国革命的道路。它的理论行踪可以用程正民的概括来表达："最早介绍俄国文学理论批评的是以'为人生'为宗旨的文学研究会主办的《小说月报》。其中最值得注意的是郭绍虞的《俄国美论与其文艺》，论文概述了俄国文艺理论批评的发展，介绍了别林斯基、车尔尼雪夫斯基、杜勃罗留波夫的文学理论批评观点。同时着重阐明美论同社会和创作的关系。……之后，瞿秋白在 1921 年至 1923 年写的《俄国文学史》中，郑振铎在 1923 年写的《俄国文学史略》中，都辟专栏介绍俄国文学批评，它们基本上都是用'为人生'的观点来阐发俄国文学理论批评，郑振铎认为别林斯基的文学批评是'一切为人生的艺术派的批评的开始'。"② 当然，"较系统地接

① 李何林：《近二十年中国文艺思潮论》，陕西人民出版社，1981，序第 3 页。
② 程正民：《20 世纪俄苏文论》，百花文艺出版社，1994，第 291 页。

受马克思主义文论和苏联社会主义现实主义创作方法及其批评范式的影响，则是从 1928 年革命文学到 1930 年"左联"成立的无产阶级文学运动时期"①。其中鲁迅发挥了重要作用。50 年代苏俄文论是通过学者讲学的方式直接进入中国的。它促成了体系化的"中国文学理论"，或曰"苏联化的中国文学理论体系"。这个体系现在大家已经公认，它在哲学上是反映论的，在价值观上带着社会政治化色彩，在学术背景上则是现实主义。它对中国文学的影响有着十分明显的价值取向。

新时期以来，中国文学理论在整体上全方位跟进西方现代文论流派，形成多样多元多层面格局。研究方法上从外部研究到内部研究，再到外部文化研究，尝试是多样化的；从文化类型看由现代主义到后现代主义，短时间内发生着巨大变化。"我们一夜之间引进了西方几乎一个世纪建立起来的方法武库，那是人们热烈地谈论着系统论、信息论、控制论，谈论着熵定律、不平衡原理，谈论着精神分析、符号学、心理学、语言学、文化人类学等等。并且几乎不加咀嚼地横向种植到美学与文艺学学科里。但是坦率地讲，美学与文艺学方法论的复革不过是在一个肤浅的层次上，完成了一次对同样问题的话语表述的转换，一次术语名词的大搬家，而没有深入到对与一定的观念相适应的系统严密、具有可操作性和普遍性的根本方法的探讨。对方法的适用性与有效性缺乏应有的哲学反思。"② 可以想见，在这种情形下，方法的跟进只能产生理论形态的多样与芜杂。

---

① 陈传才主编《文艺学百年》，北京出版社，1999，第 128 页。
② 陈传才主编《文艺学百年》，北京出版社，1999，第 290 页。

90 年代，历史文化语境发生了变化，商业社会环境显示了它的力量。由于生活强力的作用，中国人文知识分子社会情绪发生了嬗变，以"启蒙"为核心的美学话语减弱了阐释力。全球化语境的影响，又导致了一种新的文化选择，像米歇尔·福柯关于权力与对抗的思考这一类思想被更多认同。一些更具精神理性的思想，导致文学理论研究指向转变，外部研究向内部靠拢。同时文学理论学科形态建构的迫切性问题凸显出来，人们试图构建以美学、文艺学为核心的人文学科的学术规范与机制，形成更为明显、可行的学理。中国历来缺少文本精读，人们习惯于文化引申，因此形式主义文论形成了较大的现实价值。

但这种"深入化"的发展没有持续展开。它再次为外部研究所取代，21 世纪初，文化研究热再度出现。它不可避免地将文学研究空洞化，导致了更为泛化的文学的文化研究形态。同时对全球化与中国发展变化的过激的乐观化的理解，使人们再次对一些世界性的新潮文论产生兴趣，有人甚至设想建立"消费时代的文艺学"，用日常生活的审美化倾向研究来拓展甚至取代原有文艺学。还有人提出建立后时代的文学理论。"显然，这一新的理论已不再是传统意义上的理论，甚至用'理论'一词来表述它已有点不太适合，因为它是一种非理论的理论，一种反理论的理论。如果还要有体系，这种新理论的体系应该是一种非体系的体系，这意味着它应该是开放的、流动的、茎块状的，而不再是封闭的、凝固的、树状的；如果还要有概念，这种新理论的概念应该是一种非概念的概念。这意味着它是差异的、非透明的、隐喻性的，而不再是同一的、透明的、确定性的；如果还要有逻辑，这种理论的逻辑应该是一种非逻辑的逻辑，这意味着它是断裂的、延异的、非线性的，而不是连续的、历时的、线性的。"① 此类看法不是空穴来风，它有西方大师的观点作为依据。保罗·德曼在《抵制理论》中说："文学理论的什么东西这么吓人，以至于激起如此强烈的抵制和攻击？它由于揭示出意识形态的运转机制，而颠覆了根深蒂固的意识形态：它瓦解了文学作品既定的经典，模糊了文学和非文学话语之间的界限。""它们既是理论又不是理论，是理论不可能性的普遍理论。……无论什么东西都无法克服对理论的抵制。文学理论的目标愈崇高，方法愈完美，它就愈变得不可能。然而，文学理论并没有沉没的危险；它不由自主地兴盛起来。而且愈是受到抵制，它就愈兴盛。因为它讲说的语言是自我抵制的语言。不过这种兴盛是一种胜利抑或是一种胜利抑或是一种失败，缺然而无法做出定论。"② 在其文化语境中，这些理论当然有其合理性，但对于中国，它的缺点在于脱离了中国的现实。今天这种理论很流行，也很丰富。

2. 理论体系不断膨胀

体系的基础是范畴，由它构成关系，再构成形态。中国当代文学理论体系，这是一个不完整的体系，带着移植性的体系，可以说是亚体系。但里面不断被塞进东西，像一个布口袋，充斥太多的非学理化的，甚至是派别化的概念、范畴，还有太多个人化的成分、个案与随意性阐释，难以形成强大的逻辑关联。文学概论教材典型地体现了这点，人们都在做大做杂它，做纯、缩水、减肥的很少。以至于有人认为，今天的文学理论，几近

---

① 宋一苇：《"后"时代的文学理论何以可能》，《解放军艺术学院学报》2004 年第 3 期，第 22 页。

② 〔美〕保罗·德曼：《解构之图》，李自修等译，中国社会科学出版社，1998，第 103～114 页。

于"奥吉亚斯牛圈"。为之做清理工作是难的，为之增添新成分却很容易。

3. 理论话语晦涩难懂

这并不是针对理论本身产生的抱怨。理论的方式本身是难以掌握的，文学理论也不例外。乔纳森·卡勒说："理论常常会像一种凶恶的刑法，逼着你去阅读你不熟悉的领域中的那些十分难懂的文章。在那些领域里，攻克一部著作，带给你的不是智慧和喘息，而是更多的、更艰难的阅读。"①

我所说的难懂是指我们有些理论可能是一种西化的话语（甚至是某个理论家十分特别的话语）方式，它们只是"西方的话语"，带着拼凑的痕迹，没有自己的表述，甚至没有我们需要弄懂的东西；它们离中国的现实较远，离中国文学现状也很远。这种话语给人的感觉是一种真正的晦涩难懂。

4. 与中国现实文化状况相脱离

后现代文论与相对主义紧紧相联，后现代导致相对主义批评。相对主义批评是一种否定共性与规律乃至规则的文学批评。它崇尚个体价值，以个体为本位。有人认为："西方近现代意识形态是以个人主义和相对主义为行为标志的。"② 葛红兵等人认为，中国90年代以来，社会已进入后现代状态，市场经济的地位和作用日趋强化，它带来了生活的变化。而相对主义是与市场伴生的。因为市场经济的出现意味着以个体为本位的社会替代了以阶层为本位的社会。由此使得人的群体性下降，个体性

---

① 〔美〕乔纳森·卡勒：《文学理论》，李平译，辽宁教育出版社，1998，第17页。
② 深圳大学比较文学研究所编《比较文学讲演录》，陕西师范大学出版社，1987，第193页。

上升，时代生活方式表现为个体生活方式，落实到文化领域则形成个体本位文化。① 就理论逻辑看这是有道理的，问题是，后现代主义的诸多理论方式（包括相对主义、日常生活审美化倾向等）是否适合中国文化状态，在这里，我们有两个疑问：首先，在社会生活层面上，我们是否真正达到西方发达国家的状态，后现代这种以工业和商业高度发达为标志，可导致消费主义的社会化倾向已经成为生活和文化"主潮"？结论大家可以去思考，在中国，落后地区年人均 1000 元人民币的收入是否可以支撑以上结论？其次，在价值观念层面上，是否后现代文化征候是我们必须去尊崇、追求和实行的？也就是说，在文学理论意义上"跟随"是不是一种始终的、必然的、理想的选择？我们的理论主体性在哪里？

美国当代著名思想家丹尼尔·贝尔的观点可以借鉴，他认为当代资本主义的现代文化"就是要不断表现和再造'自我'，以达到自我实现和自我满足"。"它坚持自我的绝对专断，强调人不受任何限制，迫切寻求超越。""现代主义的真正问题是信仰问题，用不时兴的语言来说，它就是一种精神危机……如此局势将我们带回虚无。由于既无过去，又无未来，我们还面临着一种空白。"所以，"从长远看，这些危机能使一个国家瘫痪，给人们的动机造成混乱，促成及时行乐意识，并破坏民众意志。这些问题都不在于机构的适应能力，而关系到支撑一个社会的那些意义本身"②。如果这些文化矛盾、精神危机被我们的跟随

---

① 葛红兵：《相对主义的可能立场》，《作家报》1997 年 2 月 15 日。
② 〔美〕丹尼尔·贝尔：《资本主义文化矛盾》，赵一凡等译，三联书店，1989，第 50 ~ 153 页。

惯性所掩盖、排斥，在文学创作中必然有人乐此不疲地追求过分感觉化的东西，写作就会变得极端个人主义；在理论上必然有人失却独立性，也去大力追求那些与中国实际相去甚远的东西。"作为一个文艺学、美学工作者，我不能不把审美化的趋势与文艺学、美学的学科反思联系起来思考。无可否认的是，日常生活的审美化以及审美活动日常生活化深刻地导致了文学艺术以及整个文化领域的生产、传播，消费方式的变化，乃至改变了有关'文学'、'艺术'的定义。这应该被视作既是对文艺学、美学的挑战，同时也为文艺学、美学的超越与发展提供了千载难逢的机遇。"[①] 这是颠覆传统文学理论的另一种表述，它的新颖性代表了一种倾向，或者说一种时尚。当然，这也给我们的文学理论基本思路与现状反思增加了难度。

对于文学理论，我们并不主张任何绝对化的理论概括，我们也并不认为只存在一种概括的方式。任何理解都只有宏观意义。实际上完全可能存在着与此相反的理论探索，只不过它们可能更多地被遮蔽了。

---

① 陶东风：《日常生活的审美化与文艺学的学科反思》，《天津社会科学》2004 年第 4 期，第 100 页。

第二章

范畴

开掘

反思文学本质界定方式，应该注意到文学与意识形态学说的基本关系，应该从文学特点和意识形态范畴本身进行考察。文学不是某种经过限定的意识形态，但充满了意识形态性，这是生活影响和文学理论规约的结果。在界定文学本质的时候，应保持对文学理论意识形态内涵的自觉，避免将文学理论对文学的价值诉求转化为文学的本质定义。

重新认识文学理论的研究对象，有利于科学地把握文学理论的学科形态。文学理论是关于"文学"的"理论"，一般说它的研究对象也就是文学。但文学既指作为文本的文学，又指作为现象的文学，找出各种文学因素之间的相互联系和运动规律，才是文学理论所要研究的更为重要的内容。同时，文学理论研究对象的确定，还要取决于文学理论自身的品质或内在规定性的影响。在此基础上，综合考察文学理论研究对象，可以形成三种观点。

文学理论是关于"文学"的"理论"，人们不断地运用它的观念与方法研究文学现象，但对文学理论自身的认识，却不够完全、深入。要准确把握文学理论基本形态，形成理论自觉，应该从文学理论话语方式构成的两个基本点入手，了解它言说什么，如何言说，进而深入文学理论研究对象、文学理论自身品质、文学理论形态构成方式以及人们对文学理论形态形成的认识等方面，才能获得相对完整的答案。在此过程中，对文学理论形态的认识必然转化为对文学理论本体的自觉。

一　　"意识形态"　与文学本质

在中国现当代文学理论领域，意识形态问题历来是一个重要问题。意识形态这个概念，从 20 世纪初期作为人们理解文学价值的一个新范畴开始，逐步发展成为用来界定文学本质的一个核心概念（或者说一个种概念），对中国文学和文学理论形成巨大的倾向性规约。在这个过程中，围绕着文学是不是"一种意识形态"、是不是一种"审美意识形态"等基本问题，发生了广泛而持久的讨论与争鸣。时至今日，在实践层面上，文学理论基本范畴和基本理论问题中存在的意见分歧和认识偏差，导致文学研究观念、思路和方法上的差异与芜杂，理论领域出现了许多新的矛盾和问题，文学理论对文学现象的分析阐释力量也大大降低。因此，进一步厘清文学与意识形态的关系，对文学本质及其界定方式进行反思和再认识，有着十分重要的意义。

文学特性与意识形态知识谱系

文学到底是什么？我们能否依照惯例将经过某种限定的"意识形态"概念作为界定文学本质的定义？答案应该从文学自身特性和意识形态知识谱系中去寻找。

反思该问题的思路有两个侧重。其一，在中外文学几千年的发展中，文学的特点不断彰显出来，人们对它的认识越来越明晰，越来越深入。你可以用不同的方法和话语描述它的本质和特性，你也可以忽视它的本质而辨识它的形态。在意识形态学说产生以前，文学当然早已被创造着，也被阐释着，人们对文学的掌握按现在大家已经知晓的方式不断演进，形成了丰富的文学和文学理论史。其二，意识形态学说产生后，它的哲学特性使它必然要进入文学理论话语之中，促成人们对文学的一种新理解新表达，甚至成为人们定义文学本质的一种新方式。这种变化是我们必须充分注意的。

文学观念的这种变化，其主要导因不在于文学本身而在于文学理论自身的特性，换言之，是由文学理论的内在规定性决定的。因为包括文学理论在内的许多理论都是体系化的思想观念，它们的理论活力总是来自与自身紧紧关联的特定时代的哲学和社会文化结构需求，虽然我们同时承认某种理论的发展可能会促使一个时代的哲学和社会文化结构发生变革。在西方文化中，意识形态学说从弗朗西斯·培根和托马斯·霍布斯这样的思想家的思维中萌生，在法国大革命的余波中由安东尼·德斯图·德·特拉西首次明确。特拉西在其《意识形态原理》中将"意识形态"（ideology）作为"一种新的观念科学"或"观念学"提出来，随后这个概念逐步发展成为解析知识、科学和社会结构、文化状态、实践运动的"总体性概念"，带上了十分明显的哲学方法论色彩，特别是在马克思主义理论中，它成为唯物史观的重要内容，为解析社会结构、文化状况和推进革命性社会实践发挥了极为重要的作用。因此，它必然要将影响力量释放到文学理论之中。作为人类重要的文化表达方式之一的文学理论，不但无权拒绝这种影响，反而要在这种影响中拓展阐释领域，积蓄阐释力量。其结果，文学理论必然意识形态化，成为特定时代意识形态的组成部分。这是因为"对意识形态的任何考察都难以避免一个令人沮丧的结论，即所有关于意识形态的观点自身就是意识形态的"①。值得注意的是，文学理论的这种观念性品质会再次促使自己把意识形态特点投映到对象世界中，对自己的对象提出意识形态要求。在这种状态下，"文学是什么"必然要产生新的答案——接近意识形态的答案。发展到极致，文学理论的意识形态本质甚至会转变为文学的意识形态本质。结果，文学与文学理论之间逻辑意义上的矛盾不可避免地产生。换言之，意识形态这个具有特定的观念化理性化意义的范畴在将文学鲜活的独特性纳入其中时必然会一定程度消解、排斥文学的这些特性。"意识形态的影响是围绕着把文学本身概念化而产生的，也就是说，是围绕着散漫的或体制形式而产生的，文学作品是通过这种形式四处传播。"② 可以肯定地说，在文学理论这种经由"意识形态"范畴所形成的话语强力中，文学在为适应这种理论定位付出代价之后，必然会积蓄起反向张力。文学与文学理论的冲突成为必然。

　　如何解决这种冲突？一种思路是对"文学意识形态本质"加以限定，从而一定程度促成矛盾与冲突表面化暂时性缓解。将文学重新定位为"一种特殊的意识形态""审美意识形态"等就是一种典型方式。这种方式的逻辑缺陷现在正被越来越多的人所发现。"我们可以设想，如果用'审美'来统领'意识形态'，那是对意识形态内涵作了过于空疏宽泛的理解，'意识形态'是不适宜去'审美'的；如果倒过来用'意识形态'来

① 〔英〕大卫·麦克里兰：《意识形态》（第 2 版），孔兆政等译，吉林人民出版社，2005，第 2 页。

② 〔美〕约翰·吉洛利：《意识形态与经典形式：新批评的经典形式》，载阎嘉主编《文学理论精粹读本》，中国人民大学出版社，2006，第 61 页。

笼罩'审美'，那又犯了以观念和政治挤压艺术的毛病，因为'审美'活动中的观念色彩本是很弱的。"① 更为严重的是这种方式所寻求的折中会使它所倡导（或规定）的文学，一方面失去"意识形态"刚性（因为它将文学定位为"意识形态"，反倒会成为文学疏离真正的具体的意识形态的借口）；另一方面又会失去"审美"的弹性与包容力（因为"审美"在这里是作为平衡意识形态的直接表达而被运用的，或者说"审美"的目的是要改变将文学直接视为意识形态所形成的被动，这就违反了审美的丰富性必然来自对意识形态的关涉这个基本规律）。由于这些缺陷的存在，以这种方式界定文学的本质，在理论意义上仅仅是为文学提供了一种"说法"而已。

解决冲突的另一种思路是在文学与文学理论的差异性中寻求路径。这种做法必须以进一步提升对文学理论的自觉作为前提，并在此基础上始终把握文学理论与文学的差异以及影响作用。换言之，如果我们承认文学和文学理论是截然不同的两种东西——如韦勒克和沃伦所说的："我们必须首先区别文学和文学研究。这是截然不同的两种事情：文学是创造性的，是一种艺术；而文学研究，如果称为科学不太确切的话，也应该说是一门知识或学问。当然，也有人想消除这种区别。"② ——那么，我们似乎可以肯定，文学理论所具有的意识形态特性不可能以同样方式转移到与之截然不同的文学之中，更不可能成为文学的本质，因为文学并不为理论而存在，虽然它需要理论来推进

---

① 董学文:《文学本质界说考论——以"审美"与"意识形态"关系为中心》,《北京大学学报》2005 年第 5 期, 第 83 页。

② 〔美〕韦勒克、沃伦:《文学理论》, 刘象愚等译, 三联书店, 1984, 第 1 页。

它。不注意这一点，我们实际上是看不到文学作为艺术的特殊性，结果，肯定会因为思维与方法上的错误导致观念上的错误，形成对文学的生硬理解。正如托尼·贝尼特所说："没有必然的理由在马克思主义理论中为文学概念留出一个空间，否则会造成通过生硬的手谕解决（各种方式的）文学性或虚构性与意识形态关系的问题。"① 这对文学那种来自理论世界的本质定义，不是一种直截了当的否定吗？

将这些分析概括起来，可以得出一个简单的结论：文学不是任何一种经过限定的意识形态，但由于生活的影响作用和文学理论的规约作用，文学充满了意识形态性，是特定社会意识形态的一种表现形式，用马克思的话来说，也就是"意识形态的形式"②。

文学与意识形态的关联

在文学与意识形态学说的关系问题上，文学与文学理论的差异性为什么可以起到如此巨大的区分作用？这必须从意识形态本身的特点说起。

英国学者大卫·麦克里兰说："意识形态在整个社会科学中是最难以把握的概念。因为它探究的是我们最基本的观念的基础和正确性。因此，它是一个基本内涵存在争议的概念，也就是说，它是一个定义（因此其应用）存在激烈争论的概念。"③ 显然，要对这个概念进行辨析是复杂而艰难的，考虑到我们辨

---

① 〔澳〕托尼·贝尼特：《马克思主义与通俗小说》，载〔英〕弗朗西斯·马尔赫思编《当代马克思主义文学批评》，刘象愚等译，北京大学出版社，2002，第217页。
② 《马克思恩格斯选集》第2卷，人民出版社，1995，第33页。
③ 〔英〕大卫·麦克里兰：《意识形态》（第2版），孔兆政等译，吉林人民出版社，2005，第1页。

析的目的是寻求意识形态概念与文学这个范畴的质差，问题便有了较为简便的解决方式。换言之，我们可以借用那些关于意识形态学说的概括性分析来说明问题，比如大卫·麦克里兰教授在《意识形态》一书中就认为，复杂的意识形态的研究思路其实只有两种："一种主要存在于英国和法国的哲学中，由特拉西经迪尔凯姆，到 20 世纪的经验主义和结构主义，这一研究路径推崇人的理性，认为惟有自然科学的思想方式才能产生可靠的知识，社会学方法应与自然科学方法一致。另一路径源于德国，由黑格尔、马克思经曼海姆至哈贝马斯。这一路径认为自然科学方法不适宜解决社会问题，不存在客观的研究方法，意识形态总是与社会的局部利益相联系的。"① 无论哪种方式，对意识形态的研究结果皆证明了意识形态的社会理性意义。这种"观念的"学说，确实不是发端于艺术并且归结于艺术的，即使在马克思主义学说中也是这样。"在马克思、恩格斯的著作中，可以看到，每当他们谈及现在人们认为可以从中挖掘出意识形态和艺术之间关系的话题时，都是在政治经济学领域中对唯物史观的宏观阐述与分析中提出来的，他们的全部注意力都集中在对人类历史的发展规律的发现与说明上。这个任务在当时思想界是那样的重要和紧迫，以致他们对于艺术作为艺术的特性没有做或顾不上做更多的考虑，艺术在马克思主义创始人那里根本不是一个核心（或中心）的概念。"② 这样说来，在当代文学理论中将意识形态概念简单地用于界定文学的本质，当然是误置了这

---

① 〔英〕大卫·麦克里兰：《意识形态》（第 2 版），孔兆政等译，吉林人民出版社，2005，第 1 页。
② 马建辉：《意识形态：文艺的本体特性还是价值特性》，《曲靖师范学院学报》2005 年第 4 期，第 2 页。

个概念，没有真正领会并强调突出文学（或整个艺术）与理性观念，特别是已经衍化成为体系和学说的理性观念之间的差距。

那么，文学为什么又会与意识形态学说发生广泛而深刻的关联，致使这种关系成为一个"长期争论的问题"①？主要原因又在于文学对生活和理论有着与生俱来的强烈诉求。这里仅就后者而言，文学是一个需要阐释的世界，也是一个派生理论的世界。文学观念，或者说关于文学的思考与研究几乎与文学一道产生，然后与文学的发展紧密交织，对文学发挥着先导与后释两种作用。在此过程中，文学理论的观念性力量，总是会将文学置入现实世界和历史背景中加以有选择的阐发，有侧重的描述，倾向性地揭示文学价值和意义内涵，甚至规定（或归纳）出文学的本质。换言之，"文学理论是按照一定思考原则建立起来的一个比较完整的文学知识和方法系统，是一个将人类积累的和发现的文学法则和规律进行条理化和系统化的领域。像其他科学与理论一样。它也总是对包含着一连串互相衔接的阶段和发展过程的阐明"②。这样的文学理论，其功能是十分明显的，它造就的结果，就像埃蒂安纳·巴利巴尔和皮埃尔·马舍雷所说："文学与历史并不是相互外在的（甚至文学史与社会史和政治史也不是对立的），而是处于一种复杂缠结的关系之中，这是文学这种东西得以存在的历史条件。在普遍意义上，这种内在关系导致把文学定义为一种观念形式的东西。"③ 可见，文学正

① 〔英〕拉曼·塞尔登：《文学批评理论》，刘象愚等译，北京大学出版社，2000，第492页。
② 董学文：《文学理论学导论》，北京大学出版社，2004，第50页。
③ 〔法〕埃蒂安纳·巴利巴尔、皮埃尔·马舍雷：《论作为观念形式的文学》，《牛津文学评论》1978年第3期，第5页。

是在这种观念的、理性的作用下，强化了与意识形态的关联，体现出乔纳森·卡勒所概括的那种与意识形态的关系，即"文学是意识形态的手段，同时文学又是使其崩溃的工具"①。

由此可以进一步了解，历来文学与意识形态关系所引发的争论，首先是由文学理论是否能够成为意识形态组成部分和成为什么样的组成部分这个基础性问题决定的。我们知道，即使是思想观念或者理论，也不一定天生就是所谓意识形态。在不同的历史、文化语境中，意识形态的含义各不相同，它对思想（包括文学思想）具有选择性，因而也具有规约性。也就是说，正是特定意识形态的选择性导致了文学思想、文学理论中意识形态含义的差异，也就必然导致文学与意识形态关系的意见分歧，最终影响到运用这种特定的意识形态文论思想或文论立场阐释文学作品文学现象所获取的价值。这一点的决定作用是十分巨大的，它使马克思、恩格斯、列宁以至于葛兰西、卢卡奇、马尔库塞、曼海姆、阿尔都塞、伊格尔顿等理论家的文学观念和文学阐释方式拉开了明显距离；甚至会使一个看上去不是文艺理家的人，因为他的意识形态理论的独特建构而成为一个十分重要的文艺理家，阿尔都塞就是一个例子，这个很少讨论文艺问题的政治哲学家，却是"对近年来的文学理论影响较大的马克思主义哲学家，他的影响甚至超过了包括卢卡奇和萨特在内的许多马克思主义哲学家"②。

意识形态学说的这种选择与决定作用，在马克思主义理论

---

① 〔美〕乔纳森·卡勒：《文学理论》，李平译，辽宁教育出版社，1998，第41页。

② Leonard Jackson, *The Dematerialisation of Karl Marx: Literature and Marxist Theory*, London: Longman, 1994, p. 173.

中体现得更为明确。在马克思看来，"意识形态必须从物质实践来解释。但并非所有的思想都是意识形态的，而且马克思并不想仅仅制造一个特拉西观念科学的更有活力的版本。使思想转化为意识形态的，正是它们与劳动过程所固有的社会和经济关系的冲突性之间的关联。这些冲突在根本上来自两个因素：首先是劳动分工，劳动分工始于智力与体力的分工，它意味着劳动产品在数量和质量上的不平等分配；第二，这造成了私人财产的存在，以及私人利益和公共利益不再一致的局面"①。用马克思的话来说，这种思想成为意识形态的条件也就是"思想、观念、意识的生产最初是直接与人们的物质活动，与人们的物质交往，与现实生活的语言交织在一起的……发展着自己的物质生产和物质交往的人们，在改变自己的这个现实的同时也改变着自己的思维和思维的产物"②。从马克思的思想出发，思考我们关于文学本质的界定方式，真正的价值当然不会体现在我们已经将意识形态这个概念运用到文学理论话语中，或者已经用作了界定文学本质的核心概念。真正的价值只会体现在我们所形成的文学理论观念本身，是不是真的涵容了使自己符合马克思主义唯物史观要求的成分，展示出马克思主义所追求的社会介入、实践精神和文化解析（文化批判）姿态与理论索求。否则意识形态概念本身只是一个空泛的或者宽泛的指称，即使进行了限定也难以展示出意识形态理论所应具备的积极意义，这样的文学本质定义，除了使人感到对文学的理解更为艰难之

① 〔英〕大卫·麦克里兰：《意识形态》（第2版），孔兆政等译，吉林人民出版社，2005，第16~17页。
② 《马克思恩格斯选集》第1卷，人民出版社，1995，第72~73页。

外，并不能找到支撑文学世界的内在骨力和精神质地，对文学发展的引领和促进作用也就很有限了。

反之，我们的文学理论如果真正带上马克思主义意识形态学说的思想精髓，便能促成文学与意识形态的正确关联，从而在文学理想和理论范式的建构上，对文学产生积极的影响。"文学理想和理论范式的建构在本质上是历史决定的，我们不能也没有必要提出与文学现实毫不搭界的东西，但是社会的期待，未来的召唤，实践的运行，要求我们的文学理论张扬起理想的旗帜，创造出新的范型，要求它有更加强大的牵引力和感召力。……这体现出它们真理性和价值性的统一。"① 可以肯定，具有此种理论品质和思想质地的文学理论，才有可能真正理顺并摆正文学与意识形态间的关系。

总之，综观中西方当代意识形态学说与文学理论，我们或可得出又一个结论：作为文化领域中的重要问题，意识形态本身是复杂的，意识形态与文学的关系也是复杂的，但文学不是某种经过限定的意识形态这一认识是清晰的，至少"应该"是清晰的。有了这种清晰的认识，才可以正确地理解文学的意识形态性，这样，如阿尔都塞所说，面对伟大的作家作品时，才能"通过内部的距离，使我们觉察到（但不是认识到）它们所体现的那种意识形态"②。

意识形态是文学的一种价值

什么是文学的意识形态性？简单地说，文学的意识形态性

① 董学文：《文学理论学导论》，北京大学出版社，2004，第 52 页。
② Althusser, *Lenin and Philosophy and Other Essays*, Monthly Review Press, 1971, p. 222.

也就是文学与意识形态的关联性，是文学通过独特方式与意识形态建立起来的顺承或对抗、认同与排斥、张扬与消解的基本关系中体现出来的意识形态姿态。自意识形态学说诞生以来，社会构成中的意识形态因素被发现与放大，文学便必然地带上了意识形态色彩，具有了意识形态性。

文学的意识形态性并不是在每一个文学文本中都是同一的。要充分考察、解析文学的意识形态性构成，必须回到一些古老的、基本的文学命题中去，重新思考文学在那些重要"关系"中的地位和作为。譬如文学作为人类意识的一种活动方式，它与外部世界所建立的基本关系；又如，文学作为意识又是怎样与观念世界和精神领域相联系等，一般的认识很容易认同文学作为意识在反映客观世界（包括这个世界中存在的观念、思想和精神）时，是一种"镜像"式的反映，虽然在这个反映的过程中，作家主体的"能动作用"也会被充会注意到。但对于马克思主义唯物反映论来说，显然，这依旧是经验主义式的误解，并不能充分说明文学意识形态性的深层构成。因为它忽视了唯物史观中所包含的深刻内涵，只是表面性地接受了这个定义：文学是意识形态和上层建筑内部若干观念形式之一，与社会生产关系的基础相对应，这些社会生产关系都是历史地确定和改造的，并历史地与其他意识形态形式相联系。这种接受的表面性一般会体现在将上述定义中的"形式"理解为与"内容"相对立的形式，结果，由于形式与内容的不可分离，形式往往被当成"内容"（在这里即指若干"观念"）本身，意识形态形式也就被简单化地理解为意识形态本身，这种思路是合理的吗？巴利巴尔和马舍雷说："诚然，在使用意识形态形式这个术语时，我们并非指形式主义——这个历史唯物主义概念并不是指与内容相对立的'形式'而是指一种意识形态构形……并不存在文学向道德、宗教、政治等'还原'的问题。"① 因此，为了避免将文学的意识形态性简单化地理解为机械的呈现和空泛的指涉，应该对马克思主义和列宁主义的反映范畴加以深究，以发现它的"两个连续的命题"②，根据马舍雷的看法，这是多米尼克·勒古尔研究的结果，马舍雷引述了这个理论家的表达——"唯物主义始终以其优越性重建的第一个问题是反映的客观性问题。它提出这样一个问题：'决定思维的精神是否反映一个现存的物质现实？'据此又提出一个附加的问题：'思维本身是物质地决定的现实吗？'辩证唯物主义断定反映的客观性和作为反映的思维的客观性，即先于思维而存在，而且不能简约到思维的物质现实的确定性，以及思维本身的物质现实"。只有在这个基础上，才会产生出第二个问题，即"涉及反映的准确性的科学认识"③。我们将这种深入而繁复的表达简化，那就是在唯物史观中，无论是支配反映的精神，还是构成反映的思维，都是一种"物质现实"，在这种客观性中，与特定意识形态相关联的思想、观念乃至整个理性世界都会被转换到文学的对象世界中，成为文学审视的对象，这是一个基础，在此之上才会派生反映的准确性、真实性问题。也就是说，观念的东西，如作家的思想、阶级意识、政治倾向、宗教信仰、道德理想等这些极富意识形

---

① 〔法〕埃蒂安纳·巴利巴尔、皮埃尔·马舍雷：《论作为观念形式的文学》，《牛津文学评论》1978 年第 3 期，第 5 页。
② 〔法〕多米尼克·勒古尔：《论列宁的哲学立场》，巴斯佩罗出版社，1973，第 25 页。
③ 〔法〕埃蒂安纳·巴利巴尔、皮埃尔·马舍雷：《论作为观念形式的文学》，《牛津文学评论》1978 年第 3 期，第 43 页。

态意义的因素，首先要作为文学的对象被置于被表现被反映的位置，然后在文学的特定表现方式中，再次融会着写作主体的情志取向与审美决定，以形象的方式被言说出来。意识形态于是永远与文学拉开了一段适当的距离，文学的作为空间因此变得独立而开阔，这在阿尔都塞的理论中有充分的表述，他说："艺术与我们看到的，因此也就是可以'觉察到'的形式（不是以认识的形式）所给予我们的，乃是它从中诞生出来、沉浸其中、作为艺术与之分离开来并且间接提到的那种意识形态。"① 可以说，这正是文学意识形态性的构成状态，用托尼·贝尼特的比喻来说，"艺术可以暂时拆开意识形态的链条，从而创造出一种开放的自由空间"②。这种形象的说法，印证了我们关于意识形态性构成的想法。在这种状态中，如果我们还要追问文学是什么，回答只能是：文学是意识形态形式，在它特殊的构建中充满了意识形态性，意识形态使文学获得的是一种重要的价值意义而非本质定义。

二　"意识形态"与理论姿态

作为问题的文学意识形态性

任何一种理论，都会有一些极为重要的范畴、观念直接与之相关联甚至决定着这种理论的基本状貌。这些范畴、观念在产生、形成的过程中，既有理论主体的主观创造，又要更多地切近它所指涉的对象，融会与其自身相关联的前人的经典性认

---

① Althusser, *Lenin and Philosophy and Other Essays*, Monthly Review Press, 1971, p. 222.
② 孟登迎：《意识形态与主体建构》，中国社会科学出版社，2002，第 158 页。

识。这是由理论的科学本性决定的。但理论毕竟又是一种思想体系，它本身的意识形态色彩又决定着它完全可能按照不同的方式运作，形成不同的理论构建和价值体系。此时，如果要了解一种理论内部的分歧，以及由此形成的深远影响，理论姿态这种看上去更为外在的因素，反而会提供更加有用的信息。

近年，中国文学理论在不断走向丰富与新异的过程中，似乎越来越多地失去了理论的基本规约和阐释力量。许多人热衷于不断借用、搬用西方文论的术语、概念和基本原理，却忽视这些东西在彼时彼地特殊文化语境中的真正含义，忽视深入思考西方"流派化文学理论"的理论自治性和自律性，因而难以上升到方法层面上寻求更大的突破，当然也难以借鉴它们来促成"中国式的学派化"文学理论。由于不能建构起有力的理论方式，我们的文学理论，对中国文学和文化活动的现时介入能力和推进能力十分有限，有时甚至会使文学理论本身的存在合理性与合法性受到威胁与挑战。文学理论到底是什么？它是否可以任意地拓展边界，改变研究对象和侧重，在芜杂的文化层面中随意衍生新命题？文学理论的"自律"与"他律"规则在哪里？这些问题提示我们应该不断地对文学理论本身进行更为整体化更为内在化的反思。换言之，如果还承认"文学理论"的存在，那么，作为文学理论根基和生长点的基本范畴和基本观念必须在理论视域中获得清晰的内涵，形成逻辑扩展力量。这是一个起点，就像马克思所说，"科学的一切部门都需要种的概念作为基础"，"没有种的概念，整个科学就没有了"①。离开

---

① 《马克思恩格斯选集》第3卷，人民出版社，1972，第543页。

这个起点，文学理论可能就会成为随意的表述和延引，失去理论的自律性和理论品质。

从这个意义理解文学的审美意识形态问题，首先，我认为学术界关于这个问题展开的讨论是十分必要的。文学理论的首要任务是对文学本质进行探究，如果有人发现一种流行的文学本质界定方式存在问题，对它进行质疑、反思，考辨更为科学更为准确的定义，理清日渐混乱的思路，这是文学理论建设中严谨的理论姿态的体现，它对文学理论的健康发展意义重大。

其次，这些年来，文学是"一种审美意识形态"的说法十分普遍。我们明白它的意思，但不明白这种说法作为理论范畴、观念所应具有的逻辑周圆性，因此，在教学中要讲清它往往十分困难；在对现实文学、文化活动的阐释中运用它又觉得十分乏力。这使我们怀疑"意识形态"这个词语在被冠以"审美"之后，是否真的就能够改变其思想的、观念的、理论体系的特点，成为以感性的、体验的、语言的方式存在的文学的定义？我们知道，即使是阿尔都塞这个"不要只简单地将意识形态看作是一系列思想，而要将其看作是一种物质实践"[1] 的理论家，也否认将意识形态与艺术本身简单地等同，他说："艺术和意识形态之间的关系问题，是一个很复杂很困难的问题。然而，我能告诉你们研究工作的一些方向。我并不把真正的艺术列入意识形态之中，虽然艺术的确与意识形态有很特殊的关系。"[2] 可见，说文学是"一种意识形态"，哪怕是"审美"的意识形态，

---

[1] 〔英〕约翰·斯道雷：《文化理论与通俗文化导论》，杨竹山等译，南京大学出版社，2001，第6页。

[2] 〔法〕阿尔都塞：《一封论艺术的信——答安德烈·达斯普·达斯普尔》，载《列宁和哲学及其他论文集》，杜章智译，台北远流出版公司，1990，第241页。

如果没有概念的新界定和逻辑关系的新呈现，那它就会始终存在难以理喻的成分，体现出作为文学理论基本范畴和原理基点的先天不足。

审美与意识形态性

用历史眼光看，如果不考虑"意识形态"概念的文化约定与既成内涵，以及它们与新的指称之间形成的矛盾，仅就"文学审美意识形态论"这个观念产生的时代文化背景而言，它确实有合理的、智慧的成分。这个背景就是20世纪七八十年代，"如果我们不知道这一语境，那么我们似乎可以把文学说成是任何一种事物"。了解了这个背景，我们就会知道"'审美意识形态'论，是一个时代学人根据时代要求提出的集体理论创新。它是对于'文革'的文学政治工具论的反拨和批判。它超越了长期统治文艺创作和文学批评带来的公式主义的'文艺为政治服务'的口号，但它的立场仍然在马克思主义上面"[①]。应该说，对于"审美意识形态论"的缘起及价值，这是比较客观、冷静的判断。但一些人在理解"审美意识形态"的意义、作用时，往往超越这个历史背景，从更高的更为普遍的意义上进行引申，情况就发生了变化。譬如有学者讲："'审美意识形态论'既强调艺术的社会意识形态和生产本性，又注意到了文学作为艺术的审美本质特征，从而摆脱了僵化的旧有文学观念体系和理论范式，也超越了80年代出现的一些纯审美理论的狭隘性。因此可以说，审美意识形态论既继承和坚持马克思主义文艺理论，

---

① 童庆炳：《怎样理解文学是"审美意识形态"》，http：//www. wenyixue. com/view. asp? id＝979 16K 2004－11－24。

又在新的现实中发展和发挥了马克思主义。"① 这种评价，将人们对"审美意识形态论"进行质疑、反思和进一步探讨的空间缩小了。此论既已成为马克思主义的"发展和发挥"，在中国文化语境中，它的权威性和绝对性当然是不言而喻的。

那么，"审美意识形态论"与马克思主义的意识形态学说到底保持了怎样的继承和发展的关系？认真考辨下来，确实有一些应予认真思考、认真对待的问题不能忽视。譬如在《〈政治经济学批判〉序言》那段经典论述里，其实马克思是将文学视为"意识形式""意识形态形式"，而不是"意识形态"。"马克思显然是没有把文学与'意识形态'相等同的。由于'意识形态'不等于'意识形式'，所以，马克思在论述的行文过程中，严格使用的是'社会意识形式'和'意识形态的形式'两个概念，用来指称他所要说明的对象。"② 对概念严谨性的追求具有超越概念本身的意义，马克思之所以不将文学直接视为"意识形态"而是强调它只是"意识形态形式"，原因就在于他对"意识形态"的理解"与先前思想家的用法在含义上是基本一致的，他们都认为'意识形态'可以被看作是掩盖一些特殊利益的理由，或者宽泛一点说，可以被看作是'社会公则'，看作是用来动员人们行动的思想系统，马克思恩格斯的贡献，是为这一概念填充了阶级的内容，并从唯物史观的角度解释了其产生的真正根源"③。也就是说，马克思将意识形态观念纳入生产关系中，使

---

① 陈雪虎：《如何理解"审美意识形态论"》，《文艺争鸣》2003 年第 2 期，第 59 页。
② 董学文：《文学本质界说考论——以"审美"与"意识形态"关系为中心》，《北京大学学报》（哲学社会科学版）2005 年第 5 期，第 80 页。
③ 董学文：《文学本质界说考论——以"审美"与"意识形态"关系为中心》，《北京大学学报》（哲学社会科学版）2005 年第 5 期，第 81 页。

它不但具有了表示掌权者用以掩盖、歪曲、隐瞒其统治现实的方式并使之合法化的"错误意识"的含义，还通过对社会物质关系的解析，通过对上述居统治地位的意识形态使自身合法化的隐蔽手法的揭示，使意识形态观念具有了批判色彩。即展示了用历史唯物主义基本原理对意识形态前提加以澄明、加以"去蔽"的彻底批判方式。① 这样一来，我们便可以很清楚地看到"正因为马克思将意识形态纳入到社会生产关系当中去进行讨论，使得意识形态概念不再只代表虚假或欺骗意识，而成为社会结构和社会心理的重要概念"②。这种概念所显示的价值，正如伊格尔顿所说："'意识形态'话语经过一定方式的解码和破译之后，将在凸显和沉默以及断裂和内部矛盾中显示出现实物质冲突的印记。"③ 有着这种丰富社会批判理性品质的"意识形态"，当然不会简单地将审美的文学纳入自身范畴，使它也成为"一种意识形态。"

文学表现方式与意识形态

文学与意识形态之间到底是一种什么关系？这是一个复杂的问题，也是一个"长期争论的问题"④。从马克思、恩格斯到阿尔都塞、马舍雷、伊格尔顿、詹姆逊等许多西方文化和文学理论家都对它进行过深入思考，并且因为这种思考，其理论形成了某种深刻性。无论这些思考和讨论有时多么复杂，但几乎都是将文学视为意识形态的表达（表现）方式，并以此作为理

① 俞吾金:《意识形态论》，上海人民出版社，1993，第 89 页。
② 孟登迎:《意识形态与主体建构》，中国社会科学出版社，2002，第 89 页。
③ 〔英〕特里·伊格尔顿:《历史中的政治、哲学、爱欲》，马海良译，中国社会科学出版社，1999，第 86 页。
④ 〔英〕拉曼·塞尔登:《文学批评理论》，刘象愚等译，北京大学出版社，2000，第 492 页。

论起点的，很少有人将文学直接等同于"一种意识形态"。皮埃尔·马舍雷在《文学生产理论》中说："在意识形态和表达意识形态的作品之间发生了某种事情，二者之间的距离不是什么抽象的典雅风格的产物。……通过文本，意识形态可以逃离自发性的意识形态领域，逃离虚假的自我意识、历史意识和时间意识。文本建构出一种意识形态的确定形象，将其展示为一个客体，而不是一种好像内在地活着的意识东西。"其结果，"作品的功能是以非意识形态的方式表现意识形态。……作品有意识形态的内容，但它赋予意识形态一种特定的形式"①。这种十分细致的表述，换成阿尔都塞的话，则是："艺术所以是艺术，是因为它脱离开意识形态，同时暗指着意识形态。"② 特里·伊格尔顿则将文学与意识形态的关系表达得更有层次，他说："历史是文学的终极能指，也是文学的终极所指。""历史是通过意识形态的决定作用而作用于文本的，在文本之内，意识形态被独尊为决定自己的想象性历史或'伪'历史的支配结构。"③ 在这些关于文学与意识形态关系的论述中，两者作为不同范畴的界定十分清晰。这种清晰使我们能够更加容易地理解文学的自身作为与它的社会文化功能。换言之，文学的感性化方式和体验性特点，甚至它的整个审美方式，与任何可以称为意识形态的思想体系和理论观念都是不同的。文学只能是意识形态的一种表达形式。文学的意识形态意义，只有在它的表达方式里才会呈现出来。反过来说，意识形态也正是通过文学（当然还有

---

① 俞吾金：《意识形态论》，上海人民出版社，1993，第89页。
② 〔法〕阿尔都塞：《一封论艺术的信——答安德烈·达斯普·达斯普尔》，载《列宁和哲学及其他论文集》，杜章智译，台北远流出版公司，1990，第166页。
③ 〔英〕特里·伊格尔顿：《批评与意识形态》，沃索出版社，1976，第75页。

政治、道德、宗教等意识化的思维方式）来获得显像的。在此过程中，文学与意识形态构成顺承、呼应、张扬、矛盾、对抗、消解等关系，文学因此形成丰富的内在世界。因为有了与意识形态的这种割舍不开的联系，文学在整个文化格局甚至整个社会结构中能够产生支撑或者瓦解某种意识形态的力量（这种状态当然不是"审美"这个词语或这种方式所能概括、体现的），文学因此才能在那些对经济、政治、宗教、哲学、道德等文化现象进行分析的理论言说中占有重要地位，成为文化解析的一扇窗户。所以，如果将文学定位为一种意识形态，表面看似突出了文学的意识形态价值，但实际上却削弱了文学对意识形态的整体关注与介入，它的意识形态色彩反而大大减弱了。原因很明显，文学既然已经被理论界定为意识形态，无论它呈现为何种状态（比如审美状态、语言状态），它都是"一种意识形态"，这种"先在"的观念使人们无须再去寻找、强化它与意识形态的关联，相反，为了突出特点，求得平衡，人们反倒会去寻找它与某些意识形态领域（如政治）的差异和疏离方式、疏离效果。在"意识形态"前面加上"审美的"限定就是一种体现。久之，这种理论的负效应便开始释放，文学在反映生活时，会逐渐忽视或失去深入处置被意识形态所支配或者掩饰遮蔽、歪曲涂改的社会现实问题，对下层生活和社会不公正表现出冷漠与不屑；文学理论则会逐渐失去对文学进行阐释与导引的理论张力，不能深刻地分析文学面临的现实问题，导致文化意义上的理论不作为。在这种情况下，所谓审美，不过成了一种借口而已。在审美的旗帜下，极端的个人化写作、身体写作、皮肤写作、下半身写作都可以找得出某些"审美意味"；"日常生活审美化"也可以用来作为消解文学传统和文艺学体系的有效方式，而不问这种"审美化"是否真的已经改变了中国的社会现状……种种迹象表明，文学和文学理论的软骨化在看似辩证的"审美"言说中不可阻遏地产生，它们本应具有的意识形态批判力量、文化批判力量逐渐散逸了。由此对照一下我们热衷的西方现当代文论，即使是生产论、通俗化、大众化或以物本意识为主的派别，往往都会带上一些社会介入和文化批判色彩，在"无意义"中形成某种意义。所以，真正有力地关涉到意识形态的文学，对理论的诉求，我想绝不会仅仅是追求有了一种说法、一个概念的。

20世纪以来，中国文学理论对西方文论的跟进多而反思少。在学习借鉴时，极端之举、食而不化的情况并不少见。表面看也造就了一种繁荣与新奇，但实际上则影响了自主的理论建构。在芜蔓与浮泛之风日炽的时候，从"审美的意识形态"等入手，再次对文学理论的基本范畴、基本问题进行反思、探究、认真拷问一下文学到底是什么，它的价值和意义何在，如何充分实现这些价值，不仅是文学理论自身发展的需要，也是校正文学理论学科建设的基本态度的需要。我们不能因为西方正在反对逻各斯，否定"本质主义"，因此也就要跟着反，不敢去探究事物的本质。难道我们中国也有强大的逻各斯和本质主义的传统？感悟性想象化的思维难道不是　直妨碍着中国化的理论建构吗？如果那些看似应该反叛的东西实际并不存在，那么，我们不如去深入探究它、认真思考它来得更有价值。在文学理论领域，现在也许更需要形成探究基本理论问题的中心、热点，而不是热衷于不断为文学理论增添新成分。在理论建设中，梳理、弃淤、纯化有时更重要也更可贵。美国学者丹尼尔·贝尔所说："哪里有中心，哪里的人能在紧张的相互作用下造成活跃的气氛和竞相努力的集中效果，哪里的文化就会欣欣向荣。"① 作为文化组成部分的文学理论，大概也不会例外。

三　文学理论研究对象思辨

重新认识文学理论的研究对象，有利于科学地把握文学理论的学科形态。文学理论是关于"文学"的"理论"，一般说它的研究对象也就是文学。但文学既指作为文本的文学，又指作为现象的文学，找出各种文学因素之间的相互联系和运动规律，才是文学理论所要研究的更为重要的内容。同时，文学理论研究对象的确定，还要取决于文学理论自身的品质或内在规定性的影响。在此基础上，综合考察文学理论研究对象，可以形成三种观点。

文学理论是文学学的一个分支学科。照理说，它研究什么，它的学科形态如何，都是早有定论的。但是，近年，学界关于文学理论的学科定位问题有了新的争论，文学理论的研究边界正在发生变化。在此背景下，对文学理论的研究对象有必要进行新的认识，以便更科学地把握文学理论的学科形态。

文学理论研究对象的确定

文学理论是关于"文学"的"理论"，笼统地说，它的研

① 〔美〕丹尼尔·贝尔：《资本主义文化矛盾》，赵一凡等译，三联书店，1989，第153页。

究对象也就是文学，文学在这里既指作为文本的文学，又指作为现象的文学。前者亦可称为文学作品，后者则可宽泛地理解为文学事件和文学行为。文学理论应该研究的主要对象，正是这两者构成的复杂的世界。

为什么文学理论不单纯以文学文本即各种样式的诗歌、散文、小说、剧本等具体作品作为研究对象，而要将复杂的文学现象纳入研究范围，主要是因为文学文本产生于文学行为和文学事件中，它们规约着文学作品，决定着作品的基本状态、价值和意义，已经与文学文本构成为一个有机整体。从这个角度宽泛地理解，所谓文学，其实是一种关于文学的"活动"。这个"活动"之中，除文学作品（具体文本）之外，还包容着作者、读者以及丰富多彩的生活因素。孤立地研究作品，不可能有效地阐释文学状况，触及文学规律，形成系统的文学原理。今天，这已经成为文学理论建设的一个基本常识。

文学活动中有哪些因素体现出独特而重要的意义，是文学理论必须深入研究的呢？一般来说，文学理论应该研究的是文学作品、作者、读者、生活四个基本因素。文学作品是文学理论必须做出正面阐释的对象，可以肯定地说，它的存在决定着文学的存在，也决定着文学理论的存在。文学理论作为一种理论所要解决的一些基本问题，如"文学是什么""文学什么样""文学有什么价值"等，都要通过它所提供的直观而具体的文本来寻找答案。作者是文学作品的创造者，没有作者也就没有文学；文学作品的所有重要性，几乎都可以从作者身上体现出来；作者的价值观念、文学技能、话语方式等，直接影响着文学作品的基本状态，"怎样写"的问题，自然要成为文学理论研究的又一重大问题。读者是文学的接受者，是文学价值得以实现的重要环节，正是他们的阅读与接受，才展现了文学创作的价值，从而为作者的写作提供了直接动力；读者的意志，他们的审美情趣和审美需求，总是会通过许多直接与间接的方式，作用于整个文学创作过程，因而文本的构成中总会渗透着一些读者的主体意识；更为重要的是，读者在接受文学文本的过程中会发挥出强烈的主动性，这种主动性虽然容易被人们忽视，但正是它才使文学呈现出更多个别化的鲜活色彩，使文本滋生出更为丰富的内在意义，这也就是人们通常所说的"二度创造"；可见文学有什么价值，如何才能更好地实现这些价值，这些问题，只有在对读者的深入研究中才能获得深入理解，所以文学理论不能忽视对读者及其整个接受过程的研究。生活首先是作者、读者与文学文本所依存的场所，它无限广阔，影响巨大。从文学创作角度看，它具有本源意义，用文学理论的现成术语说，"生活是文学的唯一源泉"，没有生活，也就不可能产生文学创作；生活还为文学创作提供了各种它所需要的材料与物质保证；作者、读者的创作与接受动因，无论深层的还是表层的，都可以在生活中找到根源；生活还为创作提供了几乎所有走向成功与成熟的法则法规，离开了生活，文学就会失去存在的价值，甚至会失去存在的可能。可见，生活对文学的影响是全方位的，忽视了生活的文学和文学理论将不可想象。

以上四个因素，构成了文学理论的主要研究对象，作为文学的"理论"，必须对它们做出适当解释。反过来说，这些因素对理论的诉求，也就决定着文学理论话语的基本方式，使它产生出独特的理论形态。当代文学理论的基本体系，几乎都是在这几种因素所提供的框架中建构的。

　　说到文学理论体系的建构，我们应当意识到，文学理论对作品、作者、读者与生活等的研究，并不是孤立地、静态地进行的，而是必须充分注意并把握住它们之间所构成的相互关系，也就是说，找出这些因素之间的相互联系和运动规律，才是文学理论所要研究的更重要的内容。做到这一点，文学理论便可形成整体化的具有理论活力的体系。美国当代文学理论家 M. N. 艾布拉姆斯在《镜与灯——浪漫主义文学及批评传统》一书中，就是将"作者、作品、读者与世界"作为文学活动和文学批评的四个坐标来整合的。[①] 注意"坐标"这个词语，它体现的是一种关系。这本著作介绍到中国之后，受其影响，中国当代的文学概论、文学原理基本上也是按照这"四要素"所构成的相互影响和循环往复的关系来构建自己的理论体系和话语方式的。艾布拉姆斯整合"四要素"的基本逻辑是"作家→作品→读者→世界→作家……"，其中每一个因素在接受影响的同进又释放出自己的影响，影响是双向甚至多向的。对这种相互关系的重视，可以使文学理论在研究对象方面体现出自己的特色。

　　将文学理论研究对象"四要素"及其相互关系转化为文学理论话语方式，必须有一个话语起点。一般说来，人们是将"生活"作为这个话语起点的。将"生活"作为话语起点，可以获得对文学活动过程更为清晰的认识；同时，作为理论，也

---

① 〔美〕M. H. 艾布拉姆斯：《镜与灯——浪漫主义文论及批评传统》，郦稚牛等译，北京大学出版社，1989，第6页。

可以将最重要的理论问题置于整个理论体系的首位。具体说，正是生活才为文学提供了哲学意义和方法规约，某些看似与生活无关的重要的文学理论问题，譬如"文学是什么"，其实只有在生活与文学的相互影响中才能确定。这是因为"文学是什么"这个问题，涉及的是文学本体与文学形态的界定，形态可以在文学文本中直观而得，本体却连带着意识与思维，审美与精神这些更为深广的问题，只有生活才能为它们提供有意义的答案。所以，人们认为，生活是文学的本源，也是文学理论话语的起点。需要指出的是，这并不是所有文学理论认可的研究对象确定方式。比如韦勒克与沃伦在其合著的《文学理论》一书中就认为，文学理论研究可分为"内部研究"和"外部研究"，所谓内部研究，即指以文学文本为唯一对象的研究。这种观点导致了"英美新批评"这种以文本细读为主要方式的文学理论流派的出现。但作为概论性原理性的文学理论，如果在对象选择上过分侧重于某种单一因素，将不利于它的体系的完整性。因此，我们对文学作品的研究，不应该离开生活这个大前提。

以生活作为前提，对于作者的创作行为便能形成更为具体更切实际的理解。因为作者从来就不能凭空创作作品，单纯讲"创造"，看上去好像突出了创作主体性，但实际上却极不科学，它会使创作变得空泛、神秘，使理论话语与创作实情相脱离。我们知道，就创作与生活的关系而言，作家的创造，实际上是在生活的规约与主体的超越意愿这对矛盾中完成的，两者在对抗中寻求统一，最终相谐相生，相辅相成。看到这个规律，便看到了创作真相，"创造"的内涵也就会成为可以读解的东西。在此基础上考察作家与文本的关系，便易于获得理论的"敞亮"感。特别是对于文学文本，它的类型与体裁，它在结构层面与语言层面上体现出来的独特状态，其实都可以在创作过程中的制约与超越这对矛盾的对抗与平衡中找到解释方式。而读者作为文学的接受主体，它的接受活动首先受制于文学文本。这使我们看到读者与作者之间所存在的那条天然的联系纽带，读者其实是在与作家一同完成文学文本，或者更确切地说，是在一同完成文学形象的创造工作。同时，接受过程中读者接受主动性的释放，二度创造的产生，会迫使作家再度关注生活，他的创作因此也就被拓向新的领域。文学活动就这样再次回到了它的理论起点上，只是内在意义已经有了巨大的提升。对象世界的这个运动过程，也就是文学理论的基本逻辑程序，依循它，文学理论话语便会具备有机性与动态性。

在这里需要补充的是，文学理论除了研究文学活动为它提供的几个要素之外，它还要研究那些与文学相关，并能使自身获得更为丰富的理论成分的知识与理论。也就是说，"那些涉及语言、思想、历史、哲学、宗教或艺术、文化各方面所做的分析，也常常进入它的关注视野"①。这是由文学理论的品质决定的，文学理论需要不断获取新的观念和方法以形成理性力量，避免沦为常识，这样它必然要在人类文化领域中寻找自己的理论支点，结果文学原理之中吸纳了大量文化成分，文化研究为文学原理提供了开阔的新视域。对象因素复杂化多样化，文学

---

① 董学文、张永刚：《文学原理》，北京大学出版社，2001，第 276 页。

理论流派也就相应变得复杂多样了，西方 20 世纪以来的文学理论状况就是这样，我们可以举出许多例子，如形式主义文论、新批评、结构主义、符号学文论、后结构主义、新历史主义、后殖民主义、女性主义、文化诗学，还有新近浮出水面的日常生活审美研究等，都是以文化的某一侧面为立足点来阐释文学所形成的理论，它们所追求的哲学与文化倾向，为文学理论提供了新视点和新思路。也可以说这种状况是文学理论研究各种文化现象所获得的成果。但文化研究不能取代文学理论自身的规定性，文学理论永远都只能是文学的理论。在文化研究热持续升温的今天，我们尤其应该保持这种清醒的认识。

理论品质对研究对象的限制

从上文可以看出，文学理论的研究领域既确定又宽泛，既明晰又复杂，是一个充满了变化的领域。这使人们在研究对象的选择确定上遇到了困难。一些文学概论教材就因对象选择的宽泛而导致形态杂乱，许多非文学理论问题也在其理论结构中占据一席之地。

文学理论这个口袋里是否什么都可容纳？文化研究是否可以无限制地为文学理论拓展新疆域？结论当然是否定的。理论不能无限扩张自己的领地，否则它就泛化为常识，失去理论的品质与形态。因此，文学理论研究对象的确定，不能仅仅取决于"文学"活动范围，还要取决于文学理论自身的品质，或者内在的规定性。

作为"理论"而存在的文学理论，它的品质是什么？前文说过，文学理论是系统解释文学性质、特征和文学分析方法的理论，它要研究文学的普遍规律，形成理论话语方式；它既能接受文学经验的检验，又能产生文学预见能力，因此必然就要形成自己的理性思维方式和逻辑体系。正是这些因素构成了文学理论的理论品质。这里暂且不对这些属于文学理论自身的因素进行探讨，我想强调的是文学理论的理论品质对其研究对象所形成的影响。这可以从三方面来理解。

第一，抛弃个别。文学理论必须研究各种文学现象，但又必须恰当地从现象中脱身，成为理性话语方式。换言之，文学理论是抽象的，面对文学现象，文学理论不是要去陈述这些现象（否则它将被现象所淹没），而是要在现象中归纳出概念，形成自己的理论范畴，进而扩展为原理。当它形成理论表述的时候，现象已经滤去，只剩下一些共同的规律。促使这个过程得以完成的是躲藏在理论文本深处的科学的文学分析方法。譬如，文学理论可以言说文学"形象"的含义及其构成规律，"形象"的优劣标准等，但它一般不对某个具体形象作表述。那么这一系列关于"形象"的理论来自何处呢？当然是从一部部具体作品的形象中概括而来的，只不过概括过程在理论表述中退隐到背景中去了，无须在理论话语中显露。不这样的话，理论表述将无限繁冗，成为不可想象的状态。

用通俗的话语说，文学理论以古今中外一切文学现象为研究对象，但它既不会像文学史那样去叙述某个国家、某个民族文学的发展过程，也不会像文学批评那样具体分析、研究某个作家、某部作品，它所要做的是按照一定思维原则和思维方式建立起较为完整的文学原理和方法体系，从而"将人类积累的和发现的文学法则和规律进行条理化和系统化"①。在这种状态下，个别的文学现象往往不足以作为理论话语支持物（如果它自身缺少普遍性的话）。这意味着我们虽然可以举出例子来说明原理，但又不能将这些例子中得出的结论，当作可以普遍运用的规律。

由此可见，文学理论对作为研究对象的各种文学因素，往往会从思维方式高度提出自己的要求和限定，从而有效地避开个别性和偶然性，获得理论的普遍性。

第二，对抗常识。常识是大众经验的总结。文学理论当然要吸纳大众的文学经验，甚至还要接受大众文学经验的约束和检验，不然它就难以具备理论的科学性。但文学理论不能成为经验的罗列和堆积。沦为常识的"文学理论"，往往成为大杂烩、大拼盘，这样的东西其实也就不成其为文学理论。所以美国当代文学理论家乔纳森·卡勒说："理论的主要效果是批驳'常识'，即对于意义、作品、文学、经验的常识。""理论常常是常识性观点的好斗的批评家。"②

文学理论如何对抗常识？或者说，如何将常识与经验提升为理论？在常识中，概念与范畴往往被抛弃或被忽视，因而它总是感受化的，带有天然的个体经验和历时参照特点，不能形成理性力量。用乔纳森·卡勒的话说，"只是一种历史的建构"。而"理论既批评常识，又探讨可供选择的概念。它涉及对文学研究中最基本的前提或假设提出质疑，对任何没有结论却可能

---

① 董学文：《文学理论学导论》，北京大学出版社，2004，第50页。
② 〔美〕乔纳森·卡勒：《文学理论》，李平译，辽宁教育出版社，1998，第4～5页。

一直被认为是理所当然的事情提出质疑"。① 这样做的结果，对本质的界定取代了对现象的陈述，感受上升为理性，理论研究的触须从文学现象的表面深入文学的内在规律中。在这里，理论的收获是："意义是什么？作者是什么？你读的是什么？我或者你的主体、解读的主体、行为的主体是什么？文本和产生文本的环境有什么关系？"等等。② 在这个层面上，我们还能认定所有的文学现象都具有理论研究的同等价值吗？

第三，厘定边界。如果承认文学理论的学科性，那么这个学科便会具有自己的理论规约和理论形态，换言之，它会为自己划定边界。现在我们已经知道，文学理论是文学的理论，作为理论，它有自己的理论表达方式与方法，文学理论就是要用自己的方式与方法去研究"文学事实"、"文学经验"和"文学问题"③，它所研究的是历时性的文学行为，它可以启示文学的未来但不能推衍文学的未来。就文学自身而言，它要关注语言构成、叙述方式、形象体系、内在意蕴等。同时文学又具有审美的、文化的、意识形态的多种含义，因而它的边界又可向文化领域拓展。只不过拓展必须与文学紧密关联，以文学作为规约，因此，拓展又是有限度的。

文学理论边界的拓展与移动问题，历来是文学理论学科建设的重要问题。对这个问题，人们有不同看法，甚至发生过许多争论。当前，这种争论尤为激烈。原因是文学进入了一个多样化文学时代，文学观念在发生着变化，文学理论观念也必然

---

① 〔美〕乔纳森·卡勒：《文学理论》，李平译，辽宁教育出版社，1998，第 4～5 页。
② 〔美〕乔纳森·卡勒：《文学理论》，李平译，辽宁教育出版社，1998，第 4～5 页。
③ 童庆炳：《文艺学边界应当如何移动》，《河北学刊》2004 年第 4 期，第 97 页。

发生变化。时下流行的"文化研究热"又为文学理论引入了许多新理念、新视点、新方法、新现象，商业化社会催生的"日常生活审美倾向"也对传统文学和文学理论发出挑战。因此文学理论的边界的确正在发生移动。关注这一事实，是文学理论建设的要求。然而无论变化如何发生，文学理论不能放弃由现象到本质的理论言说逻辑，不能彻底改变以文学活动和文学问题作为研究对象这个基点，否则，文学理论这个学科也就消失了。

几种应该关注的观点

文学理论研究对象决定着文学理论的基本形态。中国当代文学理论在研究对象上所做的选择，就整体而言是一致的，体现出上文分析的基本思路。但细致考察，却有不同侧重，概括起来，有以下几种观点。

其一，以 M. H. 艾布拉姆斯《镜与灯》中提出的文学四要素（四坐标）为基础构成阐释框架，确定文学理论基本问题。这是最为普遍的做法。按这个思路建构的文学理论体系，在深入阐述作者、作品、读者、世界的不同内涵和价值的同时，十分注重它们之间形成的相互联系和相互作用，其理论有机性更多取决于对象因素的这种逻辑关联。可以说这是更多地从文学活动出发确定研究对象，建立话语体系的文学理论方式。

其二，兼顾文学活动与文学理论自身特性确定研究问题，构建话语体系。这种理论方式，一般将理论言说归为"五论"，即文学本质论、文学作品论、文学创作论、文学鉴赏论、文学发展论。

　　其三，侧重于文学理论自身的逻辑品质，用理论思维方式整合研究对象，建构更具有机性的文学理论话语体系。在这种方式中理论逻辑体现出对对象世界的巨大整合力量，由于种种原因挤占了文学理论空间的非文学理论因素（注意：不是非文学因素）被排除出去，文学理论实现了"消肿""减肥"，变得更为纯粹，更为理论化。这种方式十分看重文学理论问题的逻辑定位，不是文学理论元问题的内容就绝不会在理论的重要部位出现。它力求将文学理论之树的主干与枝节整理清晰，使其各归其位，让理论之树产生自己的生长活力。这种方式将理论体系定位为"五个 W"，即"文学是什么""文学写什么""文学怎么写""文学什么样""文学有何用"。

　　"文学是什么"研究文学的本体与形态。"文学写什么"研究文学的客体与对象。"文学怎么写"研究文学的主体与创造。"文学什么样"研究文学的文本与解读方式。"文学有何用"研究文学的价值与影响。可以看出，在这种方式中，文学理论自身更多地获得了相对的自足性、独立性和有机性。

　　以上三种做法是中国当代文学理论体系建构的三种基本方式。它们各有特点，但不乏相互影响与借鉴之处。借鉴并整合这三种方式，取其所长又有所推进与发展，这也许正是文学理论学科发展的未来。

四　形态认识与理论自觉

　　什么是文学理论？简单地说，文学理论，也就是关于"文学"的"理论"。但"文学"与"理论"这两个概念，有着十分丰富的内涵，它们组合在一起，互相限定，又产生出新的内涵新的所指，意义更为复杂。今天，人们虽然在不断地运用理论方法研究文学现象，使文学理论形态呈现多种状态，但对文学理论自身的认识，不能说是完全的、深入的。有许多问题，比如文学理论是不是一种科学，文学理论的科学性与人文性之间的关系如何，文学理论将如何存在与发展……仍然有许多争论。

要对文学理论本身形成认识，进而达到理论自觉，应该从文学与文学理论之间存在的根本差异开始。韦勒克和沃伦在《文学理论》的开篇就说："我们必须首先区别文学和文学研究。这是截然不同的两种事情：文学是创造性的，是一种艺术；而文学研究，如果称为科学不太确切的话，也应该说是一门知识和学问。"① 这两位理论家所说的"文学研究"，实际上也就是指文学理论。作为一种科学或者一门知识与学问的文学理论，是借助一定的关于文学的概念、判断和推理来表达对于文学本质、特征及其规律性进行认识的理性活动。如果要给它下一个定义，我们大概可以这样说，文学理论是系统阐释文学的性质、特征和文学分析方法的学说。它带着理论所共有的抽象性特质，"是一套已经论证过的文学定理，是一种对文学的解释，一种对文学的判断分析。它既不是一望而知的，也不是轻易可以证实或推翻的"②。文学理论的这种特性，使它与生动形象、具体鲜明、充满着具体的审美愉悦性的文学有着根本的不同，要掌握它，必须学会理性思维方法。

---

① 〔美〕韦勒克、沃伦：《文学理论》，刘象愚等译，三联书店，1984，第 1 页。
② 董学文、张永刚：《文学原理》，北京大学出版社，2001，第 275 页。

无论文学理论如何抽象，作为文学学的一个分支学科，它肯定具有自己的存在方式，或者说基本形态。文学理论的基本形态，也就是文学理论给予我们的直观感觉状态。就形态而言，宏观地看，任何一种理论，其实都是一种话语方式。文学理论也不例外。理论话语方式的构成有两个基本点，一是言说什么，二是如何言说。可以肯定，这两个基本点正是把握文学理论基本形态，形成理论自觉的思路。

文学理论形态的构成

文学理论形态的构成，很大程度取决于文学理论研究对象与文学理论自身逻辑的规约。在这两种因素的作用下，文学理论基本上是按两种方式来构成其理论形态的。

文学理论的研究对象决定着文学理论的基本形态。如何理解文学理论的研究对象是十分重要的。文学理论既然是关于"文学"的"理论"，笼统地说，它的研究对象也就是文学，文学在这里既指作为文本的文学，又指作为现象的文学。前者亦可称为文学作品，后者则可宽泛地理解为文学事件和文学行为。文学理论应该研究的主要对象，正是这两者构成的复杂的世界。

文学理论的研究对象与文学理论自身逻辑相结合，促成了不同的理论方式。一般而言，有两种主要方式。

（1）结构式理论方式

所谓结构式理论方式，也就是从整体观念出发，充分考虑文学活动诸因素及其相互关系，运用文学理论思维方式构建起来的体系相对完整的文学理论方式。这种形态的文学理论，其学科特点鲜明，知识内容丰富，是大学文学理论教学所追求的课程模式，许多文学概论、文学原理教材，都是按照这种方式构成的。由于它将文学活动的多种因素综合融汇，多重关系凸显，实现了对文学的宏观把握和微观探究，通过它，人们可以形成较完整的学科理念，获得较全面的文学理论知识。

细致分析结构式理论方式，它们其实是上文所述文学理论研究对象的三种定位方式的不同体现。也就是说，结构式文学理论形态会因其研究对象与研究方式侧重不同而形成不同的形态。

换个角度看这些形态，又有静态结构和动态结构的分别。所谓静态结构，是将文学看作一个静态的共时系统，看重并突出文学活动各要素之间的内涵与独立价值，在理论话语中形成一种自足的、独立的言说单元，再将这些单元板块组合为理论整体。将文学理论划分为本体论、创作论、作品论、鉴赏论、发展论这几类界限明晰、相对独立的板块的做法，就属于这种类型。所谓动态结构是通过强调文学活动与变化特性来构成理论话语的结构方式。它首先将文学看作一个运动过程，从作家到作品到读者再到社会，然后回到作家，循环往复，但又不是简单的重复；其次它将文学理论研究对象及知识变为一个从无到有、从差到好的运动过程，也就是说，文学活动被整合成一个动态的历时状态。① 凸显这种历时动态性，使原理叙述中掺杂着对此问题的理论认识深化过程，理论形态的动态结构也就产生了。比如关于文学的定义，或者文学概念的界定，很少有人

---

① 董学文、张永刚：《文学原理》，北京大学出版社，2001，第283页。

不从历史的角度说起，虽然这样已经超越了原理范畴，但因为历时性可以提供更为丰富的理解材料和理解思路，人们仍然愿意这样做。

值得注意的是，无论哪种结构形态，往往会出现这种情况：在基本完整的框架中，理论家将自己以为重要的因素放大，使理论结构发生倾斜，导致某种具有特点的理论表达出现，结果可能形成一个新的理论流派。这也就是艾布拉姆斯所说的那种情况——"批评家往往只是根据其中的一个要素，就生发出他用来界定、划分和剖析艺术作品的主要范畴，生发出借以评判作品价值的主要标准"[①]。以这种方式形成的理论形态在文学理论史上并不少见。

（2）范畴式理论方式

这是一种以确定文学理论研究范畴，并对这些范畴进行阐释来构成理论形态的文学理论方式。比如韦勒克、沃伦的《文学理论》，在"文学的内部研究"部分，突出的就只是"谐音、节奏、格律、意象、隐喻、象征、神话"等这些范畴，它们作为专章专节出现，所构成的理论，是流派化的"新批评"理论。

这种理论方式的优点是能够突出文学的一些重要因素，通过对之作细致的分析，以点带面形成对文学的深入理解，其话语一般直截了当，简约、清晰，因此也富于启示性，易于人们学习掌握。但不足是体系性不强，研究面狭窄，原理性也因此大大减弱。在论述范畴的选择上，理论家的个人化见解往往起主导作用，这也容易违背理论的科学性原则。

[①]　〔美〕M. H. 艾布拉姆斯：《镜与灯——浪漫主义文论及批评传统》，郦稚牛等译，北京大学出版社，1989，第6页。

对文学理论基本形态的认识

文学理论发展到今天，著作丰富，成就斐然。其理论形态也在不断发生变化。但这种变化不是随意的。一种形态从初露端倪，到最后真正获得了形态，有一个递进嬗变逐步演化的过程。在这方面，人们常常会以文学社会学为例——将广泛的社会学因素与文学相联进行研究，这种方式无论在中国还是在西方都有悠久的历史，但直到18世纪意大利学者维柯写出《新科学》，才将其作了深化；后来法国文学理论家丹纳提出文学受种族、环境和时代三种因素的影响制约，文学社会学方式才得以系统化；而具有科学意义的文学社会学是在马克思主义文论出现之后才真正建立起来的。可见，某种文学理论形态的形成，有着文学观念、文学理论观念和理论话语自觉等内在因素的共同作用。任何形态的构成都是不可以随意为之，一蹴而就的。

比起相对完整的成熟的文学理论形态的形成，对文学理论形态的深入认识与研究，在时间上要晚得多。这是文学理论深入发展的结果，是理论家自觉或不自觉地将文学理论作为研究对象的一种理论拓展与升华。在这方面，人们公认苏联学者莫伊谢依·卡冈做了最为全面、深入的工作，取得了较大成果。卡冈在《对艺术作综合研究的系统方法》一文中，从系统论出发，把文学在内的艺术活动看成一个"系统对象的客体"，对于这一客体，人们可以从不同视角展开研究，因而便构成了不同的文学理论形态。所谓不同的角度，也就是卡冈所理解的构成艺术整体的那些部分。从文学角度观之，大致有文学生产、文学作品、文学批评、文学活动、文学消费等部分。从这些不同部分切入，对文学进行研究，便形成了不同的文学理论形态，它们是文学文化学、文学控制学、文学社会学、文学价值学、文学符号学、文学心理学、文学信息学、文学教育学等。[①] 它们基本上涵盖了文学研究的理论形态，为我们勾勒出文学理论形态的较为完整的状态。

但这并不是说卡冈的表述是完美的。他的分类方式与结果，他所使用的术语等都有可以进一步研究的余地。有的学者就将这些形态做了新的整合，突出了它们之间更为紧密的逻辑关联，提出文学理论的基本形态有七种，即文学哲学、文学社会学、文学心理学、文学符号学、文学价值学、文学信息学和文学文化学。[②] 关于文学理论的形态梳理，卡冈的系统分析方法也不是唯一可行的方法，比如从文学理论话语的言说方式和自身结构角度，也可以得出一些新的看法。在此意义上，又有学者认为，文学理论形态大概有这样一些类型：（1）作为科学的文学理论；（2）作为思想史的文学理论；（3）作为意识形态话语的文学理论；（4）作为一种方法的文学理论。[③] 无论哪一种看法，尽管角度不同，都为我们认识文学理论形态提供了有益的启示。如果说，迄今为止，文学理论形态在客观上已经多样化，那么对它的认识也就不应该是单一的，我们所要做的更有价值的工作，也许是找到这些不同看法的独立内涵和影响，重视这些观点的协调一致和相互联系，并认识到这是"由它们共同认识的客体

① 〔苏〕莫伊谢依·卡冈：《对艺术作综合研究的系统方法》，载《美学和系统方法》，中国文联出版公司，1985，第72~78页。
② 童庆炳编《文学理论教程》，高等教育出版社，1992，第11~12页。
③ 董学文、张永刚：《文学原理》，北京大学出版社，第2001，第285~288页。

的构造所决定的，只有完整地考察这种构造……这种构造才能够得到揭示"①。最终获得对文学理论形态的更为全面深入的把握。这样，在学科意义上，不仅可以推进文学理论的发展，还可以促进"文学理论学"的建立。

---

① 〔苏〕莫伊谢依·卡冈：《对艺术作综合研究的系统方法》，载《美学和系统方法》，中国文联出版公司，1985，第 81 ~ 82 页。

第三章

原理反思

"文学理论的"话语方式建构包含双重价值索求，它导致理论话语内部存在矛盾和悖论。因此，在文学理论发展中，文学理论话语的双重价值索求常常被错误地处置，使文学理论话语在意义构成与表达过程之中经常步入歧途。所谓文学理论话语的双重价值索求，是指文学理论话语不但要切合它的对象世界，更要切合文学理论的理论本体，使自身在获得文学意义的同时获得理论价值，形成双重话语属性。具备这两重属性的文学理论话语，才可能成为更为纯粹的"文学理论的"话语，它的"文学的"与"理论的"肌质，会使其形成巨大的阐释功能和阐释活力。在此意义上，探讨"文学理论的"话语方式，必然要涉及"理论是什么"这一根本性问题。笔者认为，"理论"是人类实践的指导，相对于实践它是先在的，它有着通向"真理大门"的能力。因此要更多地在"逻辑先在性"而不是"时间先在性"上思考这个根本问题，以获得对文学理论"创造本体"的把握，并进一步发现文学理论话语方式中所萌生的新质，以及由这些新质促进并标示着的文学理论语言方式中的"理论品位"，从而形成对文学理论话语方式较为完整清晰的认识，那就是：（1）语言并不仅是一种工具，文学理论话语也并不仅是言说文学规律的工具，它还是文学理论本体的体现。（2）文学理论话语是一种阐释性话语，更是一种创造性话语。（3）文学理论话语既有理论的普泛性，又具有话语的具体性，这一点也正是文学理论话语双向索求最终达成统一的结果。

　　在中国现当代文学理论发展中，文学理论逐步与大学教学结合在一起，其学科形态通过文学理论教材编写得以显现，并形成知识增长的基本方式。但为学科而生产教材，用教材彰显学科知识，这种做法存在许多弊端。主要体现在：（1）使文学理论教材与教学对象发生分离，并加大文学理论空泛与脱离实际的感觉，造成接受困难。（2）导致文学理论学科知识板滞，难于实现理论创新。从教材建设角度思考，应形成学科建设与教材建设分而治之的观念。针对文学理论知识、方法和思维相结合的学科特质和学习者的理论需求，为汉语言文学专业本科生编写的教材应以知识型文学理论为主；为文艺学硕士研究生编写的教材应以方法型文学理论为主；为文艺学博士研究生编写的教材应以思维型文学理论为主。

一　话语方式

研究文学理论话语方式具有重要意义。在中国当代，由于西方各种"学派化"文学理论蜂拥而至，挤压了我们的理论空间，经历了百余年历史的中国文学理论，在夹缝中成长。这种状况，决定了我们必须注重中国化的文学理论建设。在中国化文学理论建设过程中，深入探讨"文学理论的"话语方式是一项基础工作，也是一项关乎文学本质、特征及基本规律研究的具有引领作用的工作。对文学理论话语方式进行深入探讨，形成对文学理论话语的构成规律及其文化意义较为完整的认识，可以触及中国文学理论建设的一个内在规律，这对建构中国当代文学理论具有启示意义，对当代学术语言的规范化、科学化也有促进作用。

独特的文学理论话语方式

真的存在一种"文学理论的"话语方式吗？这个看上去缺乏常识的问题对于文学理论专业人士而言却颇具挑战性——如果没有"文学理论的"话语方式，我们如何将文学理论的特定内涵传达出来？如果存在这种方式，那么，又由谁来为这种方式制定规则？不同文学理论主体又在何种意义上统一（或者被统一）到这些规约之上？在权威消解，文学理论变得丰富芜杂、多元多样的时代，某种文学理论存在的合法性与意义展示会更多地取决于它的形态，取决于它所选择的进入另一种文学理论专业人士及其他非专业人士视域的方式——除非你愿意始终保持对文学和文化的隔膜状态。也就是说，文学理论话语方式及其与所表达的理论内涵之间的关联方式在这样的时代里变得重要起来。用乐观的话来表述这种现象，那就是"文学理论的自觉"征兆正在展露；用挑剔的眼光审视，则会发现这种现象背后存在众多的理论空洞，许多缺少内质的言说正在理论话语游戏中炫耀自身，使人们对文学理论的理解变得更为艰难，使文学理论对文学现象的阐释变得更加不负责任。这种看似自如的文学理论，不过仅是理论主体显示自己资格的一种标志而已。

我们恰好处在这样一个时代。对于文学理论的建设来说，这个时代提出了挑战也提供了机遇。一方面，西方各种"学派化"文学理论蜂拥而至，它们以不同的理论方式，开拓出带有特点的理论领地，为我们的理论话语提供了某种资源和参照，同时也挤压了我们的理论空间。另一方面，经历了百余年历史，在夹缝中成长的中国现当代文学理论，正以顽强的姿态继续着建构切合中国文学和文化实际的文学理论事业。这一时代特点，决定了我们的文学理论必须意识到追求一种"文学理论的"话语方式的重要性，也决定了人们在为此付诸行动之时，必须重新审视文学理论话语建构中的双重价值索求，处置好话语倾向内部固有的矛盾和悖论，使文学理论话语建构更好地体现文学理论发展规律。

所谓文学理论话语的双重价值索求，是指文学理论话语不但要切合它的对象世界，更要切合文学理论的理论本体，使自身在获得文学意义的同时获得理论价值，形成双重话语属性。具备这两重属性的文学理论话语，才可能成为更为纯正的"文学理论的"话语，它的"文学的"与"理论的"肌质，会使其形成更大的阐释功能和阐释活力。诚如海登·怀特所说："总之，话语从本质上说是一种调节。即如此，话语就既是阐释的，又是前阐释的（Preinterpretation）；它总是既关注阐释本身的性质，也同样关注题材，这也显然是它详尽阐述自身的机会。"①可以肯定，离开了这两个方面的价值索求，文学理论话语表达的通俗与不通俗，明晰与不明晰，都与它所形成的阐释力量和可能获得的接受理解无关。因为深刻的理论话语很可能是易懂的，只要它真正包含着理性内涵，充分体现了理论话语的属性；而浅白的理论话语却可能难以理解，如果它缺少需要理解的理性成分，不具备理论话语的基本属性。更何况，谁会指望理论语言绝对等同于生活口语呢？谁又愿意在日常表达中随时遭遇文学原理和文学理论问题的通俗化身呢？理论话语方式与日常言说绝对不可能彻底交融，完全等同，即使有许多人正在做这种幻想和努力。

话语方式的历史与现实状态

文学理论话语方式的双重价值索求的确常常被错误地处置。先看它与文学基本关系上的体现。优秀的文学理论语言当然要充分地追求并展示文学特性，像中国古代那些杰作（如陆机的《文赋》、刘勰的《文心雕龙》以及许多的诗论文论篇章），它们十分有效地从文学中汲取了切合文学的阐述力量，同时也提高了自己的品位。但考察文论史，我们会发现，文学理论话语

① 〔美〕海登·怀特：《后现代历史叙事学》，陈永国等译，中国社会科学出版社，2003，第 6 页。

方式对对象世界的顺从不但由来已久，而且使自身逐步失去了自持能力。有许多似是而非的观念在此过程中发挥了重要作用。这些观念的现实基础是经验主义。具体说，在经验主义盛行的现实世界里，由于文学理论产生于文学实践之后，是文学对人类理性诉求导致的结果，人们极自然地将它理解为"文学的"理论，其基本功能被定位在概括、总结文学规律和阐释文学现象之上。人们总是要求文学理论致力于为那个直观而宏大的文学世界提供说法，而常常忽视了它自身的构成方式及其价值。即使在西方，这也是一个普遍的认识。西摩·查特曼说："文学理论是对文学的本质的研究。它不会为了自身而关注对任何特定的文学作品进行的评价或描述。文学理论不是文学评论，而是对批评之'规定'的研究，是对文学对象和各部分之本质的研究。"① 这位理论家还指出，韦勒克和沃伦在《文学理论》中也将文学理论视为一种"方法的工具"。照一般理解，工具的意义当然不在它自身而更多地在它的对象之上。在这种观念支配下，文学理论话语的理论活力和生长方式，它由自身理论品质决定的话语表达等因素，往往被人们对它的对象世界的诉求遮蔽，甚至消解。人们确定一种文学理论的价值，更多的是看它提出并解决了什么文学问题，这些问题怎样彰显了文学的思想与艺术价值，并对我们的文化和生活产生了何种影响，而很少看它的理论结构和言说方式有什么独立意义，或者作为文化不可缺少的组成部分，显示了什么样的特别价值。原因很明显，作为文学研究（即使是通过文化来进行研究）的表达，话语方

---

① 〔美〕西摩·查特曼：《故事和叙事》，载阎嘉主编《文学理论精粹读本》，中国人民大学出版社，2006，第9页。

式的工具意义越充分便越能产生价值。在文学理论被认可为一种同样重要的文化创造（而不仅是创造的阐释手段）之前，它的品质还会有什么更大的重要性呢？缘起于文学又归宿于文学，这就是上述背景下文学理论话语的全部使命。

文学理论话语方式的这种历史和现实状况具有什么负面效应呢？忽视理论话语方式本身难道真是一种不可容忍的理论错误？这可以从文学理论话语主体的作为中找到答案。表面看，文学理论的不自觉状态好像给理论言说者施加了压力，使他必须始终立足于文学范畴之内来构建其话语体系，进而获得理论合法性。但实际上，失去了对"理论"的自觉与约束，来自文学的限定极可能导致一种放任。换言之，言说主体只要扣紧了文学，满足了对象世界的基本要求，马上就获得巨大的言说自由或者言说任意性。这个"自由主体"可以堆砌材料，随意道来，使理论的布袋变得鼓鼓囊囊；也可以搬用他述，生吞活剥，在理论的新瓶子里盛满过时的或别人的水分……文学世界的无限丰富为理论主体的这种言说方式提供了充足的话语资源和话语可能，即使哲学观念、逻辑方法和分析手段欠缺或乖谬一时也不会构成较大影响。其结果，在文学理论的一个个现场，一方面不断出现丰富新异、花样翻新的景观，另一方面则是浮泛与芜蔓、艰深与奥涩、重复与沉冗悄悄流行，理论话语的疲软不可阻遏地形成并流露出来。也就是说，就范于对象世界的文学理论话语，以看似必然的合理的方式发展，却自我消解了自身作为理论话语的力量，由它构成的理论表达，表面扣紧了文学，但在更为内在的层面上却与文学世界游离开来。文学理论的浮泛状态就这样形成。

由于这个悖论的作用，可以肯定，就范于文学世界的文学理论话语所形成的形态，其实并不能作为我们探寻文学理论话语构成规律正确性的直接证据。它只能说明，如果没有新的思考和更深入的开拓，这条起点正确的道路将无法把我们导向正确的目标。

如何解决这个问题？一般的想法是通过强调和凸显文学理论话语方式的理论品质来寻求突破。不能否认这是一个正确的想法，而且这也正是我们所要倡导的想法，因为它展现了文学理论话语的第二重价值索求。通过这种索求，在"理论性"约束下，文学理论话语的随意与漂浮或可得到校正。依据何在？米克·巴尔说："理论是有关某一特定客体的一系列系统性的概述。"① 因此，它当然不是客体的具体性和个别性的逐一表述，它以抽象方式远离感性世界的纷繁芜杂，使自身保持着理性的纯粹性。它依靠观念的和逻辑的力量进入现象内部，捕捉事物的共同性与普遍性，从而形成一种超越化表达。理论的这种品性当然足以对抗就范于现象世界的话语方式所造成的言说浮泛与芜蔓。可见，"理论性"在文学理论话语构成中可以起到重要的规约与提升作用，是文学理论话语方式十分重要的价值生成路径。

然而，理论的上述作用不是普泛的，它依赖于我们对理论进行观念定位，否则一些关键性因素不能发挥作用，理论也不会形成特定的规约与提升力量。在文论领域尤其如此。通俗地说，必须首先搞清"什么是文学理论"这个首要问题。如果仅

---

① 〔荷〕米克·巴尔：《叙述学：叙事理论导论》，谭君强译，中国社会科学出版社，2003，第1页。

将文学理论理解为对文学规律的概括和总结，那么，对文学理论话语方式的考察又回到了前面所述那种起点正确但难达目的的逻辑悖论之中。换言之，作为"对文学规律的概括和总结"的文学理论，是不足以用理论的力量将文学话语从文学世界的限制中提升出来并形成理论特质的。对"理论"的认识停留于此点，文学理论话语就仍然找不到强化自己的途径，正如弗雷德里克·詹姆逊所说："由于理论屈从于物质的语言，因此理论将含有某种类似语言警察的功能，其使命是毫不留情地搜寻和摧毁我们在语言实践中不可避免地流露出来的思想；我们只能说，对理论来讲只要使用语言，包括语言本身，就容易受到打滑和漏油的影响，因为已经没有任何正确的语言表达方式了。"[①]可见，必须从理论观念开始才能改变文论语言的内质，从而避开或消解它与理论的对抗性。完成这个任务的根本办法，只能是对"理论"和"语言"的观念进行更为深入的探讨。

文学理论话语方式的内质

理论是什么？与经验主义不同的观点是，理论是人类实践的指导，相对于实践它是先在的，它有着通向"真理大门"的天然能力。哈贝马斯分析说，在古代，"理论生活方式居于古代生活方式之首，高于政治家、教育家和医生的实践生活方式……理论要求放弃自然的世界观，并希望与超验事物建立起联系"，"在现代意识哲学中，理论生活的独立性升华成为了一种绝对自明的理论"，而"最终……把理论活动放到其实际的发生和应用语

---

① 〔美〕弗雷德里克·詹姆逊：《理论的症状还是关于理论和征兆?》，载王宁主编《文学理论前沿》，北京大学出版社，2005，第14页。

境当中，这就是唤醒了人们注重行为和交往的日常语境的意识。比如说，这些日常语境和生活世界概念一起要求达到哲学高度"①。从哈贝马斯的分析中可以看出，理论的先在意义的存在由来已久而且作用巨大，它构成了有别于经验世界的知识谱系。它将观念的力量通过逻辑作用放大，形成了观念的"逻辑先在性"，从而有效地抵抗了观念的"时间先在性"。有学者已经注意到："时间先在性是经验问题，逻辑先在性是理论问题。就时间先在性来说，先有实践后有对于实践的总结，换言之，没有实践活动，就没有理论的产生；就逻辑先在性来说，理论是指导实践的，先有观念，后有事物的创造。"② 如果这种理解具有合理性，文学理论的"创造本体说"成立，那么文学理论话语还仅仅是满足于对文学世界的阐述吗？文学理论话语方式中肯定萌生了新质，并由这些新质促进且标示着语言方式中的理论品位。如何把握这些新质，肯定是文学理论话语方式研究中最有意义最有价值的部分。

第一，语言并不仅是一种工具，文学理论话语也并不仅是言说文学规律的工具。长期以来，人们对文学理论话语的困惑（包括懂与不懂，理解与不理解），在很大程度上来自语言工具论的负面影响。的确，如果语言仅仅帮助我们言说了对象，表达了思想，达成了沟通，那么语言永远处于被动地位，并不能显示主体存在的巨大意义。而事实上，在很大程度上正是语言的存在才使人类超越万物，有了更为可靠更为明显的独立意义。

---

① 〔德〕于尔根·哈贝马斯：《后形而上学思想》，曹卫东等译，译林出版社，2001，第31~33页。

② 张一伟：《关于艺术理论的理论反思》，《文艺理论》2006年第2期，第77页。

换言之，是话语使言说者成为主体，具有主体的能动性，"因为任何交流和创造都必须在语言中进行，那就是说我们存在的世界是语言的世界，没有语言的世界是不存在的。如海德格尔所说语言是存在之家……既然人是语言的存在，那么，在每一个个体存在之前已经有先于它的语言的'先在'了"①。个别主体如此，整个人类的共同主体当然也如此，它借助并依靠自身的言说来达成自己的存在和人性的提升。在文学理论领域，意识不到这一点，文论话语便会永远外在于理论家，当这一理论家试图驾驭话语实现理论构建时，弗雷德里克·詹姆逊所说的那种语言"打滑和漏油"现象就会出现。在此情况下，语言为对象耗尽了一切，但它自身的品质却难于显现出来。因此，尽管谈论关于分析"工具"的概念十分普遍，理解并不是一种可以被工具性地完成的操作。米克·巴尔的这种看法，道出了将文学理论话语视为"工具"的缺陷。换言之，我们如果仍然坚持将话语作为工具来使用，对它难以理解无法把握是必然的。因为导致难以理解无法把握的原因并不存在于言说者和接受者之间，而是存在于更深的层次之中，即这种话语方式作为工具所固有的先天不足。

　　第二，文学理论话语是一种阐释性话语，更是一种创造性话语。文学理论话语的阐释性（或曰后释性），来自文学理论的科学本性，是文学理论作为知识和学问的集中体现。尽管将文学理论视为科学并不是文学理论历史中独一无二的看法，但承认这一点的人，往往十分重视话语的阐释功能，因为他们总是坚持"科学是从经验事实推导出来的知识"②。运用这些知识的

---

① 张一伟：《关于艺术理论的理论反思》，《文艺理论》2006年第2期，第78页。
② 〔英〕A. F. 查尔默斯：《科学究竟是什么》，查汝强等译，商务印书馆，1982，第10页。

目的，当然在于构成更多的知识，使知识链条形成更为紧密的结构。于是知识型文学理论话语的发现及探究使命大过了创造使命。韦勒克和沃伦也持这种看法，他们在《文学理论》中说："我们必须首先区别文学和文学研究。这是截然不同的两种事情；文学是创造性的，是一种艺术；而文学研究，如果称为科学不太确切的话，也应该说是一门知识或学问。"① 显而易见，在这里，作为表达知识和学问的话语，文学理论话语方式正是离开创造性才形成了自己的独立性。但更显而易见的是，这并不是文学理论话语的全部内涵。文学理论对文学本体的"悬置和创造"，如果不由话语创造来实现，那绝不可能还有其他方式。

文学理论话的创造性当然与艺术的创造性不同，这种创造集中体现为在多种思考中提供新的思想方式，并通过它将人们导向一些新领域，获得一些新范畴，从而形成一些可以指导实践活动的新思想，它很可能从根本上改变人们曾经形成的思想模式，在理性层面上形成新的创见。关于这一点，可以引证乔纳森·卡勒的看法。他说："被称为理论的作品的影响超出它们自己原来的领域。""思考发展成理论的一个特点就是它提供非同寻常的可供人们在思考其他问题时使用的思路。"卡勒还通过分析德里达和福柯的理论得出结论："关于理论的两个例子都说明理论包括话语实践：对欲望、语言等等的解释，这些解释对已经被接受的思想提出挑战。……它们就是这样激励你重新思考你用以研究文学的那些范畴。"② 在这种理论化方式中，文论

---

① 〔美〕韦勒克、沃伦：《文学理论》，刘象愚等译，三联书店，1984，第1页。
② 〔美〕乔纳森·卡勒：《文学理论》，李平译，辽宁教育出版社，1998，第3~15页。

话语得以实践对文学本体的创造（它从观念上解决了文学是什么的问题），从而也使文学理论具有了创造内涵。文学理论因之可以在某种意义上离开科学主义范围，获得鲜明而丰富的人文色彩。

第三，文学理论话语既有理论的普泛性，又具有话语的具体性。这一点也正是文学理论话语双向索求最终达成统一的结果。即文论话语一方面切合了对象世界，具有文学特性，另一方面又实现理论升华，获得了理性品质。需要指出的是，这种融合不是观念的预设，而是理论话语方式的实践作为，它在文学理论话语创造中有规律地被呈现出来，所展示的是一种不可抗拒的话语自主性，就像海登·怀特所说："当我们试图解释人性、文化、社会和历史等有问题的话题时，我们从来不能准确地说出我们希望说的话，也不能准确表达我们的意思。我们的话语总是有从我们的数据溜向意识结构的倾向，我们正是用这些意识结构来捕捉数据的。"① 可见，主体在话语活动中获得了主体性，而一个在话语存在中形成为主体的文论家，其作为主体，那是一个"内在主体"，他的行为既是个体的又是社会的，用兹韦坦·托多罗夫所引述的巴赫金的话来说，这个主体甚至"不仅是外在表达，就是内在表达都属于社会性范围。因此，连接内心的活动（能表达的）和外在客观（陈述）的方法，完全是社会方面的"②。这就是一个自由主体的话语创造方式，他在理论表述的具体形态中，将历史和文化意义自觉融会在自然的

---

① 〔美〕海登·怀特：《后现代历史叙事学》，陈永国等译，中国社会科学出版社，2003，第 1 页。

② 〔法〕兹韦坦·托多罗夫：《巴赫金、对话理论及其他》，蒋子华等译，百花文艺出版社，2001，第 220 页。

个性的言说内部，为这些言说增添厚度，并赋予它们特别的品质和内蕴。

总之，对于文学理论理解的复杂性，使文学理论话语方式变得更为复杂。最基本的矛盾是它只有成为一种"文学理论的"话语才能为人们所理解所接受，但它一旦成为这种话语，它必然就会远离其他话语，以及这些话语后面庞大的社会群体，形成更为明显的文化"区隔"。在这种文化"区隔"之中，文学理论话语主体虽然得以成全自己的文化权力与优势心态，但附带的问题（也可以说更重要的问题）是，在这个区隔中所发生的一切增加了我们的疑惑，就像布尔迪厄所认识到的那样。布尔迪厄"揭示出知识分子的部族秘密之一是，学术话语之所以预设某种误解，其隐秘的功能是为了保障老师对于学生的优先性，或者说得更明确一点，是为了维护一种社会区隔，它其实往往只是自我指涉的一种语言游戏"①。这样一来，理论话语的浑浊似乎永远难以澄清，包括布尔迪厄本人也不可摆脱认知与行为之间的背离，何况我们？文学理论话语方式，这实在是一种需要长久沉思的东西。

二 知识、方法与思维

与教学紧密相连的文学理论

在文学和文学理论研究逐步离开一统的言说方式，大力追

---

① 朱国华：《权力的文化逻辑》，上海三联书店，2004，第104~105页。

寻多样化的"后理论"时代，探讨文学理论教材建设这种确定性色彩明显的做法具有特别意义。因为某种能够被称为"理论"的东西的存在，往往并不以趋新为根基，"理论"有自己的自律与自治原则，也必有自己的基本形态。文学理论也不例外，作为一个公认的长久存在的学科，它的边界虽然确实在发生变化，但不可能没有确定的学科内涵与形态。在中国当代，由于种种原因，文学理论（有时被人们称为文艺学）已经植根于大学课堂，它在这里获得知识增长基础，形成最为丰富的理论再生产机制。在某种程度上甚至可以说，文学理论几乎已经成为一门存在于大学课堂上的学科，在社会文化场景之中，它虽然频频亮相，却化为种种具体的言说方式，与理论自身的意义相去甚远。

因此，无论在中国还是西方国家，无论在"理论时代"还是"后理论时代"，人们对文学理论的理解往往与教学相联系。很多体系化的文学理论著作，其产生往往以教材写作为动因，或者最终成为一本教材而形成影响。大学的文学理论教材状态，几乎就是文学理论本身的状态。这些教材不断地出现，"从现代学科意义上讲，文学理论教科书的编写已经有近百年的历史。近百年来人们编写了不下 250 部文学理论教材"[1]。这应该仅是一个保守的估计。这些汗牛充栋的教材，成为"文学理论生产"的宏大见证，展现出学科建设的丰富性。因此，探讨文学理论教材建设，实际上成为完善文学理论学科体系的有效方式。在这方面，人们所做的不是太多，而是太少。

---

[1]　鲁枢元等主编《文学理论》，华东师范大学出版社，2009，第 1 页。

　　为学科而生产教材，用教材来彰显学科的知识领地，这是由来已久的学术事实，已经成为一种惯例。但是，植根于大学教学中的文学理论，在它看似合理的这种存在方式中其实带来并保存了诸多不合理因素。其中最为明显的是使教材过多服从于学科，因而不能够充分顾及教学对象的接受需要和接受能力，甚至也不能够充分顾及不断发展的文学现实状态，体现出学院化的封闭与自足。"为学科"的文学理论往往服从于某种"先在"的或预设的文学理论观念及理论框架体系，因此无论谁来写作，在何地（何校）写作，其状态总是大致相似，诚如叶舒宪所说："当事者难以超脱和超越自己的学科专业，滋生出一种根深蒂固的学科本位主义心态，或者称学科自闭症。其症状表现有：不但不能有效地自我反思和批评，而且会放任和纵容学科本位立场的知识生产——制造出无限制地自我重复的产品——千人一面的'文学概论'、'美学原理'与'中国文学史'（据统计，百年来由文学研究界生产出的形形色色的'中国文学史'书籍已经多达 1600 余种）。如果没有一种带有根本性的学科合法性反思运动，自我复制式的重复生产格局还会惯性蔓延下去，并且愈演愈烈，积重难返。"① 应该说，文学理论领域的这种状态尤为突出，几乎每年都会有新的教材产生。在进行这种重复的教材编写时，大家由于服从了一个形而上的观念或者"结构"而并无不安。乔治·基迪写道："这种形而上学的结构是理性的：它所拥有的形式可能是被某个理性安排者给与的，尽管在这个系统内并没有设想任何安排者。形式的结构被理解为在每

---

① 叶舒宪：《本土文化自觉与"文学"、"文学史"观反思——西方知识范式对中国本土的创新与误导》，《文学评论》2008 年第 6 期，第 6 页。

个内涵中都内在地具有种属联系。"① 在很长时间里，人们认为这种方式合乎文学理论的生产规律而广泛运用它。关于文学理论的生产规律，沃尔夫冈·伊瑟尔在《怎样做理论》中概括道："每一种文学理论都把艺术转变成认知，而这需要搭建一个基本框架，它从一个假定的前提出发，在其之上建立了一些结构，服务于特定的功能，该功能的实践通过特定运行来组织。"② 在中国，这个假定的前提、结构和功能是通过现当代特定的历史文化选择而"设定"的，它带着西方文学理论的观念色彩，又体现了统一的国家意识形态要求，是整个现代性历史进程的结果，因此形成强大的理论基石。有了这种依据，一种不合理的体制化的学术行为逐渐转化为合理存在，形成了自己的学理路径。在这种服从于学科的情况下，为完成学科建设的任务，作为教材被大量编写的文学理论当然无暇顾及教学对象的需求和接受能力，甚至无暇顾及文学实践内部不断形成的新诉求。

当然，这样说并不意味着当下文学理论教材的编写没有观念的变化和材料的更新，恰恰相反，这种更新在有限范围内不断发生，它甚至构成某部教材得以写作的主要理由和动力。问题是这许多更新仍然是为了学科的更新，是研究者在学科领域研究收获的自我固化，一句话，是学科体制下文学理论知识生产的基本法则的必然产物。以此为前提，它所提供的新成分一方面带来某些关于学科基本观念、方法和知识边界的争论与拓展，赢得了学科建设的价值，一方面则是给接受者带来了许多

---

① 〔美〕乔治·基迪：《定义艺术：内涵和外延》，载彼得·基维主编《美学指南》，彭锋等译，南京大学出版社，2008，第 39 页。

② 〔德〕沃尔夫冈·伊瑟尔：《怎样做理论》，朱刚等译，南京大学出版社，2008，前言与致谢第 1 页。

难以理解的理论新成分。从学习者的角度看来，文学理论似乎在不断膨胀，有时甚至变得混杂而繁复，失去了理论应有的简约、清晰、明澈，它仿佛"奥吉亚斯牛圈"那样充满了许多不相关的东西。毫无疑问，这是文学理论体制化的一个结果，它以学科的增值为表象，实际上发生的却是学科理论形态的板结。这种情况不仅中国存在，西方亦然。关于这一点，美国理论家杰拉尔德·格莱夫曾说："在文学研究被集中于大学的那整整一个世纪的时间里，这一停滞的过程变得如此漫长，以致今天的有些研究者把它看成是官僚政治式的制度化所造成的不可避免的结果，这一诊断似乎常有过分浓厚的宿命论色彩，但它强调了一个在思考文学理论的未来时需要涉及的问题：一方面，停滞的循环说明了对理论的呼唤为何经久不息的原因；另一方面，由于每一种新的理论反应都已被制度化了，因而连自身也保不住，也被卷进那停滞的循环之中，如是又导致新的理论思考的爆发，到头来它又被吸收同化，被惯例化。"[1] 可以说，作为学科的文学理论与作为教材的文学理论交杂在一起，必然形成当事者无法左右的这种结果。

学科特性与教学实践矛盾

在文学理论领域，需要一种将学科建设与教材建设分开的观念，尽管做起来可能十分困难。文艺学作为科学分类中的一个部分，是中国语言文学一级学科下面的一个二级学科，它有着特定的学科定位和知识体系，需要运用理论方法和逻辑思维

---

[1] 〔美〕杰拉尔德·格莱夫：《理论在文学教学中的未来》，载拉尔夫·科恩主编《文学理论的未来》，程锡麟等译，中国社会科学出版社，1993，第333页。

进行探究，某些决定着这个学科存在的根本问题，如什么是文学、什么是文学理论等，具有变动不居但又并非空洞无据的内涵，需要不断对之进行深入解析与定义，因此理论形成了自己的逻辑扩展力量。换言之，作为学科的文学理论总是存在自我拓展的研究空间，其理论活力由是而生。

关键是这一切对于文学理论的学习者意味着什么？一般的理解是，应该由完整的学科理论知识对学习者提出要求而不是与此相反，因为你所要学习的是一门业已存在的学科。因此，将学科知识越完整地交给接受者，理论主体的成就感就越强烈。这种观念正是推动文学理论学科知识与文学理论教材不断结合的一个重大力量。然而，从人才培养实际出发，有时决定着学科的根本性问题以及十分专业化的研究思路与方法，却并不是各类学习者一致需要或者必须掌握的。比如"什么是文学"，如果连从事研究的学者都觉得这是一个变化着的难有定论的问题，需要专门的研究来完善，那么要在教材中写清楚并要求初学文学理论的大学一年级学生加以理解和掌握，可想而知难度巨大，结果往往事倍功半。但公允地说，这种有违常识的追求其实并不是文学理论主体的主动意识，它是大学制度整体力量决定并推动的。中国大学的专业限制过于严格，学科与专业本位是教育教学的基本原则，每个人都得遵循，文学理论教师亦然。学科、专业本位的后果是压缩了学生自主学习的选择空间，大幅度降低了学生的学习主动性。在教学实践中它带来的直接影响是加大了学科对教材的制约。其结果，以文学理论为例，即使在大学本科汉语言文学专业（它培养的并不是专门的文学理论人才）中，学生也必须学习专门化的（或学科化的）文学理论，为这种学习而编写的《文学概论》《文学理论基础》《文艺学导论》《文学原理》等教材，成为大学文学理论的主要部分。这些教材往往从探讨文学是什么入手，延及文学的功用与价值、文学乃至文艺学的边界、文学的发展前景等充满变化与争议的领域，其中关于文学的基本知识与文学理论知识这两类不同范畴的东西也很少得到有效区分……总之，文艺学丰富的知识体系及观念、方法等强制性进入教学领域，在教材中获得了显在形态，同时也完成了学科知识体系的自我建构。在这些积极成效后面形成的，却是文学理论教材与教学对象之间不可避免地发生了更大程度分离。虽然这一弊端今天已经越来越多为人所认识，但现实变革却来得十分缓慢。

分离的直接后果是使人对文学理论产生了空泛与脱离实际的印象，在大学本科阶段，说到文学理论，人们常有敬畏之心，一方面觉得它对理解文学很有帮助，另一方面又觉得它抽象难懂，不好掌握。作为一门重要的汉语言文学专业基础课程，文学理论本来具有鲜活的理论生命力，它的抽象思维所构成的理论特质应该具有启发心智的巨大作用，但在实际中却难以得到展示。分离的另一个后果是，从文学理论学科发展的角度来说，由于文学理论与教学过程紧密相连，教学化的理论状态反过来对学科发展形成了制约。"在大学人文学科的集团动态中，似乎有这样的情形：一旦方法上的改革以一批互无关联的领域、大纲和课程的形式制度化了之后，不仅最初引起这场改革的那个理论被人遗忘，而且最后连这场改革曾有理论卷入这一事实也被人抛至脑后。"① 可见

① 〔美〕杰拉尔德·格莱夫：《理论在文学教学中的未来》，载拉尔夫·科恩主编《文学理论的未来》，程锡麟等译，中国社会科学出版社，1993，第333页。

教学对学科建构所产生的这种惰性，与它所起的积极作用一样明显。

因此，分而治之实为必要之举。事实上，作为学科的文学理论有赖于深入研究来维系其生长活力，它通过增强文化现场的话语权来证明其价值，这项工作只能由专门的研究者来完成，就像拉曼·塞尔登所说："（文学）理论似乎是一个相当深奥的专门领域，只有文学系的少数人关注它，而这些人其实是哲学家，不过冒充文学批评家罢了。"① 而作为教材的文学理论需要教学过程来展示其理论活力，它通过促进接受者的文学理解能力来实现其价值，在这里，作为学科的抽象的文学理论进入教材，应按照不同接受群体的需求和特点进行重新编排、整合，而不是保持着原有的学科知识状态，更不是越深奥越好，越全面越好。作为教材的文学理论既受文学理论学科的制约，又必须形成有利于学习者接受的特点，双向的制约使它只能是有选择的文学理论，适合于人才培养的文学理论。因而，学习者的知识需求和能力状态应该发挥更大的支配及影响作用。

知识、方法和思维的关联

作为学科的文学理论，其学科特质从三个层面体现出来，那就是知识、方法和思维，三者互相呼应形成一个有机整体。但在文学理论教材的编写中，应根据人才培养需要有侧重地加以选择和突出。

所谓知识也就是常识化的理论，是可以通过易于学习的方法解决的问题，或者就是已经被解决了的并且形成共识的问题。

---

① 〔英〕拉曼·塞尔登、彼得·威德森、彼得·布鲁克：《当代文学理论导读》，刘象愚译，北京大学出版社，2006，引论第 1 页。

文学理论的知识体系主要是相对于整个文学世界而建构起来的，是关于文学的系统化的理性认识。文学常识不包括那些难以确定的有待进一步研究的根本问题，如文学是什么、文学的基本价值等。在今天的文学理论领域中，诸如文学创作的一般过程和基本方法、文学文本的基本结构和特点、文学体裁及分类、文学语言及其技巧、文学形象的优劣分别、文学的风格特色，以及文学鉴赏和批评的一般过程及方法等，都已经化为文学的基本知识。在运用这些知识的时候，虽然离不开相应的文学理论方法与思维，但总体上看更倾向于一种技能和技巧，一般人通过学习和训练，可以有效掌握它们，从而提高对文学的知解能力。

文学理论的方法是基于对文学理论整体认识所形成的研究文学问题的方法。它超越文学理论常识构成的最明显的地方在于，它对文学和文学理论重要的基本问题具有深入探究的清晰视界和有效理路，可以带来文学理论学科的知识增值与扩容。因此掌握文学理论方法的人应具有对文学理论本身的自觉，他们要追问的不仅是"文学是什么"这类文学本体问题，更重要的是"文学理论是什么"这类文学理论本体问题。在这个意义上，可以肯定地说，文学理论的方法具有深刻的理论特质包含其中，它甚至就是文学理论的"理论表达方式"，是使人们通过文学理论基本形态抵达文学理论内质的主要方法。如果我们仅在一般意义上理解文学理论方法，而不涉及文学理论本身的自觉，那么所谓方法实际上就被抽空了文学理论的价值，"就意味着它可能面临两种结局，一是不断地泛化，成为无所不能的无能；一是不断地工具化，在事物的表面摩擦，而无法抵达本体之根"①。所以，所谓文学理论方法既是研究文学理论的方法，又是见证文学理论的标志。理解和掌握这种方法，是从事文学理论研究的专门人才必须具备的起点性的观念和能力。

众所周知，文学理论的思维首先是一种逻辑化的抽象思维，但在这里我指的是这种逻辑思维在文学理论思想、观念和学派建构中的具体方式。譬如探究"什么是文学"，也许永远不会产生一个人人都认可的定论，但可能随时产生出某种合乎逻辑的、能自圆其说的定论，中外文论史上的不同文学理论学派就是建基于这种独特思维之上的流派。这些流派使普泛的理论思维抵达了具体的理论"场域"，创造出了一套新的理论话语。这些理论学派的价值不在于彻底取代此前的其他理论学派，而在于寻求与之不同的文学阐释角度和阐释方式，区别与创新是它们所致力的理论重心。因此它们的出现丰富了文学理论的整体格局，为人们进入芜杂多样的文学世界提供了一条条新路径，使人们得以在相同的文学现象中看到多种不同的文学新景致。文学理论的思维层面所要探究的正是有关这些流派的产生与发展规律，它们走向终结的原因和方式，其中所包含的理论意义，以及在历史和时代背景之下所体现的文化价值等问题。只有在这个思维层面之上，我们才能洞悉文学理论的更多奥秘，形成全景式开阔视域，才能达到真正的理论高度，获得理论创新的启示与可能。中国的学派化文学理论的建立，正有赖于这样的理论思维建构。

应该说，作为一种成熟的文学理论，上述三个层面会紧密

---

① 董学文、张永刚：《文学原理》，北京大学出版社，2001，第289页。

结合在一起，构成文艺学学科的整体格局，我们很难执其一端分论其一，单独突出某一方面的重要性，更不能仅就某一方面形成突破以获得可喜的理论成果。具有话语力量的高品位文学理论也只有在这三个层面的有机结合中才能形成。但是，我们如果离开文学理论学科本位，从教材角度思考文学理论建设问题，可以肯定，这三个层面不但可以分而治之，而且必须分而治之。因为接受者的基本状态才是教材和教学都必须考虑到的重要因素，否则违背循序渐进规律，理论传承的链条将出现混乱或断裂。循着这个思路，根据人才培养的主要层次，我们可以得出文学理论教材编写准则的基本结论，即为汉语言文学专业本科学生编写的教材应以知识型文学理论为主；为文艺学硕士研究生编写的教材应以方法型文学理论为主；为文艺学博士研究生编写的教材应以思维型文学理论为主。

在中国现当代文学理论领域现有的几百种教材中，可以说大多数是为汉语言文学专业本科学生编写的概论性和原理性教材。在此类教材中，编著者大多从学科本位出发，总是力求把教材编写得大而全，深而难，以此体现文学理论的学科深度与完整性。这样的教材使初入文学世界的人不可避免地产生了巨大的理论困惑，当他们勉为其难，学完了（而非真正理解了）这个庞大的文学理论体系，结果发现作为本科毕业生，这些过于专门化的理论知识、方法和思维对其所要从事的工作作用并不大，或者说并非完全必要。事实证明，我们按学科的方式教育学生，结果造成了太多的资源浪费。因此，作为运用于本科教学的文学理论教材，笔者的看法是应该更多地"缩水""减肥"，使其浅显化、明晰化，让它成为侧重于文学知识的"知识型"教材,而不是成为文学理论形态的见证。这种文学理论教材所要做的主要工作,也就是像伊瑟尔所说的"把艺术转变成认知"。在大学的初始阶段,能够使学生学会更好地理解文学现象,从丰富的文学世界中获得正确的认知,文学理论教材的初步使命就已经实现。而对于文艺学硕士研究生和博士研究生的文学理论教材,则必须进一步提升质量和档次。硕士研究生应侧重训练文学理论研究方法,要达到这个目的,必须培养研究生对文学理论本身的深入了解和理解,使其掌握"文学理论的理论",形成理论的自觉状态。在观念自觉的基础上方能知悉方法,明确理路。为此,应该重视建基于厘清文学理论基本形态的文学理论教材的编写。目前,在一些大学的硕士文艺学专业的教材和教学中,这是一个十分薄弱的环节,我们很难想象,对文艺学基本形态缺少明确认识的研究生能够成为掌握文学理论方法、具有研究能力的专门人才。与此相类,文艺学博士研究生侧重于思维训练的文学理论教材也应该得到更多重视,这是通向理论创新的台阶。在西方文学理论中,诸如伊格尔顿的《二十世纪西方文学理论》,佛克马、易布思的《二十世纪文学理论》,乔纳森·卡勒的《文学理论》,韦勒克、沃伦的《文学理论》,安德鲁·本尼特、尼古拉斯·罗伊尔的《文学、批评与理论导论》,拉曼·塞尔登、彼得·威德森、彼得·布鲁克的《当代文学理论导读》,查尔斯·布莱斯勒的《文学批评:理论与实践导论》等著作,皆对该类教材的建设具有启示意义。中国特色的学派化文学理论的产生,有赖于更多体现上述思维特点的教材和教学的熏陶。我们相信,出自中国学者之手,并充分突出思维特征的高层次文学理论教材的产生,将随之带来高层次文学理论人才的产生，同时它也将有力证明，中国当代文学理论建设达到了令人欣喜的高度。

三　学科定位与特点

学科定位

研究文学及其规律的学科，在总体上，人们将它称为"文学学"，中国人习惯将它称为"文艺学"。其实文艺学本是一个内涵更为丰富外延更为宽广的概念，用它来代称"文学学"，大词小用，并不仅仅是使用习惯导致的误置，其中包含特殊的当代文化原因。如果分析这些原因，可以发现中国现当代"文学学"建设中的许多不合理不科学的因素。但这不是本书必须涉及的。在这里要强调的只是，我们在观念上，应将这个含义等同于"文学学"的"文艺学"概念，理解为狭义文艺学。

文学学（或者狭义的文艺学）包括三大分支，它们是文学理论、文学发展史和文学批评。虽然文艺学的三大分支都是以古今中外一切文学活动、文学现象为研究对象，但三者在研究的具体视角、具体方式和目的任务等方面各不相同。

文学发展史，是从历时的视角，按历史顺序，选择某一特定时空的文学现象作为研究对象，力图完整、扼要地总结、展示某一国家、民族、地区的文学状况，揭示文学继承和发展的基本规律。

文学批评，主要针对现时的具体作家、作品、文学思潮、文学运动，通过对以作品为中心的文学现象进行分析评价，阐明其中的成败得失，从而启示作家进行更成功的文学创作，引导读者正确理解文学作品。

从某种意义上看，文学批评和文学发展史都需要对文学现象进行具体研究，都要分析个别的文学现象，但两者在分析考察的深入程度和分析研究的侧重方面会有所不同。一般地说，文学发展史相对要宏观一些，而文学批评则更为微观细致。

文学理论也要面对具体感性的文学实践，但是作为理论，文学理论是对文学实践经验的总结、概括，要从具体感性的文学实践中发现具有普适性的要素，并在一定的哲学、美学思想的指导下，经过高度的理论概括，形成一整套系统化的理论体系，以此来揭示文学活动的本质和规律。相对文学发展史和文学批评，文学理论是抽象的，它离开文学现象，用概念、术语、原理等建立起一种系统化的关于文学的理论知识体系和分析方法。

文学学学科内部的三大分支虽然有各自不同的研究方法、任务和功能，但是三者始终保持着密切的关系。文艺理论指导和制约着文学批评和文学史的研究，文学理论本身又必须建立在对特殊的具体的作家、作品和文学现象的研究基础上。也就是说文学理论的建立离不开文学发展史和文学批评，三者之间是相互依存相互促进的关系。对此，韦勒克在《批评的诸种概念》一书中说："它们之间关系是如此密切，以致很难想象没有文学批评和文学史怎能有文学理论；没有文学理论和文学史又怎能有文学批评；而没有文学理论和文学批评又怎能有文学史。"① 这种关系具体体现出来，也就是"一个批评家的文学观

---

① 〔美〕韦勒克：《批评的诸种概念》，丁泓、余徵译，四川文艺出版社，1988，第8页。

点，他对艺术家和艺术品优劣的划分和判断，需要得到其理论的支持和确认，并依靠其理论才能得到发扬；而理论则来自艺术品，它需要得到作品的支持，靠作品得到证实和具体化，这样才能令人信服"①。文学理论的价值和作用，正是在它又一次回到文学实践层面上才得以充分展现的。

总而言之，文学理论给文学史研究和文学批评以理论指导，提供理论基础；文学史研究文学的发展历史，文学批评主要评论当前的文学活动，它们从生动活泼的文学实践中总结经验，丰富和发展文学基本原理，使之免于停滞和僵化，成为不断发展、变化着的知识体系。

通过以上分析，我们知道，文学理论与文学学内部的其他两大分支之间存在密切的联系。就文学理论本身而言，它又有自身的基本结构，由于文学理论是在古今中外对文学由浅入深、由简单到复杂的认识基础上逐步形成、发展、完善的，在普通高等学校汉语言文学专业的学科体系中，文学理论一般又被拆分为以下课程：中国古代文论、西方文论、马列文论和文学概论等。

这里着重说说文学概论。文学概论是最基本的文学理论，它是以人类社会一切文学现象作为研究对象，汲取古今中外文学理论的精华，用马克思辩证唯物主义和历史唯物主义方法从普遍意义上全面系统地阐明文学的性质、特征和基本规律的一门基础理论学科。"文学概论"又可称为"文学的基本原理"或者"文学理论基础"。它代表着文学理论最基本的状态，它的

---

① 〔美〕韦勒克：《批评的诸种概念》，丁泓、余徵译，四川文艺出版社，1988，第13页。

体系和框架，是文学理论作为学科的最典型的证明。在某些特殊时期，它甚至会成为文学理论的代名词。可见在文学理论自身构成中，文学概论的重要性不言而喻。

学科特点

1. 抽象的思维特性

理论是对研究对象系统化了的理性认识，理论的建立过程其实就是对现象的抽象过程。文学理论是文学实践的理论概括，是对隐藏在纷繁芜杂的文学现象中的文学规律的总结，思维的抽象性因此必然成为文学理论最显在的学科特点。

也就是说，文学理论展示给我们的所有概念、命题、原理都是在对众多文学作品和文学现象进行分析概括之后抽象出来的逻辑思辨结果，它不能不抛弃大量感性的东西，它不能不远离具体的文学现象，即使所举的例子也是高度概括化的。

文学理论的抽象思维特性使其能够超越对文学现象的具体化的批评、阐释，能够高屋建瓴地归纳总结文学活动的本质规律。但是，文学理论本身的抽象性不应该成为疏远自身研究对象的借口，既然文学理论是对文学活动系统化的理性认识，它只能来自对文学活动的感性认识，是在对文学现象进行感性认识的基础上，经过理论主体的思索，将丰富的感性材料进行去粗取精、去伪存真、由此及彼、由表及里的加工处理的结果。对文学的感性认识应该作为文学理论抽象思维的坚实基础。

2. 有机的话语体系

每一门理论学科的形成都有其历史发展过程，这个过程一般会使其成长为一个有机性十分严密的科学体系。所谓有机性，是指该学科与其研究对象，与其赖以产生的社会现实、历史文化保持着深刻的、合理的必然联系，并能随对象及时代的变化进行自我调整。今天，文学理论应该获得这种有机的话语内质。

与此同时，文学理论本身还具有严密的逻辑性和整体感，体现出有力而又活泼的论述力量，并且，它一般不会随意地生搬硬套其他理论中的某些部分，对自身做可有可无的填充。可以说，文学理论话语体系的有机性、逻辑性正是其作为理论学科生命力的体现。

文学理论话语的有机性是由其研究对象的有机性促成的。文学是什么、文学写什么、文学怎么写、文学什么样、文学有何用，这些都是文学理论必须研究、必须给予解答的基本问题，与这些元问题对应就形成了文学理论中各部分之间的彼此关联，可以使文学理论本身成为逻辑性极强的话语体系。

3. 活泼的实践品格

一切理论都是对人类实践经验的概括和总结，文学理论作为人们对于文学性质、特征及其规律的系统认识，也是在文学实践的基础上产生的。可以这么说，没有文学实践就没有文学理论，文学理论的产生和发展肯定需要文学实践为它提供鲜活的材料与直接的动力。

文学理论的实践性表现在两方面。首先，诞生时的实践性。理论不是凭空产生的，不是理论家空想假想杜撰出来的，文学理论是对大量具体的文学作品的归纳总结。先有了文学活动的实践然后才会有文学理论的概括。其次，检验时的实践性。"实践是检验真理的唯一标准。"真正科学的文学理论必须经得起文学实践的验证。被文学实践否定的文学理论无论它是多么炫人耳目，也没有任何理论价值。文学理论的价值只有在实际运用中才能更好地显现出来。文学理论必须不断在文学现场中发出声音，使一个时代的文学姿态得以明晰显现。

由于依凭了实践的力量，文学理论本身总是随着文学的发展而发展，永远处在变化更新的过程中，体现出活泼的实践品格。任何时候，僵化的文学理论也就会失去文学理论的资格。

四 理论历程

文学萌芽于人类活动的早期，文学产生以后，人们自然需要从理性上去认识它、解释它，对它做出评价，向它提出要求，这样就出现了朴素的、萌芽状态的文学理论。

中国文论发展脉络

《尚书·尧典》记载了舜与乐官的对话，舜谈到"诗言志，歌永言"，意思是说，诗是表达人的主观意愿的，歌把诗的语言延长，徐徐地唱出来，于是诗的情志表现便更加充分。这是我们祖先关于文学的较早的一种朴素认识。

在中国，系统的文学理论著作出现得比较晚，最早的一部是公元5世纪（南北朝时期）刘勰写作的《文心雕龙》。《文心雕龙》体大思精，所论几乎涉及文学活动所有领域，其见解颇具创意，它的系统性和完整性在中国古代文论中都比较少见。

中国文学理论在几千年间的发展历史，造就了中国传统文学理论的特定范式和形态。

诸子蜂起、百家争鸣的先秦时期是中国古代文学理论的初生期，这个时期的文学理论及批评体现出独特的理性精神，影响了民族文化心理结构，对中国文化的发展意义深远。先秦时期虽然没有系统的文学理论著作出现，但是散见在其他著作中，其形态只是"只言片语"的文学观念，却有着极其重要的价值和意义。因为这些关于文学的"只言片语"，有着深厚的哲学背景，涉及中国文学中的一系列基本问题，因此为中国古代文学理论的进一步发展奠定了哲学、美学思想基础。关于先秦时期的文学理论，我们应该关注的主要是："文""言辞""文学"等概念的出现，虽然这些概念在当时的内涵与今天我们熟知的内涵之间存在明显的差别，但也有着一定的联系。在这种区别与联系中可以了解人们对文学本质的认识发展和深化过程。《尚书·尧典》的诗言志说促成了中国重表现、重写意的文学观念；孔子通过兴、观、群、怨表现出儒家以政教为中心的文学价值观，孟子提出了一系列文学批评方法；老庄自然文艺观促成了审美文论的基本起点与走向；等等。

统一强盛的汉代，在思想领域"罢黜百家，独尊儒术"，影响到文学理论，初步促成了文论家多谈体验、理解，文学研究局限于对文学作品的经验感受、注疏评点的整体态势。《毛诗序》提出"诗"有"风雅颂、赋比兴"六义，使文学研究精细化，同时，它还进一步强调了诗言志以及诗的社会政治功用。文章和文学在这个时期有了区别，但含义与今天不同，文学指学术性著作和政令法律条文，文章则是指带有文采的词章。而《诗三百》成为"经"，其艺术意义被忽视，这对文学的影响是巨大的。

激烈竞争的魏晋南北朝时期，是中国思想史上继先秦诸子百家后的又一个黄金时期。人的精神面貌发生了重大变化，许多知识分子对人生、社会和自然有了新的感悟和理解，因此人才、名士很多，诗风文风清峻洒脱、华丽壮大。文论上有见地且比较系统的文学理论专著开始出现，同时文学观念明朗化，真正与学术著作、政论文体区分开来。因此，鲁迅先生说，魏晋时代是中国文学史上的"自觉时代"。它给我们留下了许多重要的文学理论著作，如曹丕的《典论·论文》、陆机的《文赋》、刘勰的《文心雕龙》、钟嵘的《诗品》等，其中最具价值和影响的是《文心雕龙》。

唐宋以诗词闻名。但唐以后，亮丽的诗词中逐渐渗透深沉的理性，文学又发生了一个变化。体现在文学理论上，便是文学观念整体性地向传统回归。研究创作的诗话词话虽然很多也很细致，但谈论作品大多离不开对象、作用以及载道明理等，缺少富有超越意义的见解，且视世俗言情文学（如小说、戏剧）为旁门左道。

元明清之际，随着市民文学和通俗文学的繁盛，文学观念发生了新变化，小说戏剧理论发展起来。李卓吾是重视小说戏剧的一个代表，后来梁启超把这种观念推向极致。明清时代诗文流派繁多，复古风气浓厚。明代论诗有重格调与重义法两派。李卓吾评点《西厢记》中提出的"童心说"及反复古思想。金圣叹评点《水浒》时提出人物塑造要"形神兼备，惟妙惟肖"。清代论诗较有价值的观点是王士祯的神韵说、沈德潜的格调说和袁枚的性灵说。李渔的《闲情偶寄》展示了对戏剧创作的深入认识。王国维的《人间词话》等著作将中国古代意境理论推向高峰。

中国近代，由于多方面原因，西方文艺思潮不断涌入中国，对中国古代传统文学理论形成较大冲击。五四时期，中国文学理论开始逐步经历一个从自在到自觉，从逐步告别感悟印象式的批评，到建立系统化的理论体系的过程。其时的文学理论，扬弃了中国传统的文学观念，并且开始形成各种初具形态的现代文学理论批评体系，如以梁实秋为代表的新人文主义批评形态，以李健吾为代表的以审美感受为基础的印象主义批评形态，以梁宗岱为代表的象征主义批评形态，以鲁迅、茅盾等为代表的现实主义文学批评形态，以郭沫若等创造社批评家为代表的浪漫主义批评形态，以朱光潜为代表的以欣赏创造为特色的审美批评形态等，呈现出多元化探索与建构的格局。可以说中国具有现代意义的文学学，在这个时期初露端倪，并逐渐走向壮大。

新中国成立以后，在五六十年代，我国的文学理论研究深受苏联文学理论的影响。苏联的文学理论体系和研究、批评方法，几乎被完整地输入中国，并由于当时特殊的政治环境，这种理论方式获得极高评价，对此后二三十年间的中国文学理论与批评，产生了极大影响。它使中国文学理论主要采用"历史主义－实证主义"的模式，把研究的重点放在文学外部规律上，热衷于阐述作品与社会、现实、道德、政治之间的联系，相对而言，对文学内部规律的研究则比较欠缺。

进入新时期以后，随着西方 20 世纪文学理论被广泛翻译、介绍进入中国，中国八九十年代的文学理论走向了文学观念的多元化和哲学基础方法论的多元化。精神分析研究法、原型批评法、符号研究方法、俄国形式主义研究法、英美新批评研究法、结构研究法、现象学研究法、解释学研究法、接受美学研究法、解构研究法、女权主义研究法、新历史主义研究法、后殖民主义研究法等几乎一拥而上，使国内研究者眼花缭乱、应接不暇。中国文学理论的发展与变化，颠覆与重构，在这个时期显出异常活跃的状态。但是由于对西方当代文学理论没有完全吸收消化，又存在脱离中国文学语境、简单搬用西方的理论话语的现象，中国文学理论也一度陷入"乏力""无效言说"的状态之中。

进入 21 世纪，中国的文学理论研究者已经意识到亦步亦趋地追随西方文论不能使中国当代文论发出自己的声音，因此转而关注中国古代文论的现代转化问题，期望借此找到中国当代文学理论的哲学美学基础以及具有汉民族特色的言说方式，但这是一条艰难之路，它光明的未来需要更多的探索与付出。

西方文论发展脉络

在西方，古希腊人从很早以前也在思考研究文学的本质问题，比如公元前 5 世纪古希腊哲学家德谟克里特就提出文艺起源于模仿，他类比说："在许多重要的事情上，我们是模仿禽兽，作禽兽的小学生的，从蜘蛛我们学会了织布和缝补；从燕子学会了造房子；从天鹅和黄莺等歌唱的鸟学会了唱歌。"① 从文艺起源于模仿这一认识出发，古希腊哲学家一般都认为文艺的主要功用是"传授知识"，满足人们求知的欲望。

但是，"诗言志""模仿说"还不是现代意义上的"文学理

---

① 北京大学哲学系编《古希腊罗马哲学》，商务印书馆，1961，第 112 页。

论"，它们还只是零碎的不成系统的文学思想。文学理论作为一门系统的科学，并不仅是零碎的文学见解和文学知识的简单汇集，它除了应该具有客观的真理性、知识的全面性之外，还必须有自身的内在逻辑和学科体系，其中包含一系列相互关联的概念和范畴。这种严密、完整的理论体系只有在长期的经验积累的基础上，经过文化选择，迫使理论家形成特定的理性思维才能完成。所以，尽管人类对文学早有一些理性化的说明、表述，但是文学理论作为一门科学，却是文学发展到一定历史阶段的产物。

就目前所发现的资料来看，人类历史上第一部较为系统的文学理论著作是公元前4世纪古希腊哲学家亚里士多德所写的《诗学》。这部著作继承了德谟克里特的"模仿说"，系统地论述了文学的性质、文学的起源、文学的真实性、文学的种类和文学的社会功能等问题，从而奠定了欧洲文学理论学科的基础。

较之中国古代文学理论，西方古代文学理论较为系统，大部头的文学理论专著出现较早，几乎与我国孔子同一时代的古希腊哲学家柏拉图和亚里士多德，就写下不少文学理论专著，涉及文学、美学等领域。

本体论是文学理论必然要涉及的基本问题之一，西方对文学本体论问题一直比较关注。总的来说，西方唯物主义文学理论对文学本质属性的认识，大致可分为以下三种观念。

模仿说。模仿说从古希腊时代开始产生，此后一直盛行到欧洲中世纪。模仿说主张艺术（其中自然包括文学）是对生活和自然的模仿，自然和生活是艺术的源泉。但是，模仿说所认定的艺术对外部世界的"模仿"，仅仅局限于对事物外在形态的模仿，因此这种对文学本质的认识还带有明显的机械唯物主义色彩，总体来说比较朴素、幼稚。主张此说的代表人物有德谟克里特、亚里士多德、欧里庇得斯、埃斯库罗斯、索福克勒斯、贺拉斯等。

镜子说。镜子说盛行于欧洲 18、19 世纪，是模仿说的继续和发展，不同的是镜子说强调文艺对生活的反映、模仿不能停留在事物的表面，而要深入事物内部，把事物的本质反映、揭示出来。文艺复兴时期的许多艺术大师都可视为这种观点的代表人物。

再现说。再现说从 18、19 世纪开始流行，俄国民主主义文艺理论家将其推向顶峰。再现说主张生活是艺术的源泉，艺术反映生活的本质是通过具体可感的形象来实现的。再现说强调艺术要再现人的现实生活，艺术家要与时代、社会和人民紧密相联。再现说的代表人物有车尔尼雪夫斯基、别林斯基、杜勃罗留波夫、赫尔岑等。

除了唯物主义文学理论以外，在西方，还有众多的唯心主义文学理论，如柏拉图、黑格尔、康德等人的文艺观，它们从另一个角度给我们提供了不同的文学思考，我们应该批判地汲取其中的精华。

总之，由于涉及的国家较多，西方文学理论极其丰富芜杂，择其重点，我们应该对以下的一些文学理论家及其著作进行扼要的了解。

古希腊时代柏拉图的《文艺对话录》和亚里士多德的《诗学》。在《文艺对话录》中，柏拉图主要谈论了文艺与现实世界之间的关系问题、文艺的社会功用问题以及文艺创作的灵感问题。柏拉图对文艺的评价很低，认为文艺是"影子的影子""与真理隔了三层"，柏拉图并不否认文艺本身的魅力，甚至非常清楚文艺对民众的吸引力，但是，柏拉图认为文艺对社会生活只会起到消极的影响，因此主张把诗人驱逐出所谓"理想国"。亚里士多德的《诗学》，是研究悲剧和史诗的专著，它坚持唯物主义立场，超越其师柏拉图的唯心主义观点，比较科学地回答了文艺与现实的关系，文艺的心理基础和社会作用等问题，在马克思主义理论产生以前，亚里士多德的文学理论可以说是西方进步文学理论的依据。

古罗马时期贺拉斯的《诗艺》，在诗的功用问题上明确提出"寓教于乐"的观点，主张人物塑造的类型化，并提出了学习希腊典范的复古口号。

17 世纪布瓦洛的《诗的艺术》，是法国新古典主义文艺理论代表作，布瓦洛在书中除了继承罗马古典主义时期的代表人物贺拉斯的主张以外，还强调理性是一切艺术的最高法则，制定了一系列古典主义的创作规则，如悲剧应该表现王公贵族、上流社会，喜剧应该调侃下里巴人、平民百姓；人物性格应该重视类型化；戏剧创作必须遵守时间、地点、情节相统一的三一律。

18 世纪法国启蒙运动中的主要文学理论著作，有狄德罗的《论戏剧艺术》，德国戏剧批评家莱辛的《汉堡剧评》《拉奥孔》等。狄德罗在《论戏剧艺术》一书中，主张打破悲剧与喜剧二元对立的固有戏剧体裁格局，建立介于悲喜剧之间、适合表现当代生活的严肃剧，即"正剧"。狄德罗还重视人物性格，认为性格取决于情境，性格描写应该扣紧并符合人物的身份、家庭、职业等。《汉堡剧评》是莱辛给汉堡国家剧院所写的戏剧评论，作者针对当时德国社会现实和古典主义戏剧泛滥的状况，尖锐地批判了古典主义戏剧的清规戒律，提出要建立市民戏剧的主张，并阐述了戏剧创作的一些艺术规律。从启蒙的需求出发，莱辛还特别重视戏剧的社会教育功用，认为戏剧应该是改进道德的学校，是法律的补充。在《拉奥孔》一书中，莱辛从拉奥孔雕像的表情与罗马诗人维吉尔所描写的拉奥克形象的差别谈起，探讨了诗与造型艺术之间的区别。莱辛通过分析比较认为，诗和画都是对自然的模仿，但是这两种艺术类型存在各自不同的特点和规律：诗作为时间艺术，适宜表现动态的事物；画作为空间艺术，适宜表现静态事物；诗主要诉诸人的听觉，通过行动和情节使读者产生真实印象；画直接诉诸人的视觉，通过形体使观者直接产生审美印象；诗通过连续的动作表现空间，化静为动，以动显静；画用最富于内容的顷刻来暗示动作或者情节的发展，以静显动。

19 世纪需要注意的是，积极浪漫主义理论纲领，法国作家维克多·雨果的《克伦威尔序》；德国哲学家黑格尔的《美学》；批判现实主义的第一部理论著作，法国作家司汤达的《拉辛与莎士比亚》；俄国列夫·托尔斯泰的《艺术论》；车尔尼雪夫斯基的《生活与美学》以及别林斯基、杜勃罗留波夫的一些著作。

雨果的《克伦威尔序》针对古典主义的清规戒律，提出文艺是时代生活的反映，必须随着社会生活的变化而变化。雨果主张浪漫主义戏剧必须扩大表现范围，不仅要描写"崇高文雅"，而且要描写"丑怪粗野"，并且可以在戏剧创作中运用美丑对照原则。在《拉辛与莎士比亚》中，司汤达反对已经僵死的古典主义，反对当代作家受古典主义三一律的束缚，强调文学创作应该直面现实人生，敢于描写人物内心的激情和心灵的激动。《艺术论》是托尔斯泰的重要文艺理论著作，在书中，托尔斯泰指出艺术是人与人之间相互交往的手段之一，艺术的特点是作家用自己曾经体验过的情感去感染、打动读者，真正的艺术是普通人民能够理解，并且是为普通人民服务的艺术。《生活与美学》是车尔尼雪夫斯基的重要美学著作，在书中车尔尼雪夫斯基提出关于美的三大命题和关于艺术的三大社会作用。关于美的三大命题是：第一，艺术美是现实美的摹本，摹本总要比蓝本逊色；第二，美学是"关于艺术的科学"，而不是关于美的科学；第三，给美下了定义："美是生活。"艺术的三大作用是再现生活、说明生活和判断生活。别林斯基是俄国杰出的革命民族主义批评家，《别林斯基论文学》一书比较全面地体现了别林斯基的文艺思想。别林斯基认为，艺术和社会科学的本质都在于反映现实，但是艺术通过形象和图画来说话，社会科学通过逻辑结论说话。别林斯基还系统地阐述了典型问题，提出典型是"某类人物的代表"，是"熟悉的陌生人"，主张典型性格应和典型环境相统一，并且强调典型是文艺创作的基本法则，没有典型化就没有创作。杜勃罗留波夫也是俄国著名的革命民主主义批评家，他提出了"不是生活按照文学理论而前进，而是文学随生活的趋向而改变"的重要论断，主张评论文学作品必须按照现实生活发展的特点去评价，而不能以抽象的永恒法则去衡量。杜勃罗留波夫还首次系统深刻地论述了文学的人民性问题，认为文学的人民性就是文学作品要站在人民的立场上，去反映人民的生活，表达人民的意志愿望和情感，而不是停留在描写民间习俗和使用民间俗语的层面上。

此外，从19世纪后半期到20世纪，西方文学理论发展多元化，其中泰纳的社会学文艺理论、左拉的自然主义、克罗齐的直觉主义、弗洛伊德的精神分析学、萨特的存在主义等，都有其合理深刻的一面，我们也应加以简要的了解。

马克思主义文论概要

在19世纪40年代，诞生了马克思主义文学理论。

马克思主义文学理论是由马克思、恩格斯在批判性地继承德国古典美学和文论的基础上创立的。

马克思文学理论是科学的文学理论。与其他文学理论相比，马克思主义文学理论的先进性主要在于它的方法、体系的科学性和先进性。恩格斯曾说：马克思的整个世界观不是教义，而是方法。它提供的不是现成的教条，而是进一步研究的出发点和供这种研究的方法。马克思主义文学理论以历史唯物主义和辩证唯物主义作为研究文学及其规律的方法。实践证明，历史唯物主义、辩证唯物主义经得起时间的考验和科学的检验。马克思主义文学理论体系和方法的科学性，甚至得到了当代资本主义国家的理论家的称道。德国文论家保罗·K.库尔茨说："由于马克思主义文学科学具有统　的意识形态基础，所以它在学说的统一性、社会的一致性和人与社会的整体观念方面走在西方的文学科学方法前面。"① 西方当代解构主义理论家德里达

① 顾祖钊：《文学原理新释》，人民文学出版社，2002，第3～4页。

则认为："对马克思……应该阅读再阅读并进行讨论，而且应该进行超越学者式的'阅读'或'讨论'，否则将永远是个错误……没有马克思，没有对马克思的记忆和继承，也不会有任何前途。"[1] 以历史唯物主义和辩证唯物主义为哲学基础的马克思主义文学理论，因其体系和方法的科学性，所确立的文学基本原理经过长期的文学实践的检验，被证实是对文学及其规律的科学论述。

概括而言，今天，人们所理解的马克思主义文学基本理论主要包括以下几方面。

文学本质论。文学艺术是审美的社会意识形态，这是马克思主义关于文学本体的论述。马克思主义强调文学作为意识形态是对社会存在的反映，提出"社会生活是文学创作的唯一源泉"，但是与哲学、道德、宗教、政治、历史等一般意识形态相比，文学艺术因其独特的审美属性，因而属于特殊的社会意识形态。

文学发展论。文学艺术发展的最终决定力量来自经济基础，但是文学艺术的发展与经济发展水平具有不平衡性。马克思辩证唯物主义认为，物质是第一性的，意识是第二性的，经济基础的发展状况最终决定了包括文学艺术在内的上层建筑的发展状况。但是，由于文学艺术属于审美的社会意识形态，是"更高地悬浮于空中的思想领域"[2]，因此，文学艺术的发展与经济发展水平不完全同步，呈现出发展的相对独立性。

文学创作论。马克思主义文学创作论是现实主义的创作论。

---

[1] 顾祖钊：《文学原理新释》，人民文学出版社，2002，第4页。
[2] 《马克思恩格斯选集》第4卷，人民出版社，1972，第484页。

辩证唯物主义和历史唯物主义的哲学基础决定了马克思主义文学理论是现实主义的文学理论。这种现实主义创作论主张要真实地再现典型环境中的典型人物，文学作品应当具有进步的倾向性，但是作品的倾向性应该通过情节和场面的描写自然而然地流露出来，反对"席勒化"，主张"莎士比亚化"，认为文学创作应该从现实生活出发，不能从作者的主观观念出发，以图解作者的观念来代替对现实关系的真实描绘等。

文学鉴赏论。马克思主义文学鉴赏论主张美学观点和历史观点并重。美学观点和历史观点是恩格斯进行文艺评论时所使用和坚持的批评标准。美学观点要求批评文学文本时注意文学的审美特性，把审美价值作为衡量文本价值的一个尺度。历史观点要求在文学批评中，把作家及其作品放在特定的时代和历史条件下进行考察，把文本是否反映历史的真实，是否具有进步意义作为衡量作品价值的一个标准。

中国当代文学理论建设的主要任务，是建构富有中国特色和时代精神的马克思主义文学理论。因此，我们不仅要坚持马克思主义的研究方法——辩证唯物主义和历史唯物主义，深入领会马克思主义的活性成分，使马克思主义成为我们的文学理论的活的灵魂，还要学会运用马克思主义文学理论的基本原理，只有这样，才能保证中国当代的文学理论建设始终走在马克思主义正确的道路上，成为科学的进步的文学理论。

第四章

理论

演进

言意关系是中国古代文论不断探讨的重要的文学理论问题，它缘起于日常表达中的言意困惑，上升为文学表达中的言意辨析，形成中国古代独特的言意理论。从现代角度观之，言意论包含丰富的文化价值，主要体现在：（1）使中国古代文学话语方式体现出本体论意义；（2）在这种文学话语中触及了中国独特的认识论方式；（3）促成了中国文学创作特色，并实现了中国文学理论的独特建构。

"范式"是托马斯·库恩在《科学革命的结构》中用以阐述科学发展的概念，具有强烈的科学哲学色彩。姚斯用之研究西方文论，形成明晰的新视界。从范式角度看中国当代文学理论，具有较大的启示意义。所谓文学理论范式，是文学理论体系中较为稳定的特色化形态，体现为一种理论思维方式及与之相伴随的理论成果。由此考察 20 世纪中国文学理论，变动与芜杂之中，只有一个相对明确的范式存在，即社会－历史批评。它决定着 20 世纪中国文论历程，影响着当前文学理论建构。在促成新的文学理论范式的努力中，必须注重形成切近中国社会与中国文学的观念与综合融汇的方法。如果仅跟随西方文论，则必将陷入更为芜杂与无主的文学理论状态。

作为 20 世纪西方最重要的文学理论流派，形式主义的产生、发展与变化过程所潜藏的逻辑动力中包含一个与其理论初衷相分离的悖论，即以文学"外在"形式为基点又带着十分强健的"内在"要求，它追寻文学"内部"研究又无法离开"外部"世界。这使它在走向理论完备状态即获得更为"科学"的理论依据与完整体系之时必然走向自我终结。这在其理论的重要转折时刻和重要理论主体的思考中留下了困惑与局限。了解形式主义文论这个充满矛盾的"内在生命"，有助于我们的思考超越一个理论流派的历史存在而抵达文学理论构成的普遍性规律之中。

自 20 世纪 80 年代至今，中国文艺理论不断发展变化，呈现出丰富多彩、生机勃勃的状态。多样化理论建树之中隐含一个共同的价值诉求，那就是渴望理论自身的创新与推进，这是由中国文学发展所决定的。文学理论来自文学实践，并最终归依于这个世界，这是它保持有效的阐释与引导功能的重要基础。在此意义上，中国特色问题，永远都是中国文学理论建设必须重视的问题。建构富有中国特色的文学理论，不断反思是一个起点，辩证地看待成就与不足，在审思中形成清晰的思路，这是理论界应该始终保持的姿态。在中西文学理论交流、融汇过程中，中国文学理论不断发展，中国当代文论应更多关注中国文学现实，植根于中国多民族文学土壤，汲取更多的本土文学元素，努力追求并实现理论创新。

一　"言意论"

文学是一种言说，一种表达。如何言说、表达，言说表达什么？这是永远困扰着文学家的重要问题。在文学理论领域，对言意的关注由来已久。言意之论，绵延于中国古代文论，形成中国古代文论的一道独特景致。如果说，中国古代文论是富有特点的文论范式，这种特色的形成与中国古代的言意理论当然是不可分离的，甚至可以说正是人们在言意关系上的独到认识与阐发，才促成了中国文论的某种特殊内蕴与魅力。那么，中国古代文论家对言意关系做了一些什么探索？站在现代文学和文学理论角度观之，这种探索体现出什么样的价值和意义呢？

中国古代言意关系探讨

这种探讨几乎在文学产生之初就开始了，当然，关于言意关系的思考其实并不发轫于文学，而是缘起于日常交流的需要。怎样使自己在生活交往中能够准确地巧妙地说话，是比文学表达更早的人类需求。可以说，中国古代言意论，首先起始于对日常表达的关注与思考，中国文字（汉字）的产生，就形象地体现了这一点。"仓颉之初作书，盖依类象形，故谓之文。""文者，物象之本。"（许慎《说文解字叙》）文字记录语言，语言要切近事物，因此才有"依类象形"的造字方法，但大千世界，包罗万象，不可能全部做到以形"象"之，于是产生了指事、会意等其他造字法。"六书"之中，有许多象征、比喻的成分，可以看出人们寻求表达的艰难。这种试图在形体（更接近于事物本身）和意义（更接近于主体心智）之间建构起联系纽带的方式，与西文的产生方式是大不相同的。艰难的造字方式，不断激发出想象与理解，体现想象与理解的汉字，记录了汉语，使汉语必然要显示出同样的想象与理解的复杂性，当人们使用这种语言来进行新的表达时，必然要使言意对应关系的重要性凸显出来。换言之，如何使用约定俗成的体现出经由想象和理解后才能达成普泛意义的语言，来传达此时此地言说者对世界的独特理解，成为言说者必须面对的现实问题。人们往往不能很好地解决这个问题，言不逮意，意不称物，在言说者心里，言与意的矛盾便产生了。言与意的困惑从一开始就紧紧尾随着言说者，使他既感到语言的有用，又感到语言的无力。

　　这可以从同样古老的文化现象——八卦的产生得到印证。八卦最早乃占卜凶吉的方法，它以抽象的符号构成卦象，其基本符号为"—"和"－－"，两个符号进行不同组合，形成八个基本卦象，即乾☰、兑☱、离☲、震☳、巽☴、坎☵、艮☶、坤☷。据说，此乃伏羲观物取象的结果。八卦后来演化为六十四卦、三百八十四爻。运用不同的复杂的卦象，可以占卜凶吉，推测宇宙万物、人间世道的变化与规律（实际上是一种主观的引申与发挥）。这种以卦象传达意念与理解的方式，同样是一种玄妙而艰难的方式，但它同时也是一种丰富而自由的方式。"易象作为一种占卜的工具，它的主要特点，是以一种抽象的符号来象征具体的现实事物，这就需要有丰富想象能力。"[1] 在想象

---

[1]　张少康：《中国文学理论批评史教程》，北京大学出版社，1999。

力的作用下，易象形成了一种独特的表达方式，"子曰：'书不尽言，言不尽意。'然则圣人之意其不可见乎？子曰：'圣人立象以尽意，设卦以尽情伪，系辞焉以尽其言。'"（《易传·系辞上》）人们如何解决"书不尽言，言不尽意"的矛盾？这里假托孔子之口说，最高明的表达即圣人的表达，也就是"立象以尽意"。从这里，我们可以看出《易传》在言意关系上体现了一些深入的认识：（1）立象（卦象）是可以尽意的方式，也是解决言不尽意矛盾的有效方式。八卦建构过程中那种表达的困惑与艰难，很有可能是不得已而为之的做法，被转化而为一种主动追求，一种值得后人探究寻味的言说人世奥义、自然妙造的话语方式。将这种方式扩展开来更为具体地表述，也就是："其称名也小，其取类也大；其旨远，其辞文。"（《易传·系辞下》）语言在这种方式中展现出了丰富性，同时也就体现出了文采。注意，这里已形成对中国化文学语言状态的一种暗示。（2）尽意必须立象，象乃直观之态，语言指其外表而必有意义隐其内部，"将叛者其辞惭，中心疑者辞枝，吉人之辞寡，躁人之辞多，诬善之人其辞游，失其守者其辞屈"（《易传·系辞下》）。可见，言为心象，由表及里，意味无穷，在这里，语言似乎找到了达意的一条巧妙路径，那就是造象。这种思想被后世文论家不断借鉴、引申、发挥，慢慢成为文学表达的一种重要方式。《周易》（无论其中的《易经》还是《易传》）可以说在中国古代言意关系的认识过程中以自觉或不自觉的方式，起到了重要的推进作用。

在先秦时代哲人那里，对言意关系的注重以更为具体的方式体现出来。首先是强烈地意识到"言"，特别是优秀语言对表达的重要。"仲尼曰：'《志》有之："言以足志，文以足言。"

不言，谁知其志？言之无文，行而不远。晋为伯，郑入陈，非文辞不为功，慎辞哉！'"（《左传·襄公二十五年》）可以看出，无论在日常生活、政治行为还是外交活动中，优秀的语言表达都会起到极为重要的作用。如何形成足以准确达意，产生巨大说服力的语言呢？孔子认为其方法和分寸是"辞，达而已矣"（《论语·卫灵公》），所谓"达"，也就是合乎事实，准确地传达事实，而不是一味追求语言表面的华丽、浮艳。因此孔子进一步提倡"质胜文则野，文胜质则史。文质彬彬，然后君子"（《论语·雍也》）。可以说，这是对日常话语方式最为理想化的定位，优秀话语因切合实际而能准确达意，进而成为理想人格的一种体现。其次是对言意矛盾更深切的体验、领会。最典型的是老子和庄子。由于认定宇宙本体、万物本源是无形无象的"道"，因此他们虽然有较强的言说能力，但仍然感到对"道"进行表达的困难。老子说："道可道，非常道，名可名，非常名。"（《道德经》）庄子说："道不可闻，闻而非也；道不可见，见而非也；道不可言，言而非也。知形形之不形乎？道不当名。"（《庄子·知北游》）与孔子讲求经世致用不同，老庄哲学的玄虚色彩把语言表达的困惑放大了。这种放大，不是一种故作姿态的文化游戏，而是思想深入化的体现。深刻的理解，微妙的体验，是主体心性、灵气所促成的，借用有形语言来表达，当然不可能轻而易举和盘托出。庄子说："世之所贵道者，书也。书不过语，语有贵也。语之所贵者，意也。意有所随；意之所随者，不可以言传也。而世因贵言传书，世虽贵之哉，尤不足贵也，为其贵非其所贵也。故视而可见者，形与色也；听而可闻者，名与声也。悲夫，世人以形色名声为足以得彼之情！夫形色名声果不足以得彼之情，则知者不言，言者不知，而世岂识之哉！"（《庄子·天道》）这是先秦时代关于言意关系最深入的体验，也是最完整的表述。困惑是显而易见的，但道家自有其解决方法，那就是"荃者所以在鱼，得鱼而忘荃；蹄者所以在兔，得兔而忘蹄；言者所以在意，得意而忘言"（《庄子·外物》）。庄子的意思是说为了得到意，不要局限于有形语言的表面，要忘记有形语言，去追求语言之外的意味。那么，又如何获取语言之外的意味呢？这就要通过语言所表现的事物去体会、感悟了。语言虽然要被"忘"，但它又并不是可有可无无足轻重的东西。这种思想与儒家的思考又有明显的不同。

先秦时代的言意论，发展到魏晋时代，导致了"言意之辨"，使言意论得到了更深入的发展。其中有荀粲、葛洪、王弼强调"言不尽意""得意忘象"等，与此相左，有西晋欧阳建作《言尽意论》，反其道而为。王弼认为："夫象者，出意者也。言者，明象者也。尽意莫若象，尽象莫若言。言生于象，故可寻言以观象，象生于意，故可寻象以观意。""是故存言者，非得象者也；存象者，非得意者也。""言者所以明象，得象而忘言；象者所以存意，得意而忘象。"（《周易略例·明象》）王弼所言象，虽为卦象，但可以看出，这是老庄言意思想的承袭与发挥，并且更为明显地带上了玄学色彩。汤用彤先生说："言意之别，名家者流因识鉴人伦而加以援用，玄学中人则因精研本末体用而复有所悟。王弼为玄宗之始，深于体用之辨，故上采言不尽意之义，加以变通，而主得意忘言。于是名学之原则遂变为玄学家首要之方法。"[①] 对言意论认识的这种深化，是使

① 汤用彤：《魏晋玄学论稿·言意之辨》，上海古籍出版社，2001。

"言意之说广泛地渗入美学领域，显示了它在审美的领域中的理论价值"①。因此，魏晋南北朝的文学艺术活动，逐步形成了与它之前时代所不同的审美走向。

在言意论的发展中，我们必须特别注意陆机。魏晋时代这位重要的文论家，将言意关系放到文学创作之中来认识和阐述，使言意论超越了日常表达层次，进入文学的本体世界中。陆机所作《文赋》，是对文学进行内部研究的典范。这篇内容精深的文论著作，其立论缘起便是"意不称物，文不逮意"这个传统话题。在陆机看来，创作构思最重要的就是要处理好"言""意""物"的关系。"余每观才士之作，窃有以得其用心。夫放言遣辞，良多变矣。妍蚩好恶，可得而言，每自属文，尤见其情，恒患意不称物，文不逮意，盖非知之难，能之难也。"（《文赋·序》）在这里，我们要注意，陆机所谓"意"，是指构思过程中的意，即构思中所形成的具体内容（即心象，或曰意象），而非文章中已经表达出来的意；"物"是指人的思维活动对象；"文"则为用语言写成的文本。统而言之，"意不称物"，也就是指构思不能正确反映思维活动的对象，主体不能准确表达对生活的感受、理解。"文不逮意"即文本不能充分表现构思过程中所形成的具体内容，使表达过程成为一个更为复杂的充满创造的领域。不难看出，陆机对言意关系的认识，已经上升到创作思维高度，切中了创作构思与表现之肯綮，因此《文赋》所展开的论述往往准确精当，富有启示性，相对于老庄的言意论，产生了一个飞跃。

---

① 袁济喜：《六朝美学》，北京大学出版社，1989，第120页。

陆机之后，有价值的言意观念，往往在创作论中体现出来，成为文论家深入创作内在世界无法绕开的话题。刘勰云："方其搦翰，气倍辞前，暨乎篇成，半折心始。何则？意翻空而易奇，言征实而难巧。"（《文心雕龙·神思》）郑板桥云："磨砚展纸，落笔倏作变相，手中之竹，又不同于胸中之竹。"这些都是对创作之中言意难题的感悟和思考。正是这个命题的存在和难解，才导致了各不相同的文艺探索，使艺术世界呈现出丰富状态。但总而言之，中国文论家似乎更看重在有形的言与物之外，去寻求并不被这些言与物直接彰显但又隐含其中的意，所谓"言有尽而意无穷"，艺术境界因此才显得神奇空灵、魅力无限。正如刘勰所说："隐也者，文外之重旨也；秀也者，篇中之独拔者也。隐以复为工，秀以卓绝为巧，斯乃旧章之懿绩，才情之嘉会也。夫隐之为体，义主文外，秘响傍通，优采潜发，譬爻象之变互体，川渎之韫珠玉也。"（《文心雕龙·隐秀》）可以说"隐秀"乃言意思辨之产物。隐秀于形，含而不露，意境天成。中国古代言意论从日常话语方式开始，造就了独特的中国韵味十足的艺术话语方式。

言意论的内在价值

综观中国古代文论，不难看出，言意论的出现与发展过程，起因于（或植根于）主体在日常言说和文学言说中的困惑，收获于对这种困惑的克服与超越。这个过程看上去是一个自然而然的过程，有困惑，必然要探寻解决困惑之道，在探寻过程中产生、形成了新的理解，这是可以想象的。然而站在现代文学理论角度来审视这一过程，我们却发现了更为内在的意义，概言之，促成言意论的日常的和艺术的表达困惑，其内部包含本体论意义，彰显了一种认识论方式，最后促成了中国文学发展特色和文学理论建构。

1. 言意关系体现出本体论意义

在表达过程中感受到言意矛盾，因之产生表达困惑，这是人类文明进程必须经历的一个重要阶段。感受、表达、语言方式这些因素，在文化意义上是作为人自身的证明而存在的。换句话说，它们不仅仅是人的属性，而且是人的构成因素。人以感受而超越物，使自己不仅是一个实践主体，同时还是一个认识主体，他可以作为第三者来观照自己，形成自我意识；人以表达而成为人，表达在传递信息促成沟通的同时还展示了丰富的精神世界；人的表达主要是语言的表达，语言将人所面对的客体世界转化为可以随意言说的对象，将人所具备的主体思想能力外化为可被接受感觉的对象，人才获得了超越现实限制的自由，从而形成丰富的精神世界。因此对于人，语言不是一种外在现象，而是具有本体意义的因素。海德格尔说："只有当人受到语言的光顾的时候，为语言所用而说语言的时候，人才成其为人。"① 在此意义上，可以肯定语言的本质也就是人的本质。与此同理，在文学表达中，文学语言的本质也具有人的本质定位意义，它展示文学行为主体——作者的知、情、意，同时也是对人知、情、意世界的让实。文学语言的这种人的本质特性，促成了文学的本体内涵。所谓文学只能是以话语方式体现出来的作家观念、思维和表达过程，在这些因素后面才是那个丰富

---

① M. Heidegger, *Poetry*, *Language*, *Thought*, Harper and Row, 1971, pp. 189, 132.

的客体世界。我们所说的文学语言的本体意义也就是文学语言所体现出来的这种彰显文学本体的意义。关于这一点，海德格尔用了另一种表达："语言是境域，即存在的家园（the house of Being）。语言的本质并不在表达意思中穷尽自己，也不仅仅是某种具有符号或暗示特性的东西。因为，语言是存在的家园，所以我们通过不断地穿越这个家园而抵达存在。"① 借鉴存在主义这种思路，从本体意义上来理解言意关系，中国古代的言意表达困惑，其实就是人对自身本质确证的艰难历程的感受。文明的实质是人走向自身，这个过程充满迷障充满阻碍，困惑是一种必然；困惑促成思考，进而带来对语言、对文学、对自我主观世界的自觉和把握当然就成为一种必然。中国古代的言意论，在其初始时期，以中国特有的方式体现了人们对语言与文学，甚至也可以说体现了对人自身价值的探索。这是一种有意味的文化选择，它的重要意义将以更细致的方式体现出来。

2. 言意之论彰显了一种认识方式

言意关系既然体现了上述本体论意义，那么，它就不仅在中国文化的发生发展过程中发挥作用，也会在西方文化的发生、发展过程中发挥作用。事实确实如此，在西方文学理论的历史进程中，我们可以十分明显地看到言意辨析所促成的理论潮流，到了近现代，西方言意关系的探讨促成了一些重要的文学理论流派，譬如俄国形式主义诗学、英美新批评、法国结构主义诗学以及 20 世纪后半期在德国出现的与现象学、阐释学密切相关的接受美学等，在言意关系上，它们各执一端，形成自己特色

---

① M. Heidegger, *Poetry*, *Language*, *Thought*, Harper and Row, 1971, pp. 189, 132.

的理论体系。可以肯定地说，言意关系辨析带来的理论建构，以及这种理论对文学作品文学现象的解析，已经成为复杂的文化理论领域。

然而，西方的言意认识与中国有着明显的不同。因为言意关系除了显示出本体论意义之外，它还是一种认识方式的体现，或者说它彰显了一种认识论方式。在中国古代，关于主观与客观两极，人们更强调主观方面，总是试图将客体世界纳入主体的理解范式之中，而不是让主体因素就范于融会到客体世界之中。譬如"天人合一"的哲学思想就是这样，天被伦理化、人化，成为人格意志的体现；儒家认为世界是可以支配的，道家认为世界是可以忽视的，佛家眼中的世界是心法的世界；这些思想无一不是用某种方式将主体放大之后，对客体进行整合产生的结果。在文学艺术领域，"诗言志"的思想渗透了早期人们对文学的认识。强调主观，想方设法让客体合于主体情志，必然要带来理解与表达上的困难与困惑，因为客体毕竟是一个不依赖人的主观而存在的现象世界，用主观去整合客观，言意之间依存与矛盾的问题成了认识论中不能不解决的大问题。对这个问题的探讨必然要为文学创作和文学理论建构提供强大动力，也包括制导与规约的限制。

在西方，古希腊时代，人们强调的是模仿，是主体对客体世界的适应与顺从，结果是人的思维与表达有了一个天然范本，在这种情况下，言意之间的矛盾关系并不突出，不会导致强烈的言意困惑。从另一角度看，这样的言说是简单的，只满足于意义得到明显的确定的传达，因此也可以说这样的表达是低层次的。柏拉图甚至认为这种状态的文艺"和真理隔着三层"

（《理想国》），它低于现实世界，更低于理式世界，因此诗人应被逐出理想国。这种思想在西方影响深远，直到近代，克罗齐的直觉主义美学和文学理论出现才发生了深刻变化。作为这种变化的体现，象征主义起了重要作用，马拉美说："与直接表现对象相反，我认为必须去暗示。对于对象的观照，以及由对象引起梦幻而产生的形象，这种观照和形象——就是诗。"① 这种将表现手段后面的"意"心灵化的思路，已经暗示出语言即将面临的困难。象征主义文学语言的奥涩与难解，正是由这个因素导致的。"心灵"作用的放大，使西方文学理论摆脱了以模仿为中心的传统，获得了更为开阔的空间，在某种意义上，也可以说是对言意关系的探索拓展出了新的理论空间，因为言意辨析内含方法论色彩，必然会促成一些新变化。直觉主义、象征主义之后，精神分析学、形式主义、新批评、结构主义等文学理论学派，其话语方式之中，不是流露出更多言意辨析色彩吗？

3. 言意辨析促成中国文学特点，实现了文学理论的建构

中国古代文论关于言意关系的探讨事实上促成了中国文学发展特色，这在前文已有论述，这里着重分析这种力量的内在根源。

言与意的关系，实际上也是语言与思维的关系。这种关系虽然不断引发争论，但已经有了较明确的认识。美国文学理论家乔纳森·卡勒说："语言与思维有什么关系……一端是普通的观点，认为语言只是为独立存在的思维提供了名称，为先于它而存在的思维提供了表达方法；另一端是以两位语言学家的名

---

① 胡经之主编《西方文艺理论名著教程》，北京大学出版社，1986，第 16 页。

字命名的'萨丕尔－沃尔夫假说'（Sapir－Whorf hypothesis）。这两位语言学家认为我们所说的语言决定我们能够思维什么。"①这两种不同的观点概括了语言的两种不同状态和作用。值得注意的是，中国古代言意论在语言与思维关系的认识上，实际是综合化的，它将两种不同观点融会在一起，酌其长处而用之，而不是非此即彼，执其一端而深究，因此才能形成中国化的意境理论，导致在创作实践中重形象、重意味、重神韵，讲求含蓄与丰富的艺术创作特点。

先看第一种情形。如果不能否定语言形成之前人所具有的思维形态（尽管这种形态可能是幼稚的），那么语言便会被这种思维所影响，成为体现相关思维的一种方式。人类早期的思维是低级层次的形象思维（称为具象思维也许更贴切），在中国，人们用汉语这种十分富于摹形的语言来表达它，形成和谐共生状态；记录汉语的汉字，其形象感更为鲜明，因此可以说，汉语强化了中国思维方式，有人甚至将这种思维方式称为"字思维"方式②。"字思维"方式也可以说是借助语言的形象性来强化的以形象思维为主的思维方式。在这里，我们不难发现，思维开始与语言合一，成为相辅相成不可分离的整体。思维中重"悟"，语言就必须重感受；语言中重比附，思维中就必须重想象。这种情况，几乎使人无法分清到底是语言影响了思维还是思维影响了语言。文学理论中的言意之辨，发现了这个难题，同时也就发现一种奇特的艺术境界艺术韵味，因此人们一方面

---

① 〔美〕乔纳森·卡勒：《当代学术入门：文学理论》，李平译，辽宁教育出版社，1998，第62页。
② 王岳川：《文化话语与意义踪迹》，四川人民出版社，1997，第480页。

表达着"言不逮意，意不称物"，"意之所随，不可言传"的困惑，一方面则马上倡导"赋、比、兴"创作与表达原则，"比兴"手法，确实是以形写意的绝妙手法，它在《诗经》时代就被广泛运用，在汉代的《毛诗序》中就得到理论重视，后来甚至朱熹这样的文化巨子都对之做出阐释。了解了上述原因，就不会对此感到奇怪了。换言之，"比兴"化的语言，是最为鲜明的感性化语言，这种语言是破解言不尽意矛盾的有效方式。因为它的重点在"立象"，而"立象"可以"尽意"，在古老的《周易》中人们就认识到这一点。这种语言在形象的外观之内会生发出无穷意味，激发出无穷想象，正所谓"言有尽而意无穷"，因此，用之于日常表达，深奥的道理亦可彰显；用之于文学创作，灿烂的文采便会萌生。在言意之辨中，人们认识到了这点，所以陆机、刘勰、司空图、皎然、严羽乃至王国维等人，极力将之推广到艺术创作之中，最终构成中国文学理论中的意境理论。这是中国古代文学理论一大原创性理论，最为集中地体现了中国文论的民族特点。在这个理论笼罩下，中国文学创作不但注重"惟妙惟肖""形神兼备"，而且更为注重"象外之象""景外之景""言外之意""味外之旨"，形成无比华美、无比深邃开阔，在想象世界绵延无尽的艺术境界，使主客观世界在语言中实现了最完美的交融。

有了上述这种整体化的艺术背景和理论走向，可以肯定地说，中国古代言意论，在经历了困惑与探索阶段之后，进入它灿烂的收获期，促成了中国文学与世界文学所不同的特色，也完成了它自身理论形态与理论价值的构建，对中国现当代文学和现当代文学理论的发展，产生着深远的影响。

二　"范式"

在中国当代文学理论话语中，"范式"一词已经成为一个常用词。人们通常用它来指称文学理论发展历程中某种相对固定的状态，更多时候则只是为了获得对不同文论状态的理论表述便利而使用它。显然，在这些表述中，泛化的"范式"失去了它本应具有的理论意义，因而也失去了对建构文学理论的启示意义。我们知道，新旧世纪之交的中国文学理论，在思维禁区消解之后的理论狂欢之中，疆域不断拓展，话语不断丰富，呈现出令人欣喜的盛况，其发展与进步、建构与收获是显而易见的。然而，反思这个历史进程，展望当下文学理论状况，如果想从内在的层面找到更多更有价值的东西，譬如真正中国化的文学理论体系与话语方式，对中国文学更为有力的阐释与影响等，我们就无法不产生一些疑惑与疑问。自新时期以来，中国的文学理论，几乎是一路跟进了西方现代主义和后现代主义理论脚步的，从形式主义、新批评、结构主义、符号学、叙述学、后结构主义以至于今天流行着的文化研究热、文化诗学、新历史主义、后殖民主义、女性主义以及日常生活的审美化倾向等，哪一种西方的理论方式，没有在我们的理论表达中强烈地凸显呢？其结果，在新锐与丰富的另一面，某些理论话语的精细与深奥是以脱离中国文学创作与批评实践为代价的。中国当代文学理论将如何发展？怎样更为有效地梳理和建构中国文学理论当代形态？如果不就范于某一种流派化的西方文论，在思维与方法层面上，能不能找到一些更有价值的因素？这是一些十分庞大的问题，探讨、回答它们可能有许多途径，在这里，笔者从泛化了的"范式"概念中，再次想到托马斯·库恩关于自然科学发展历史的哲学化思考。重温他赋予"范式"的理论内涵，或可使我们在中国当代文学理论问题上，获得一些有益的启示。

"范式"对文学理论产生的影响

1962 年，托马斯·库恩（Thomas S. Kuhn）的《科学革命的结构》（*The Structure of Scientific Revolution*）一书出版了，这部著作的思考基点是自然科学史和哲学，但影响波及美学、文学和语言学等领域。一本言说自然科学发展演变的著作，能够产生如此广泛的文化影响，毫无疑问，原因只能是它超越一般性事实描述和规律总结，上升到了观念与方法层面之上。这一点已为许多关注文学理论自身科学性的学者所发现。董学文说："'范式'在文学理论中，实际上是观察和分析文学问题的一种视野，一种参照框架。"[①] 金元浦在阐释姚斯对范式的理解时说："一个文学批评的特定范式既创造出了一套阐释的方法体系，又创造并决定阐释的对象。"[②] 美国学者肯尼思·D. 贝利将范式的这种作用表述得更为细致："范式是研究人员通过他观看世界的思想之窗。一般情况下，研究者在社会世界中所看到的，是按他的概念、范畴、假定和偏好的范式所解释的客体存在的事物。因此，两位研究人员根据不同范式描写相同的事物，就可能出现相当不同的看法。"[③] 这些学者对于范式的方法价值的理解，

---

① 董学文：《文学理论导论》，北京大学出版社，2004，第 208 页。
② 金元浦：《接受反应文论》，山东教育出版社，1998，第 32 页。
③ 〔美〕肯尼思·D. 贝利：《现代社会研究方法》，许真译，上海人民出版社，1986，第 31 页。

都是基于库恩在《科学革命的结构》中对于范式所做的理论定位展开的。那么，什么是库恩所说的范式？在《科学革命的结构》序言中，库恩概括道："我所谓的范式通常是指那些公认的科学成就，它们在一段时间里为实践共同体提供典型的问题和解答。"[①] 也就是说，范式首先是指被普遍认可的科学成就，更重要的是构成范式的这些科学成就必须具有两个基本特征："它们的成就空前地吸引一批坚定的拥护者，使他们脱离科学活动的其他竞争模式。同时这些成就又是以无限制地为重新组成的一批实践者留下有待解决的种种问题。""凡是共有这两个特征的成就，我此后便称之为'范式'。"[②] 由此可见，库恩十分明确地赋予了"范式"特定内涵，使它成为一个与"常规科学"密切相关的术语。以它作为基点，库恩形成关于科学发展的独到理解，他所认为的"科学革命的结构"开始浮出水面。这是一个动态模式，将它概括出来，那就是：前科学→常态科学→反常与危机→科学革命→新的常态科学……。《科学革命的结构》正是循着这个动态模式的变化所进行的系统表述。这个模式改变了人们对科学发展的一些传统看法，比如归纳主义所认为的渐进与积累方式、证伪主义所认为的不断否定和革命的方式等。库恩认识到在科学的发展变革中，范式起着极为重要的作用。正是由于范式及其作用的发现，库恩才肯定地将科学发展的过程视为一个积累与飞跃、渐进与革命交替展开的过程。应该说这更加切合科学发展的历史状态与内在规律，也更能启

---

① 〔美〕托马斯·库恩：《科学革命的结构》，金吾伦、胡新和译，北京大学出版社，2003，第4页。

② 〔美〕托马斯·库恩：《科学革命的结构》，金吾伦、胡新和译，北京大学出版社，2003，第4页。

发人们在进行新的科学追求时适时地选择更为合理的路径与方式。换句话说，范式具有对科学状态的阐释功能和对科学建构的提示功能。正因如此，范式这个库恩理论的核心概念也就带上了深厚的方法论色彩，成为一个科学哲学术语。

在托马斯·库恩的理论中，科学范式的形成与发展有其特定的动力和复杂的成因，对此，我们留待后文结合中国文论的一些状况具体分析。在这里，我想重提的是，范式这个库恩用于描述自然科学发展的概念，在西方文学理论领域所形成的积极影响。20 世纪 60 年代末期，接受美学理论家汉斯·罗伯特·姚斯率先在文学研究中运用了库恩的范式理论。1969 年，姚斯写了《文学范式的变革》这篇重要论文，认为文学批评的发展过程和文学理论研究历史有着与自然科学研究历史大体相似的状态。在文学理论与批评领域，同样存在着范式及其重大影响作用，库恩所言的那个科学革命的动态结构（模式），在文学理论与批评活动的发展中会以相似的方式体现出来，它同样要经历前范式到常规范式，然后发生反常与危机，导致范式革命，进而形成新的常规范式这一过程。没有永远固定的文学理论和文学批评，不论它在当时的"理论共同体"中形成了多么强烈的共识，产生过多么有效的阐释力量，最后它终将在危机中发生范式革命与范式转变。基于这种思想，姚斯梳理了西方文学理论发展历程，提出并阐述了在理论前科学阶段之后形成的三个相继相续的文学理论与批评范式，即"古典主义－人文主义"范式，"历史主义－实证主义"范式和"审美形式主义"范式。这些范式当然并不像一般人所理解的只是相对固定的文学理论与批评状态或者形式，而是体现出库恩所说的两个基本条件的范式。首先，作为一种科学成就，它们形成了一致公认的确定内涵或者研究侧重，并取得了研究成果。其次它们提示了一种研究思路和研究方法，这种思路与方法可将新的研究导向其公认的成果领域。比如"历史主义－实证主义"范式，它阐释古典名著的人文内涵，确定以它们所建构的人文内涵为准则来衡量现实作品，其价值取决于这些作品是否与古典名著的价值相契合。也就是说，在这种研究中，研究观念是既成的经过文化约定的历史理性，研究方法是对比性选择与褒贬。直至19世纪以前，这都是普遍的被公认为行之有效的研究方式。"历史主义－实证主义"范式，则是在实践理性或者说实验主义思想影响下形成的新的文学研究常规状态，它抛弃了"古典主义－人文主义"范式中那种对传统文学价值观念的尊崇，将文学放到具体时代、阶级、历史状况所形成的关系中进行研究，以实证的方法来确定文学的现实价值，因此更看重文学之外的社会、经济、时代、民族、阶级、意识形态、历史源流诸因素所形成的作用。无疑这种范式在观念和方法上都将文学研究推到更广阔的空间，使文学以及文学理论本身获得了更丰富的内涵。但它将关注重点过多放在文学之外的东西上，对于文学本身的规律、特点必然有所忽视，这就暗含了危机。随后出现的"审美形式主义"则立足于文学文本研究，达到对"历史主义－实证主义"的颠覆，形成了一种新的范式。它注重文学的形式因素，使文学研究发生由外部研究向内部研究转化，这是具有重要意义的。这种回归文学自身的观念之后连带着方法，譬如精密的文本分析、细读等，俄国形式主义、英美新批评等新的理论流派文本细读研究，最终汇集成了"审美形式主义"文学研究范式，为人们提供了新的文学价值阐释。在此之后文学理论与批评的发展将如何变化，范式将如何转换演进？由于形成了对范式的深刻认识，姚斯做了肯定性预测，他认为在"审美形式主义"危机中可能形成的新范式，将会是接受美学理论。西方文学理论后来的发展证明，姚斯对文学理论本身的分析是有积极意义的，因为他不仅提示了一种可能出现的新范式，而且它触及了文学理论发展的内在规律，使理论本身的活性较为清晰地浮现出来。因此，金元浦说："20 年来，接受美学风靡世界，成为世人所瞩目的批评潮流，这不能不说是创立者对理论旨归的正确把握。""姚斯对文学批评范式的粗略的概括与宏观勾画是准确恰当、颇富见地的。此后 20 年来，西方世界的文学理论与文学批评经历了急剧的变化。范式竞争的非常态时期并未结束，多元并立的局面依然存在，占据主导地位的一统的理论范式仍未出现。但姚斯所指出的多种理论范式间的综合、融汇、取长补短的方法论指向则终于成了各文学共同体共同认可的指导思想。"① 姚斯对西方当代文学理论发展所做的这些工作，证明了托马斯·库恩范式理论在文学理论领域的具有巨大的观念与方法价值。

从"范式"看中国当代文学理论

如果说库恩的范式理论所具有的科学哲学色彩使其在阐释科学发展过程中发挥了巨大作用，这种作用还在社会科学领域显示了普适性；如果说姚斯运用范式理论研究西方文论，开拓

---

① 董学文：《百年中国现代文学理论发展进程的宏观思考》，载北京市社会科学界联合会编《学界专家论百年》，北京出版社，1999，第 35 页。

了一个重要的领域，使人们得以在更高层次审视文学理论自身（而不仅仅是文学）的建构与发展规律，增强了文学理论自身的科学性，那么，范式理论对中国文论的建构与发展应该具有同样的理论阐释活力。20世纪80年代以来，随着接受美学理论在中国的影响，库恩与姚斯关于范式的思想也不断被介绍进来。2003年，北京大学出版社出版了金吾伦、胡新和翻译的托马斯·库恩的《科学革命的结构》；金元浦教授可以说是较早运用范式研究中国文学和文学理论的学者，1994年他发表《论我国当代文学的范式转换》，2003年其著作《范式与阐释》（广西师范大学出版社）出版；董学文教授近年亦关注文学理论的科学性问题，2004年出版《文学理论学导论》，其中对库恩范式理论做了较多的阐释和运用。可见国内一些学者已经意识到范式对中国当代文学理论建设的重要意义。但就整体而言，较之对西方学派化文学理论的系统研究与移植应用，应该说，我们对范式的研究还不深入、全面，大多停留在一般性介绍之上。如何将范式观念充分应用到对中国文学理论发展状况的具体研究中，让它在分析与阐释的过程与细节中体现出理论活性，还有许多工作值得一做，其空间是巨大的。可以说，只有让范式显出方法论色彩，才可以触及范式理论的精髓。

20世纪以来，中国文学理论形态不断发生着新变化，其中包含多种重要意义。从形态上看，20世纪初期，在中国延续了千百年的感悟式、点评式文学理论传统模式受到了前所未有的质疑，西方具有科学色彩的理论方式被普遍认同，中国文学理论由此进入了现代形态；20世纪中期，俄苏模式引入，加上特定的社会文化原因，中国文学理论形态又发生了一大变化；20

世纪 80 年代以来，随着改革开放带来思想观念变化，西方文学理论话语大量引进，导致文学理论模式、形态的多元化，理念范畴、术语也变得十分庞杂，旧的以"社会－历史批评"为中心的文学理论模式，部分地丧失了原有权威，文学理论形态的新变化已经成为现实。对百年文论的这种变化，人们有不同的认识和表述。陈传才强调它所发生的"两个转型"，"这是中国社会与文化在中外文化撞击、互补中艰难发展的百年。从文艺和文艺学的现代嬗变看来，并非一蹴而就，而是经历了两次具有全方位意义的理论观念及批评形态的转型"①。董学文则认为是"两次综合"："综观中国文学理论百年历程，大体可以说经历了两次大'综合'的运动。"他所说的两次大综合，一次是指20 世纪初西方文论马列文论涌入至40 年代《在延安文艺座谈会上的讲话》为归结的一次综合，另一次是指 90 年代开始的具有"拓宽"性质"观念更新"性质的综合。② 将百年文论变化表述为范式变化的是金元浦，他认为"本世纪以来，我国文艺学进行了两次文艺学范式的巨大而深刻的转变。第一次是五四前后开始的建立我国科学的文艺学范式的革命。这一革命经过二、三十年代多种批评模式的竞争、选择、删汰，于四十年代形成了政治—社会批评的文艺学体系，五十年代定型为苏联模式的工具论、从属论的文艺学范式"；第二次变化是 80 年代以来，随着新观念、新方法的出现而产生的，但在丰富与杂乱之中，"尚未拿出令人信服、堪为经典的批评范例，亦未形成相应的文学共同体"③。可

---

① 陈传才主编《文艺学百年》，北京出版社，1999，第 1 页。
② 董学文：《百年中国现代文学理论发展进程的宏观思考》，载北京市社会科学界联合会编《学界专家论百年》，北京出版社，1999，第 150～151 页。
③ 金元浦：《论我国当代文艺学范式的转换》，《文学评论》1994 年第 1 期，第 63、70 页。

以肯定的只是变化的现象。

在 20 世纪以来的文论变化历史中，怎样合理地运用范式观念来思考它的内在的意义，应该是一种有益于理论建设的事情。我认为就文学理论而言，范式是文学理论体系中较为稳定的特色化形态。新的文学理论范式就是一种新的理论思维方式，一种新的研究思路，一种新的阐释方法，必有新的成果与之相伴随，用库恩的话来说，也就是"它们在一段时间里为实践共同体提供典型的问题和解答"。从这个意义出发，我们可以做出以下判断，20 世纪中国文学理论只形成了一个相对完整的范式，如果将形态的转型视为范式，是范式观念泛化的一种体现。直至今天，我们还在受那个业已形成的唯一范式的影响与规约。

这里所说的一个相对完整的范式，指的是五四以来形成的中国现代科学化的文艺学范式，我们或可将它概括为"社会 - 历史批评"范式。它之所以能够成为一个独立的范式，那是因为它在观念上与方法上获得了独特的内涵与方式，而且由于自觉追求与外力强制作用，在很长一段时间内形成了一个在中国文艺学领域占主导地位的文学理论共同体，从而使关于中国文学的社会 - 历史批评达到空前繁复甚至空前极端化的地步，在这个范式所贯串的近百年历史中，所产生的文学理论成果当然也是十分丰富的，撇开文学批评的具体文本不说，单就批评观念、方法等积累而成的理论、原理成果而言，也是不能忽视的。中国现代意义的文艺学学科，奠定这一学科的文学原理，文学概论课程与教材，正是在这种范式的构成与演变过程建起来的。它们所形成的巨大的规定性和理论惯性，绵延百年，即使在这种范式已经出现危机的今天也难以简单消除。我们可以不断引进西方新的文论思想和方法，却无力促成一种新的中国文学理论体系与方式，文艺学在当前理论视域中正变得含混、散乱、支离破碎，不就是一个证明吗？要具体阐述支撑这个理论范式的思想观念因素和方法因素，不是一篇短文能够完成的。但可以肯定的是，它存在一个高层次的理论起点，并且正是依赖它才变革了古代中国旧的文学理论范式，但这个观念并没有彻底抛弃旧范式中的合理因素，而是将它转化到新的批评话语中；也就是说它发生着一个综合融汇的动作，正是通过这种综合与融汇才展示出作为一种范式的自我生成、完善与走向危机的过程。正如有学者所说："中国现代文艺学从诞生之日起，就着力于对古代文论观念及思维方式的根本性改造，把文的自觉与人的觉醒紧密联系，强调文学主体对客体的认识与表现，注重文论的科学性与实践性的结合，因而极力吸取西方现实主义浪漫主义的文论资源，以适应社会转型期思想启蒙和文学革命的要求。"① "从上世纪末本世纪初西方资产阶级文论与马克思主义文学思想的涌入，经过与封建主义文学观的激烈碰撞，经过与新民主主义文学运动的结合，经过革命文学队伍内部和外部的激烈论战，到40年代，以《在延安文艺座谈会上的讲话》为代表，中国文学思想界完成了现代文学思想史上的第一次综合。"② 可以肯定在社会－历史批评这种范式中，综合一直发生着，直到20世纪八九十年代这种为它提供动力的因素才为它带来了理论危机。范式的变革开始体现出鲜明的自身规律。

---

① 陈传才：《略论百年文艺学的转型与发展》，载北京市社会科学界联合会编《学界专家论百年》，北京出版社，1999，第141页。

② 董学文：《百年中国现代文学理论发展进程的宏观思考》，载北京市社会科学界联合会编《学界专家论百年》，北京出版社，1999，第150页。

但危机的到来并不意味着一种新范式的到来。自 80 年代以来，中国文学理论的形态发生了巨大变化，对过去延续下来的社会－历史批评，特别是对它的极端状态"政治批评"构成了强大的冲击，可以说预示了范式转型的可能性在逐步汇集，但新的范式直到今天也尚未形成，那是因为一种范式出现所需要的条件还没有凸显出来。今天所流行的文化批评热潮可以说是在一个新的层面上对社会－历史批评范式的回归。在经历了那么多观念与方法引进之后，在对西方审美形式主义范式的介绍与搬用之后，我们似乎没时间将之消化吸收。换言之，审美形式主义在西方文论中经历了几十年形成发展过程，但在我们的理论视域中却一闪而过，我们的文学理论与批评迅速地再次跟进西方的文化研究、文化诗学等，这不能不值得反思。洪子诚就针对当下的文化研究热发出如下感慨："在我们的经验中，文学与政治、与社会现实之间的问题，比起文学'自身'来，在大多数时候都更显出一种无法抗拒的急迫性。"① 在这种文化心态面前，说旧有的社会－历史批评范式已经消解，一种新范式已经或正在建立，不是显得为时太早么？

范式建构的价值与可能

20 世纪 80 年代以来，随着西方文学理论与话语方式的大量引进，中国文学理论领域呈现出令人欣喜与振奋的多元多样状态。今天，这种多元多样状态依然保持着，但欣喜与振奋却更多转化为焦虑、困惑与犹豫。难道我们所能做的只是不断地跟

---

① 洪子诚等：《关于"文本分析"与"社会批评"（笔谈）》，《郑州大学学报》（哲学社会科学版）2004 年第 2 期，第 6 页。

进西方，演绎西方文论那些新奇的观点与时髦的理论？借鉴是必要的，但需要立足于自己的根基借鉴才有价值。中国文论的根基在哪里？近年中国文艺学发展中出现的倾向不能不令人忧虑。因为它始终离不开对西方理论的搬用与模仿，从而忽视和放弃了中国现实生活和文学状态对理论的诉求，我们正在离开中国实际而建构中国的文学理论。这样的理论建设充其量只能具有理论自身的意义，是为理论而理论的行为，这样的理论，很难具有阐释生命力。譬如"文化研究热"就已经露出这种短处，它的流行在造就表面繁荣的同时却使文学研究中产生了"空洞化"现象。温儒敏说："文化研究给现当代文学带来了活力，但也有负面的影响甚至'杀伤力'，在文化研究成为'热'之后，文学研究历来关注的'文学性'被漠视和丢弃了，诸如审美、情感、想象、艺术个性一类文学研究的'本义'被放逐了，这样的研究也就可能完全走出了文学，与文学不相干了。""这种文学研究被'空洞化'的现象值得警惕。"① 再比如，近年兴起并开始流行的"日常生活的审美化倾向"研究，作为商业社会消费时代出现的"日常生活的审美化倾向"，文学理论对之进行深入的研究当然是十分必要的，但认为这种研究足以颠覆既有美学、文艺学学科，从而建立起一整套新的美学、文艺学体系的话，其理论起点便值得怀疑。这种观点，在今天中国文论界却很有势头，有学者认为，日常生活的审美化以及审美活动日常生活化深刻地导致了文学艺术以及整个文化领域的生产、传播、消费方式的变化，乃至改变了有关"文学""艺术"

---

① 温儒敏：《现当代文学研究中的"空洞化"现象》，《文艺研究》2004 年第 3 期，第 24 页。

的定义。这应该被视作既是对文艺学、美学的挑战，同时也为文艺学、美学的超越与发展提供了千载难逢的机遇。这种理想化的文艺学、美学建构设想，在显示理论话语的活跃之中，给我们留下了思考的必要，正如童庆炳所说："在他们提出问题的背后，隐含了许多重大问题。比如，我们究竟处于什么时代？是后现代，还是现代，还是前现代、现代和后现代共存？又如，我们今天社会流行的'主义'是什么？是消费主义，还是求温饱'主义'，还是消费与求温饱并存？再如，文学是否会消亡，还是已经消亡？对于费瑟斯通一类学者的舶来品，我们是拿来就用，还是要加以鉴别和批判？当我们吸收外来东西的时候，是否还要主体性？对于今天高科技的发展给我们带来的东西，我们是否要加以分析？在商业大潮面前人文知识分子是否要保持批判精神？"[①] 这一连串质疑都切中了中国文学艺学发展无法绕开的根本问题，忽视这些问题，中国文艺学也许真的就要跑到世界文论的前列，产生出那些只可能属于高度现代化社会的新锐特质，甚至形成所谓"后"时代的文学理论，这种理论也许真的就成为这种状态："显然，这一新理论已不再是传统意义上的理论，甚至用'理论'一词来表述它已有点不太适合，因为它是一种非理论的理论，一种反理论的理论。如果还要有体系，这种新理论的体系应该是一种非体系的体系……如果还要有概念，这种新理论的概念应该是一种非概念的概念……如果还要有逻辑，这种理论的逻辑应该是一种非逻辑的逻辑……"[②]

---

① 童庆炳：《文艺学边界应当如何移动》，《河北学刊》2004 年第 4 期，第 98 页。
② 宋一苇：《"后"时代的文学理论何以可能》，《解放军艺术学院学报》2004 年第 3 期，第 22 页。

这也许是一种文学理论范式，因为它已经产生在西方，有了许多大师级的理论表述，但离中国文学、文化的实际太过于遥远，它能对中国当下的社会和文艺形成多大的阐释能力与提升能力，值得怀疑。

上述现象说明在中国当下文学理论场景中，一种新的范式的出现是多么重要、多么有价值的事情。因为范式不等于那些新奇的形态，或对某种理论偶然的孤立的转述。当范式形成的时候，刚好要过滤掉那些未经整合融会而直接转化为理论共同体共识的因素，特别是太多脱离实际的理论因素。换句话说，范式的价值正在于使科学研究获得明晰有效的前进思路和紧切实际的科学成果（它如果有缺陷，亦要有待于用未来的科学发展来验证，而不是用预设的空泛理论来验证）。在文学理论领域同样如此，所以如果我们期望一种新的理论范式产生，绝不意味着只看重解构与颠覆过去的理论成果，也绝不意味着不断地移植和翻新一种在彼时彼地文化场景中具有范式力量的理论。否则，在多年的文论喧哗中，中国文艺学无论学科体系还是批评话语也许早已产生了更为强大的成就，形成了自己的理论体系与话语方式。

因为在科学范式的历史变革中，"观念"起着决定作用，这是库恩在《科学革命的结构》中早已言明的；另一位学者戴森（Freeman Dyson）在《想象的未来》中认为，还有"工具"同样起着重要的驱动作用。在包括文学理论在内的社会科学中，"工具"的作用的确不容忽视，但它十分潜在，"观念"却一直以显赫的姿态展示着自己的威力。因此库恩断言"革命是世界观的改变"，"范式一改变，这世界本身也随之改变了"①。推论过来，在促成一种新范式的过程中，难道还可以忽视"观念"的变革吗？中国 20 世纪之所以能够建立起"社会－历史批评"这一文学理论范式，正是得力于 20 世纪之初人的觉醒和精神世界的张扬。在后来的发展中，这一被扭曲的过程也就是这种范式走向危机的过程。而 80 年代，当人们开始发现文学理论转型之后，以为一种新的范式即将建立，但实际上主要的理论探索却在发挥着校正原有社会－历史批评范式中被政治强力扭曲的反常状态的作用，其结果不是催生了一种新范式，而是延续了一种旧范式。这种情况一直延续至今。这也正是我们之所以不能充分接受西方审美形式主义文论范式的主要原因之一。正如洪子诚所说："虽然我们都意识到社会生活与文化情景的重大变化，提出文学观念的调整。但在 80 年代确立的'文化心态'却并没有跟着调整。这包括文学在那时对意识形态、公众社会心理、历史叙述、时期建构等的广泛承担，也包括作家、批评家在大众中的'文化英雄'的地位。文学在现阶段的力量，也许是在承认它的'无力'之后对其可能的力量的探索与确立。"② 可见正是观念决定了理论范式的存在。当然 80 年代也曾出现过令人振奋的观念变革，那就是关于文学主体性的探讨与确证。但它最终为文化中的多种因素所淹没，没有产生出持久的影响力，最终不能导致形成新范式的"科学共识"与"科学共同体"，因此并没有最终促成一

---

① 〔德〕H. R. 姚斯等：《接受美学与接受理论》，周宁、金元浦译，辽宁人民出版社，1987，第 101 页。

② 洪子诚等：《关于"文本分析"与"社会批评"（笔谈）》，《郑州大学学报》（哲学社会科学版）2004 年第 2 期，第 6 页。

种新范式。

关于观念和方法在文学理论范式建构中的重要性，以及怎样运用它们来促成一种新的范式，我们可以从姚斯那里获得借鉴。姚斯曾经预示，在西方文论的审美形式主义范式之后，将要出现（或形成）的范式是接受美学。这个大胆的设想并非空想，因为他首先形成了科学的切合实际的观念，他说："我尝试着沟通文学与历史之间，历史方法与美学方法之间的裂隙从两个学派停止的地方起步。"① 无疑这是一种更高层次的观念提升。为实现这种提升，姚斯提出了三个"方法"，即"1. 美学的、形式的研究与历史的、接受美学的分析相融合；艺术与历史、艺术与社会现实相融合；2. 结构主义研究方法与哲学解释学的研究方法相融合；3. 审美反应的美学探讨与新文学的语言探讨相融合"②。我们随便就可以看出，这种努力是多么艰巨浩繁，但对于一种新理论范式的构建，却是必由之途。接受美学理论在 20 世纪 60 年代以后对世界文学理论所形成的广泛影响，证明了这种努力的巨大价值所在。姚斯等人将接受美学范式的观念与方法转化为具体的研究工作并形成成果，我们知道，是在 20 多年里，开展了十分具体的学科交融性研究工作，最后形成了 6000 余页之巨的"诗学与阐释丛书"。在中国当代文学理论领域，缺少的正是这种观念方法的创新与实践的综合尝试。如果仅在话语方式上跟随西方文论，则必将陷入更为芜杂与无主的文学理论状态。

---

① 〔德〕H. R. 姚斯等：《接受美学与接受理论》，周宁、金元浦译，辽宁人民出版社，1987，第 23 页。
② 刘小枫选编《接受美学译文集》，三联书店，1989，第 94 页。

三　"形式主义"

形式主义文论的内在逻辑

形式主义文学理论是 20 世纪西方文论最重要的理论流派。它发端于 20 世纪初，以俄国形式主义为肇始，历英美新批评，至 60、70 年代结构主义之后而被解构主义所解构，其影响绵亘近一个世纪。在中国，形式主义文论虽然并未像西方那样成为理解、批评和阐释文学作品的一个程式，甚至渗透到大学、中学的文学课程教学中作为方法得到传承[①]，但也形成了一定影响，有人甚至认为，"新批评有许多理由应当成为现代中国文论的主流话语"[②]。的确，形式主义提供了一套与中国文学批评传统全然不同的理论方法，曾一度拓展了人们的思维方式和文学视野。

一般而言，一个历时漫长影响宽泛的理论思潮，其产生、发展与变化过程往往见解林立、散漫芜杂，难以见出内在逻辑进程。初看上去，形式主义文论思潮也不例外，不同国度、不同时段众多理论家的学说使之呈现复杂的理论形态。在探究它的发展动因之时，思维惯性又会使理解停留在 19 世纪以来西方复杂社会历史因素及哲学的普遍性作用之中，从而遮蔽了理论的内在脉络。然而，在形式主义的发展过程中，其内在逻辑动力实际上发挥着更大作用，它甚至衍化而为一个与理论初衷

[①] Tzvetan Todorov, "What is Literature for?" *New Literature History*, Vol. 38, No. 1 (2007), pp. 7 – 13.

[②] 代迅：《西方文论在中国的命运》，中华书局，2008，第 159 页。

相分离的悖论。换言之，这个注重外在"形式"的理论其实有着十分强健的内在要求，可以说正是经由这个内在要求的推动，形式主义文论的阶段性递进才得以完成，当然也正是因为这个内在要求的推动，它在试图达到理论的完备状态即获得更为"科学"的依据与更为完整的体系之时不可避免地走向自我终结，从结构主义峰巅坠入解构主义深谷，也使整个西方文论完成了一次由外部研究到内部研究再到外部研究的理论旅行。

长期以来，文学理论的内在逻辑运动往往被人所忽视，主要原因在于人们并不愿意将文学理论作为一种单独的认识对象加以审视，因为它不具有娱乐功能，不会为直接的寻乐与求知提供感性满足。谈及文学理论，人们的关注重心主要放在它的对象即文学上面，理论最多成为进入文学世界的无形的手段或路径。即使长期从事理论研究的人，有时也会为这种情形所左右。人们可以接受这个观念——文学发展受"他律"与"自律"规律制约①，但并不一定充分注意到文学理论发展具有同样情形。造成这个结果的深层原因在于"文学的理论方式"与"文学理论的方式"不同，后者一般是经由马克思所说的那种"从抽象上升到具体的"② 过程才得以形成，前者则总是遵循由具体到抽象的原则，这是一种习以为常的理论概括原则。因此，反思某种文论的逻辑运动，进一步认识理论内在动力的存在及重要作用，比直接借用它的一些概念、方法和话语方式更有价值。在形式主义文学理论已经不再时髦的时代，重提这个十分

① 董学文、张永刚：《文学原理》，北京大学出版社，2001，第245页。
② 刘放桐等：《新编现代西方哲学》，人民出版社，2000，第419页。

特别的理论流派的目的正在于此。

形式主义文学理论的发展历史，可以说是诸多理论家为文学"形式"寻找独立意义、存在依据与理解方式的历史。它的产生、丰富乃至被解构，在证明西方不断变化的社会、历史、哲学等因素对文学理论发展具有巨大推动力量的同时，又充分地展现了理论的逻辑意义。换言之，产生形式主义文学理论的外在条件被有效整合起来，达成了其理论生长的内在机制与自我终结悖论。

形式主义文论的发展过程

综观形式主义文学理论，其发展阶段十分清晰。它经历了三个重要阶段，并被冠之以三个不同称谓：首先是作为开端的俄国形式主义，继之以英美新批评，然后是影响更为深入的结构主义。过去，人们习惯将它们作为西方文论的三个不同流派而不是形式主义文学理论发展的三个阶段看待，因为它们确实各有其独立性。但分而治之，其理论变化的整体性和影响的连续性必然受到割裂或误置，不利于看到这种注重"形式"的理论的"内在运动"。

作为开端的俄国形式主义，是形式主义文论的理论原创与范畴厘定的阶段。它的功绩在于以崭新的视点和崭新的姿态形成巨大理论冲击力，鲜明地标志着西方文论一个重大转折的到来。伊格尔顿说："倘若人们想确定本世纪文学理论发生重大转折的日期，最好把这个日期定在 1917 年。在那一年，年轻的俄国形式学派理论家维克多·什克洛夫斯基发表了开创性的论文《作为技巧的艺术》，自那时起，特别是过去二十多年以来，各种文学理论大量涌现，令人为之瞠目。"① 关于这个文论新起点所形成的巨大影响，佛克马、易布思进一步说道："欧洲各种新流派的文学理论中，几乎每一流派都从这一'形式主义'传统中得到启示，都在强调俄国形式主义传统中的不同趋向，并竭力把自己对它的解释，说成是唯一正确的看法。"② 这种影响所发生的时代，正是结构主义盛行的时代，它从一个侧面表明了形式主义文学理论的强劲动力。

　　具有这种强劲动力的"形式学派"在 20 世纪初的俄国出现当然绝非偶然的个人因素所致，虽然个人确实发挥了巨大作用。处于欧洲的边缘易于得到文化变革启示，高度封闭又使专制文化得以保持强势，这就是 19 世纪末期的俄国社会，也是形式主义文学理论得以产生的背景。强烈反差促成的文化变革渴望与冲动一旦获得突破口，便会以极端方式释放出来。所以当反传统的现代派文学创作在俄国星火闪现，便迅捷形成燎原之势。超现实主义、未来主义等反现实主义的文学创作在现实主义传统根深蒂固的俄国迅速流行就是证明。极端化创作带来的震荡、不适却适应和激励了革命前夜的热情，它还刺激着同样极端化的理论表达，致使大胆的反俄国乃至欧洲理论传统的形式学派应运而生。这个学派选择了诗歌阐释作为突破口，以语言观念创新为标志，正是应和那些理论家们年轻的心灵、活跃的思维、诗化的激情与新时代视野的结果。但在这里，具有极端化倾向的理论创新实际上也埋下了一颗悖论的种子，绝对孤立的"形

---

① 〔英〕特里·伊格尔顿：《文学原理引论》，刘峰译，文化艺术出版社，1987，作者序第 1 页。
② 〔荷兰〕佛克马、易布思：《二十世纪文学理论》，林书武等译，三联书店，1988，第 13～14 页。

式"是难于寻找到它所必需的理论支撑的。这个矛盾会在以后形式主义的发展中显示它巨大的摧毁力量。

此时形式学派理论家们分属两个学术研究组织，一个是成立于 1915 年以罗曼·雅各布逊为代表的"莫斯科语言学小组"，另一个是成立于 1916 年以维克多·什克洛夫斯基为代表的彼得格勒"诗歌语言研究会"。除两位重要的代表人物之外，形式学派还包括了奥西普·布里克、尤里·图尼亚诺夫、鲍里斯·艾钦包姆、鲍里斯·托马舍夫斯基等人。"作为一个富有战斗和论争精神的批评团体，他们拒绝此前曾经影响着文学批评的神秘的象征主义理论原则，并且以实践的科学精神把注意转向作品本身的物质实在，批评应使艺术脱离神秘，关心文学作品实际活动情况。文学不是伪宗教，不是心理学，也不是社会学，而是一种特殊的语言组织……文学不是传达观念的媒介，不是社会现实的反映，也不是某种超越真理的体现，它是一种物质事实，我们可以像检查一部机器一样分析它的活动。"① 特里·伊格尔顿这段话很好地概括了俄国形式主义的理论特征和现实追求。文学文本就这样开始在理论视野中获得前所未有的独立地位，它与作者、社会生活和各种文化活动截然分离开来，仅以自己的特殊形式显示存在价值。形式成为一种"物质事实"，为解析这个物质事实，一系列新的文学理论概念如"文学性""陌生化""疏离性"等被创造出来。俄国形式主义文论一开始就充满了创造意味，但关键是，形式后面广泛的社会历史内容需要得到妥善处理，因而这种创造需要更多理论依据作为基础，

---

① 〔英〕特里·伊格尔顿：《二十世纪西方文学理论》，伍晓民译，陕西师范大学出版社，1987，第 4 页。

没有后者其发展和影响力必然难以久继。形式主义文论后继者们能够担此重任吗？

英美新批评是形式主义文论的进一步发展，虽然在新批评兴起初期两者并无直接联系。就某种意义可以说，新批评将俄国形式主义那些原创性的思想观念和理论范畴进一步体系化了。并且，当它向理论深度进发的时候，它不能不涉及"形式"之外的广泛因素，因此也就不能回避那个潜在的悖论。

在新批评这里，首先，文学文本的客观性和中心地位被放大，形成了"作品本体论"。在为新批评命名的理论家约翰·克鲁依·兰色姆看来，"一首诗有一个逻辑的架构（Structure），有它各部分的肌质（Texture）"。"如果一个批评家，在诗的肌质方面无话可说，那他就等于在以诗而论的诗方面无话可说，那他就只是把诗作为散文而加以论断了。"[①] 可见，肌质乃诗的"本体"所在，放弃了肌质，也就失去了诗的本体，这种评论也就不是有意义的文学评论。其次，文学本体的客观性对文学批评提出了要求，那就是批评应具有科学品质，像科学一样有一套"客观上可以转换的方法系统"，而不能像印象主义那样仅靠主观思想开展批评。换言之，由于作品本体论观念的形成，科学的文学批评方法与文学研究方法成为必要选择。新批评理论家的很多创造都在这个领域里展开，可以说，无论是兰色姆的著作《诗歌：本体论笔记》、退特的《论诗的张力》，还是布鲁克斯与沃伦的《怎样读诗》、燕卜荪《朦胧的七种类型》都是这个总体观念下的产物。尤其是韦勒克与沃伦合著的《文学理

① 〔美〕约翰·克鲁依·兰塞姆：《纯粹思考推理的文学批评》，张谷若译，赵毅衡编《"新批评"文集》，百花文艺出版社，2001，第108页。

论》，将新批评的研究对象与研究策略、方法做了系统阐述。他们从文学作品中心论出发，将文学的"虚构性"、"创造性"与"想象性"确定为文学的特征，极为细致地区分了文学的"外部研究"与"内部研究"，并力主对文学作品进行"内部研究"。而"内部研究"的要义在于突破文学作品内容与形式的二分法则，将艺术作品"看成是一个为某种特别的审美目的服务的完整符号体系或者符号结构"①。这既体现了与俄国形式主义的一致性，又展示了理论推进的深入性。既如此，文学作品遂被视为一个有序结构起来的形式体系。韦勒克与沃伦还创造性地阐发了这个结构状态：它的第一个层面是声音层面，包括了谐音、节奏、格律；第二个层面是修辞层面，"它决定文学作品形式上的语言结构、风格与文体的规则"；第三个层面是"诗歌的主要结构"，即"意象、隐喻、象征、神化"，其中"意象"和"隐喻"乃是"所有文体风格中可表现诗的最核心的部分"。② 文学作品（主要是诗歌）既然有着如此复杂的形式构成，且批评视点又被限制在文学文本自身以达到"内部"视点的要求，在批评方法上，一种必要而行之有效的方法——文本"细读"（close reading）就应运而生，成为新批评独特的文学批评方法。至此，俄国形式主义那种观念意义上的创造，已被扩展为体系上和方法上的进一步建构。但是，我们也可以明显看出，新批评文论对"内部"的要求实际上带着极大的强制性，韦勒克与沃伦实际上也并不能将"外部研究"绝对排除在外。

---

① 〔美〕韦勒克、沃伦：《文学理论》，刘象愚等译，江苏教育出版社，2005，第157页。
② 〔美〕韦勒克、沃伦：《文学理论》，刘象愚等译，江苏教育出版社，2005，第174页。

文学上的结构主义可以说是形式主义的新发展或余绪，在这里，形式主义发生了巨大变化，悖论浮出水面，其潜在的理论矛盾导致明显的外在冲突。从发展角度看，结构主义的一整套结构理论将文学的客观构成推进到更加"科学"的地步，即它致力于为文学结构的内在性寻找科学依据，以便使文学形式更具独立性和更富逻辑力量。换个角度说，为形式主义理论寻找合法性的探索使结构主义必须回到形式主义的理论源头，并以更加科学的姿态对待现代语言学中的各种概念、范畴。"如果说'俄国形式主义'和英美'新批评'是在与现代语言学的相互影响中并行发展起来的，那么，结构主义则是直接导源于现代语言学，现代语言学中的许多概念、范畴都被结构主义所运用。"[①] 因此当罗兰·巴特的符号学理论一亮相，文学的形式构成及其重要意义便达到了体系化高度。它超越了俄国形式主义和新批评那种致力于范畴界定和方法建构的较为显在的理论状态。它所体现出来的严谨性和思辨性超过了俄国形式主义甚至新批评。它甚至充满了哲学色彩，这是俄国形式主义和新批评都无法比拟的。

说它是形式主义发展的余绪，那是因为结构主义其实是一个更为宽泛的哲学与文化理论，它"结构"地看世界，并且要为各种结构找到更内在的依据，这势必将"形式构成"的思想推广到文学之外，许多超越文学的意义被发现而且得到深入开掘。这使我们得以看到结构主义理论家在文学问题之外的更为丰富的思考，如列维·施特劳斯，他实际上将结构的思想运用

---

① 赵宪章：《文艺学方法通论》，浙江大学出版社，2006，第327页。

到了社会理论中，形成结构主义社会理论；阿尔都塞用结构的方式解释马克思主义和意识形态问题，形成马克思主义结构主义；拉康则在精神分析领域应用结构主义思维方法，形成结构主义精神分析学……只有罗兰·巴特的符号学结构主义仍然更多保持了文学基点和视域。但是罗兰·巴特为文学符号系统寻找更深的内在依据的做法，则使文学形式理论在获得科学依据的同时动摇了形式自身的独立意义。换言之，既然有关文学形式的理论不能仅从文学的形式系统和整个内部研究中获得自足依据和支撑力量，而必须引入更多外部因素，那么，形式主义文论的逻辑扩展就到了边缘。很显然，对于形式主义文论，这是一个致命的挑战。形式主义理论家雅各布逊、什克洛夫斯基和艾略特等先驱者们十分自信地创造的基本范畴和基本命题开始受到质疑与反思，形式主义文论大厦将在自我完善的逻辑悖论中走向坍塌。当然，最后完成这一使命的是在结构主义思想中走得更远的人，他们是雅克·德里达、米歇尔·福柯等。综观这一过程，将结构主义视为形式主义文学理论的顶点或者"余绪"皆有道理。毕竟变化已经发生，而且这种变化还在继续。

形式主义文论终结的原因

形式主义不同发展阶段的逻辑运动，实际上是通过不同理论家的共同作用完成的。每一种相对成熟的文艺理论和文学批评思潮的发展、流变，几乎都有不同理论主体在不同历史背景下所做的继承性创新或者理论推进，否则不可能形成一个理论流派。基于前人的思想又有所前进，这是科学变革中"理论共同体"形成的条件。这种链状发展的理论形态实际上是在理论的逻辑自洽需要下展开的。因而，逻辑起点清晰、创新色彩鲜明的理论，其内在逻辑动力会不断为新的理论主体留下创造空间。但是，理论自律性也会使该理论的极端之思和潜在矛盾（特别是悖论）逐步暴露，以至于使该理论必须按逻辑规律发展和崩溃，完成自己的使命而自我终结，成为其他理论诞生的契机。这个规律被托马斯·库恩表述为"科学革命"的演进结构①，它在人文社会科学发展中同样存在。库恩所说的推进科学变革的"理论共同体"就是在其逻辑状态中形成并发挥作用的。如果缺少这种逻辑规约，所谓理论就会形成或者原地打转或者没有尽头的形态，它的命题会因为无法证伪而失去约束，最终露出伪理论原形。

这种思路支配着我们对形式主义文论理论主体的思考。在芜杂的现象中，不同时段的理论家虽然看上去并无现实关联，但理论思考的逻辑性却将他们连在一起，并使他们的追求形成走向一致的系列，包括悖论作用下的自我终结之路。在形式主义文论初创之时，俄国学者雅各布逊和什克洛夫斯基等人的追求实际上是建立了这个"形式学派"的逻辑起点。在这个阶段，有无原创性概念至关重要，它是新思路的重要前提。他们当然做到了这一点，"如果说雅各布逊的'文学性'是俄国形式主义的一个代表性理论的话，那么，什克洛夫斯基的'陌生化'则是俄国形式主义的另一代表性理论"②。"文学性"和"陌生

---

① 〔美〕托马斯·库恩：《科学革命的结构》，金吾伦、胡新和译，北京大学出版社，2003，第4页。

② 赵宪章：《文艺学方法通论》，浙江大学出版社，2006，第328页。

化"这两个概念的创新性是鲜明的，但它们的极端性同样突出。而且，它们实际上并未促成俄国形式主义和英美新批评理论主体之间的理论共鸣。雅各布逊后来在美国所进行的学术活动，也被更多看作结构主义的活动。在俄国形式主义和英美新批评之间所建立的"理论共同体"，是通过理论主体对文学现实问题的热情关注和深度投入达成的。它所体现的逻辑一致性与矛盾性都十分明显。

十月革命前后的俄国文学变革，几乎是通过广场上和人群中的朗诵活动吸引了什克洛夫斯基等年轻知识分子的理论兴趣的。那时，工业理性以强大力量推动了马雅可夫斯基等为代表的未来主义诗歌写作激情，它所倡导的文学形式创新又从正面促成了形式学派的理论创新。而在英国，艾略特等理论家并不这样，他们以厌倦和否定工业理性为创作和理论思考的起点。他们最终与俄国形式主义者殊途同归，那是因为，19 世纪及其以前相当一段时间，英国文学与意识形态关系紧密，就连什么是文学这个整体观念也取决于某个特定阶级的价值和趣味，正如特里·伊格尔顿所说，那时"文学既是保卫这些价值的深沟壁垒，也是广泛传播它们的重要手段"①。在 19 世纪浪漫主义文学兴起之后，这种状态不但没有改变反而加强了，"文学已经成为一种可以替代其他意识形态的完整的意识形态，而想象本身是一种政治力量……它的任务是以艺术所体现的那些活力和价值的名义改造社会"②。从积极方面看，这种状态促使文学迅速

① 〔英〕特里·伊格尔顿：《二十世纪西方文学理论》，伍晓民译，陕西师范大学出版社，1987，第 19 页。
② 〔英〕特里·伊格尔顿：《二十世纪西方文学理论》，伍晓民译，陕西师范大学出版社，1987，第 22 页。

获得了学科地位，也为文学文本取得重要的自足空间提供了时代大背景。但是更为重要的推动作用还在于迅速发展的工业理性对文学的挑战。在欧洲文化领域，工业理性在一次世界大战之后已经逐步成为文学的对立因素，它几乎被视为在根本上排斥文学情感和浪漫情怀的最大根源。但值得注意的是一个"强制性"的统一逐步出现：工业理性对文学的挑战不是取消了文学的价值，而是加强了它。可以说这是形式主义理论悖论的又一个实践来源。工业理性这种悖论性作用在一个过渡性特殊人物的活动中体现得尤为充分。这个人就是艾略特。艾略特极为敏感地发现了诗歌的心灵意味，他用人们理智上难以理喻的写作——大量使用一种具有陌生化效果的变形语言，创造出突兀奇崛的意象——显示出"一切右翼非理性主义者对理智的全部蔑视"①，艾略特所要追求的是一种"将会'与神经直接交流'的感觉型语言……必须选择'带有伸向最深层的恐惧和欲望的网状须根'的词，可以渗入那些'原始'层次的扑朔迷离的意象"②。他企图以这种方式来对抗工业文明对心灵的伤害，以保护一种保守的价值观念得以延续。可以看出艾略特实际上仍然坚持将诗视为意识形态的一种方式，只不过这种方式必须与以前的浪漫主义不同，因为浪漫主义那种语言"在工业社会中已经陈腐不堪，无利可图"。只有通过一种新的语言方式的创造才能达到那个目标。于是，诗歌的形式因素在对特殊内容的渴求中被重新提出来。很显然，艾略特回到了俄国形式主义的逻辑

---

① 〔英〕特里·伊格尔顿：《二十世纪西方文学理论》，伍晓民译，陕西师范大学出版社，1987，第46页。

② 〔英〕特里·伊格尔顿：《二十世纪西方文学理论》，伍晓民译，陕西师范大学出版社，1987，第46页。

起点之上。他一方面创作着那种反传统的形式感极强的意象主义诗歌，一方面又在英国传统旧诗中寻找他所认为的诗歌形式留下的价值。所以伊格尔顿评价说："他那令人反感的先锋技法被用于完全后卫的目的。"① 在艾略特那里，诗不是要表现个性而是逃避个性，不是要表现情感，而是要逃避情感，诗因此被进一步物质化了。它之所以还产生着价值，那仅是因为它"存在"，提供着一种物质实体。可见，诗歌再次被当成了一种偶像。这种观念难免使人感到，"新批评是失去依傍的处于守势的知识分子的意识形态"②。它对文学的批评，被人称为"新批评"而不是直接称为形式主义，那是很有道理的。

与此相应，瑞查兹将诗视为一种"伪陈述"，"它似乎要描述世界，其实不过以令人满意的方式组织起我们对世界的感情"③。它所起的真正作用在于可以作为一种手段，一种"克服混乱并拯救人们"的手段而存在。所以，为诗歌及其批评寻找一个科学的基础实为必要举措。可见它对外部世界采取了一种巧妙的逃避方法。为此，瑞查兹致力于"以科学的心理学原则为批评提供一个牢固的基础"④。并相信从语义学角度可以找到有效的诗歌阐述与批评的方式。他将语言的使用区分为"指称性的"和"情感生发性的"。前者是"科学的"语言，与客观

---

① 〔英〕特里·伊格尔顿：《二十世纪西方文学理论》，伍晓民译，陕西师范大学出版社，1987，第46页。
② 〔英〕特里·伊格尔顿：《二十世纪西方文学理论》，伍晓民译，陕西师范大学出版社，1987，第52页。
③ 〔英〕特里·伊格尔顿：《二十世纪西方文学理论》，伍晓民译，陕西师范大学出版社，1987，第51页。
④ 〔英〕特里·伊格尔顿：《二十世纪西方文学理论》，伍晓民译，陕西师范大学出版社，1987，第50页。

事实对应；后者激发人的想象，带着"情感性"标志。瑞查兹对语言形式及其使用过程所做的细致理解使他确信无疑地成为一个形式主义理论家，但他回避了形式对内容因素的依赖性，对形式之外的外部世界视而不见，这使他依然无法逃开那个先天存在的矛盾。

到了约翰·克鲁依·兰色姆，新批评获得了它的名称。1941 年兰色姆出版了《新批评》一书，进一步阐明了那种形式主义倾向鲜明的文学批评方法及其对象。至此，用特里·伊格尔顿的话说，新批评意识形态开始形成，它的核心是"通过艺术，异化的世界可以在其全部的丰富多样性中交还给我们。诗，本质上作为一种冥想方式，并不鼓励我们改变世界却鼓励我们尊崇它的既成形式，并且教导我们以一种无为的谦卑态度去接近它"①。有了这种思想观念和艺术观念的支配作用，新批评所有的文学见解与批评方法如"内部研究""细读"等都有了逻辑主干，因而也变得易于理解了，因为它实现了某种逃避中的前进，强制中的统一。但某些特殊现象依然存在，标示着那些不易弥合的裂痕，如威廉·燕卜荪的某些想法。这个写下《朦胧的七种类型》的理论家，实际上已经把文学意义从瑞查兹等人强调的"上下文"关系中拓展到更广泛的社会意义层面。这种做法在形式主义发展中，不禁要使人想到罗兰·巴特的某些思路。但燕卜荪的理论毕竟建基在他那"任何导致对同一文字的不同解释及文字歧义"的"朦胧"观念②以及"挤柠檬式"

---

① 〔英〕特里·伊格尔顿：《二十世纪西方文学理论》，伍晓民译，陕西师范大学出版社，1987，第 52 页。
② 〔英〕威廉·燕卜荪：《朦胧的七种类型》，周邦宪等译，中国美术学院出版社，1996，第 1 页。

的细读方法上，他在文学中追求极为细致的意义的做法，消解了他的理论所具有的颠覆力量。

使形式主义在新批评阶段的种种探索获得更为深入发展的是雅各布逊。这个俄国形式主义元老于二战之前到达美国，并在那里与法国人类学家列维·斯特劳斯相遇。伊格尔顿肯定地说："他们的相识是一个知识的联系，大部分现代结构主义就由此发展而来。"① 雅各布逊对索绪尔现代语言学的理解在此时段发挥了真正深刻的影响，甚至超过了他在俄国形式主义时期的所作所为。

自此，可以肯定，就内在意义而言，结构主义的产生其实已成形式主义文论的必然要求，因为"人们需要这样一种文学理论，它既保持新批评派的形式主义倾向，以及新批评派顽固地把文学视为美学实体而非社会实践的做法，同时又将创造出某种更为系统和'科学的'的东西"②。也就是说，随着理论的自我完善趋势以及社会文化发展需要，形式主义到了必须进一步深入化体系化的地步。它需要关于"形式"独立性的更具说服力的依据。在这个新要求中发挥桥梁作用的是诺斯罗普·弗莱。弗莱研究发现了文学的一种更为客观的"固有"的结构规则，它潜藏在文学的模式、原型、神话和文类之中起决定作用并由它们体现出来，文学的多种方法如叙事的"四种类型"都是因之而生的。在弗莱看来，文学需要形成一个严格的封闭体系才能展现那些客观存在的规则，有史以来文学创作的价值之

---

① 〔英〕特里·伊格尔顿：《二十世纪西方文学理论》，伍晓民译，陕西师范大学出版社，1987，第108页。
② 〔英〕特里·伊格尔顿：《文学原理引论》，裘小龙等译，文化艺术出版社，1987，第109页。

源正在于此。由于弗莱"发现"了这个客观的内在结构并阐释了它，形式主义似乎进一步获得了更加"科学"的内在依据，因此当 1957 年他的《批评的解剖》出版，也就基本满足了"创造某种更为系统和'科学'的东西"这一理论新诉求。这部著作使弗莱本人被一些人视为结构主义的"先驱"。当然，诺斯罗普·弗莱并不是严格意义上的结构主义者，他只是"结构"地理解了文学意义的多重关系，而并未将这些意义限制在文学自身的各个义项之中，比如这个句子的意义只能来自上下句子意义之类。对于形式主义而言，他的"客观结构"认识和多重文学意义阐述甚至放大了那个潜在矛盾，因此他甚至催生了解构的苗头。

换言之，结构主义的"结构"思想具有更大的广泛性，它含义丰富，已经具有超越某种门类知识的特征。正如罗伯特·斯各尔斯所说："结构主义可以界定为两种含义：1. 作为一种思想运动；2. 作为一种思维方法。"① 当然，其中所包含的文学理论意义十分突出，它毕竟与形式主义文学理论有着密切的联系。从形式主义文论角度看，它的正面价值在于为形式主义文论找到更为科学更为深刻的内在依据，并提供了新的思维和方法；它再次拓展了文学和文学理论的视野，使其变得更为丰富复杂，也更为多姿多彩。它的负面价值则是这种丰富性带来了形式理论终结的危机。正如库勒说："同英美新批评一样，结构主义也力求'回到作品文本'上来；但不同的是，结构主义认为，如果没有一个方法论上的模式——一种使人得以辨认结构

---

① 〔美〕罗伯特·斯各尔斯：《文学中的结构主义》，耶鲁大学出版社，1974，第 1 页。

的理论——就不可能发现什么结构。因此，结构主义自己并不相信人们能够就作品文本和不带任何先入之见去阅读解释每篇作品，他们寻求的目标是理解文学语言的活动方式。结构主义者并不以对个别作品文本作出解释为目的，而是通过与个别作品文本的接触作为研究文学语言活动方式和阅读过程本身的一种方法。"① 这实际上说明了形式主义无法避免的悖论所导致的结果——观察文学形式的眼光不能只来自文学的内部，形式的独立性必须依赖非形式的外部因素来支撑——这样，形式理论也就走到了它的逻辑反面。在此意义上理解罗兰·巴特，我们知道，"符号学"虽然因为对现代语言学基本概念和思维的沉浸与袭用，使它仍然保持在形式主义文学理论的逻辑关系中，但它所展示的"结构"的思想却因为同时包含"结构消融"意义而即将远离结构主义和形式主义。可以肯定，符号学标志了结构主义乃至整个形式主义文论和文学思潮的最后辉煌，并在逻辑意义上预示出一个新转变即将开始，解构的时代正在到来。

总之，在 20 世纪形成、发展并影响长久的西方形式主义文学理论，其外在动因和内在动因都是十分复杂的。这种复杂性也正显示了它的研究价值。它的"内在生命"在走向自我完善的同时也暗藏着自我终结的必然，其启示意义超过它作为一个理论流派的历史存在而抵达我们对文学理论构成的普遍性规律的思考中。乔纳森·卡勒说："被称为理论的作品的影响超出它们自己原来的领域。""思考发展成理论的一个特点就是它提供

---

① 〔英〕库勒：《文学中的结构主义》，载《美学文艺学方法论》，文化艺术出版社，1985，第 505 页。

非同寻常的可供人们在思考其他问题时使用的思路。"① 的确，文学理论的影响力许多时候并不靠它的概念和命题，而是靠它的内在逻辑（甚至悖论）所释放的理论强力。因此可以说，在文学理论的逻辑层面，任何一种可以称为理论的东西永远都不会过时。既如此，我们重新审视 20 世纪西方形式主义文学理论，可以做的事情仍然很多。

四　现当代文学观念

现当代文学观念局限

中国当代文学理论几乎是一个与中国多民族多区域文学隔绝的学科，它主要存在于大学讲坛上，其学科特点与形态、学科概念与范畴所指，又常常带着某些习惯性误解。长期以来，文学理论被等同于文艺学，表面看文学理论的学科范畴膨胀增大了，实际上却与为它提供材料与对象，同时也提供理论活力的文学发展史、文学批评活动相分离。文学理论在学理意义上的空泛与孤立成为普遍现象。一个世纪以来，中国文学理论试图建立自己的理论体系，改变依附古代文论或西方文论的状态。这种努力，是伴随着现代大学教育的产生而产生的。自 20 世纪初至今天，各种各样的《文学概论》《文学通论》《文艺学概论》《文学基本原理》等，几乎都是以讲义、教材方式出现的，其数量之多，难以尽数。但是，由于复杂的原因，文学理论的建构大都囿于文学理论自身范畴而不能在丰富的文学世界里寻

---

① 〔美〕乔纳森·卡勒：《文学理论》，李平译，辽宁教育出版社，1998，第 3 页。

找活力，少数民族文学更难进入它的理论世界。

　　换言之，中国当代文学理论总体趋近西方现当代文论，带着引进、学习、借鉴和生发西方文论的明显痕迹，其中虽也包含某些民族化选择与追求，但尚不足以达成总体建构和价值主流，因而在与西方当代文论的比较中优势不明，在对中国文学创作的阐释与导引中话语欠丰。"提及各少数民族的文学，人们往往被刻板的印象所左右，用简约表象的文化符号替代了原本鲜活生动、意蕴深刻的内涵。"① 甚至在文学史中也是这样，正如何光渝在"20 世纪贵州文学史书系"总序中所言，"中国文学史上，曾有不少虽不显赫但也并不默默无闻的地域文学，在今天的习见的文学史著作中，仅仅是淡淡一笔，有时甚至连一笔也没有"②。其结果，当人们使用"中国当代文学"一类概念的时候，所指其实并未真正涵容那些丰富多彩的文学状态，中国当代文学理论对"中国当代的"文学作品和文学现象的研究把握实际上也采取了分而治之的态度，它将精英化的汉语写作与区域化的"民间文学""少数民族文学"区别开来，使人们心中形成一个传统化的既定的占主导地位的"主流文学"概念，它约定俗成的内涵中一般并不包含多区域多民族文学实践。也就是说，由来已久的理解惯性已经使中国当代文学理论消减了理论应有的包容能力和普适性，"中国当代文学"的所指范围因之缩小，结果致使中国多数民族文学分离而为一些孤立的文学范畴，一些与主流文学意识甚至中国当代文学整体意识差异明显的文学范畴。

---

① 刘大先：《从想象的异域到多元的地图》，http：//www.chinananren.com. 2006 - 8 - 7 10：46：06。
② 何光渝：《20 世纪贵州小说史》，贵州民族出版社，2000，总序第 2 页。

那么，解决问题的路径在哪里，是从本土化的多民族多区域文学中寻找构成文学理论中国特色的元素，还是继续在西化的理论思维中搬用现成的外来话语扩展理论领地？这是值得探讨的重要问题。

文学观念的拓展路径

在文学日趋多元多样发展的今天，将文学的地域意义和民族意义放大，以审思中国现当代文学的历史进程及由来已久的观念规约，已经成为十分必要的行为。中国是幅员辽阔地域广大的统一的多民族国家，它的文学形态应远远超过现代以来的主流文学范畴，更不是单纯的精英文学意识所能涵容。在现代性进程中，与民族国家一道成长的，是 56 个民族汇聚的伟大阵容，民族文学的丰富意义正在于书写了共同目标下的不同心路。它们的审美选择和价值追求，它们的讲述方式和话语内涵，犹如它们所依傍并根植的美丽山水一样，魅力无限又意味迥然，并不服从于单一的欣赏兴趣和理解思维。在这里，需要的是"换一种方式"，甚至"换一种观念"，这样，另一种新的文学景致将会改变我们由来已久的视野，中国文学的丰富性也必将得到业已存在的多民族多区域的多样化写作的佐证与支撑。在理论层面，关注中国当代多民族文学研究与文学理论的创新，在两者的关系中发现可资运用的理论元素和规律性，是十分必要和十分重要的。

或可说，对中国当代多民族文学的研究，特别是将中国当代多民族文学研究纳入对中国当代文学理论建设之中，是寻求当代文学理论创新的重要途径之一。实际上，"文化发展各具特点的各少数民族，他们的文学在与汉族文学的接触和交流中，并不是仅仅体现为被动地接受汉族文学对自己的单向影响和给予，少数民族文学同样也曾经向汉族文学输送了若干有益的成分，他们彼此之间的交流，始终清晰地表现出双向互动的特征与情状。可以说，中华各民族文学之间的交流互动，早已形成了固有的传统"①。如果说中华多民族文学的发展的历史与现状已经体现出积极意义，那么，从多民族多区域文学角度反思中国当代文学理论，尝试通过文学观念和实践姿态的调整来加强中国当代文学理论与中国多民族多区域文学的联系，在多民族多区域文学中寻找理论的本土特色与原创资源，以期拓宽文学理论中国化、民族化建设路径，必然要成为一个巨大的现实诉求和理论空间。

后现代提供的动力

从理论走向看，重视多民族（或各少数族裔）文学研究与文学理论的建设、创新，是当前世界文学理论发展的一个重要趋势和实践策略。人们置身于后现代文化大背景之下，传统思维方式正在发生着变化，贝斯特和科尔纳"把这个在社会生活、艺术、科学、哲学与理论方面的剧烈变化称为'后现代转向'。后现代转向包括从现代到后现代众多领域理论的一种变化，此变化指向一种考察世界、解释世界的新范式"②。具体而言，这是一个注重文化多元多样的时代，在《多元文化主义》

---

① 关纪新：《20世纪中华各民族文学关系研究》，民族出版社，2006，第1页。
② 〔美〕斯蒂芬·贝斯特、道格拉斯·科尔纳：《后现代转向》，陈刚等译，南京大学出版社，2002，第3页。

中沃特森写道："'多元文化'的这个词语和提及的其它词语的区别是什么呢？在于它不仅仅是造成一种差异感，而且认识到这些差异源于对一种文化普遍共有的忠诚和固有的对所有文化一律平等的理念的认可。"①与此相关的是"文化相对主义"，在后现代全球化背景下，这个旨在强调西方文化优越性的概念被杜威·佛克马重新阐释，其基本意义已经发生了变化，"它旨在说明，每个民族的文化都相对于他种文化而存在，因而每一种文化都有自己的初生期、发展期、强盛期和衰落期，没有哪种文化可以永远独占鳌头。所谓全球化时代的文化趋同性实际上是不可能实现的，全球化在文化上带来的两个相反相成的后果就是文化的趋同性和文化的多样性并存"②。时代的这一总体文化背景为我们思考当代多民族文学研究与文学理论的创新设置了一个必须尊重的前提，在这里有众多的理论探讨为我们提供了启示。

从国外看，雅克·德里达的《书写与差异》、爱德华·萨义德的《东方学》《文化与帝国主义》、沃特森的《多元文化主义》等著作在哲学观念和总体思维层面上突出了当代多民族文学与文学理论的关联和价值；斯图亚特·霍尔的《文化身份与族群散居》《多元文化问题》、乔纳森·弗里德曼的《文化认同与全球过程》、安东尼·D. 史密斯的《全球化时代的民族与民族国家》、本尼迪克特·安德森的《想象的共同体》、乔治·拉伦的《意识形态与文化身份：现代性和第三世界的在场》、第欧根尼中文精选版编辑委员会的《文化认同性的变形》等著作从

---

① 〔英〕C. W. 沃特森：《多元文化主义》，叶兴艺译，吉林人民出版社，2005，第3页。
② 王宁：《中国现代文学经典的形成及现代意义》，http://www.cssm.org.cn. 2007.8.1.

族群认同与文化认同入手，彰显了多民族文学的价值和理解方式。美国学者洛德创立的比较口头诗学研究，则以口头史诗创造力量为起点，建立了一套严密的口头诗学的分析方法，把口头史诗提升为跨文化、跨学科的比较研究领域。普里查德、利奇、道格拉斯和科恩等学者的象征人类学理论，使多民族的不同区域的文学意义得到有力突出。在美国，族裔和种族批评正是研究少数族裔文学的方法。边缘化文学批评理论从西方主流文论中逐渐浮现，使当代趋同、合流的文学理论研究不断呈现出多元化态势，也为我们思考中国当代多民族文学研究与文学理论的创新提供了思路和可资借鉴的方法。关于文学理论的发展与创新思路，我们在特里·伊格尔顿的《20 世纪西方文学理论》、乔纳森·卡勒的《文学理论》、马克·柯里的《后现代叙事理论》、沃尔夫冈·伊瑟尔的《怎样做理论》等著作中，可以明显看到多元文学观念和文学实践所具有的价值。

在国内，人们越来越多意识到多民族文学的重要性，这是中国作为地域辽阔的统一的多民族国家决定的。因此，对多民族文学的研究与理论缺陷的反思越来越多，形成十分丰富的状态。像关纪新的《20 世纪中华各民族文学关系研究》，曹顺庆的《三重话语霸权下的少数民族文学研究》，关纪新、朝戈金的《多重选择的世界》，刘大先的《边缘的崛起》《从想象的异域到多元的地图》《当代少数民族文学批评：反思与重建》，李鸿然的《中国当代少数民族文学史论》，徐新建的《全球语境与本土认同》，李晓峰的《中华多民族文学史观下中国文学史之结构》《中国当代少数民族文学创作与批评现状的思考》，姚新勇的《萎靡的民族文学批评》，马绍玺的《在他者的视域中》，姚新建的《文化身份建构的欲求与审思》，赵汀阳的《没有世界观的世界》，杨志明的《全球化、现代化与少数民族传统文化的生存前景》，宋炳辉的《弱势民族文学在中国》，汤晓青主编的《多元文化格局中的民族文学研究》，田泥的《谁在边缘地吟唱》等，在中国当代多民族文学研究与文学理论的创新方面，已经形成了一些具有代表性的成果，为深入的探讨提供了前提。

多民族文学构建的基础

以当代多民族文学研究推进文学理论的创新是一个开阔的学术领域，可以作为的空间十分巨大。在当代中国，几乎所有少数民族都有自己的作家作品。自 20 世纪以来，我们发现，就整体构成而言，民族文学创作的成就与困惑共生，边缘化与主流化交织……每一种选择取向中似乎都包含与之背反的价值因素。也正因此，在我们反思 20 世纪以来的中国文学观念之时，中国多民族文学具有不可忽视的重要意义。我们深信，通过不断展开的意义追寻与审思，在其粗糙的硬度下面，必能发现精华与原创意味，一种本土化的理论成分，这将有补于过分西化的中国现当代文学理论建设，使之展现出某些中国特色和本土意义。

以历史眼光考察，中国少数民族有丰富的创世史诗和英雄史诗，较为突出的有彝族的《梅葛》、纳西族的《创世纪》、彝族支系阿细人的《阿细的先基》、布依族的《开天辟地》等。中国 56 个民族中有近 30 个民族有创世史诗。它们发生于中国的自然山川，最为形象地保存了不同族群的历史记忆。少数民族英雄史诗具有宏阔而神奇的民族色彩，藏族的《格萨尔王传》、蒙古族的《江格尔》、柯尔克孜族的《玛纳斯》以及维吾尔族的《乌古斯传》、傣族的《相勐》《兰嘎西贺》等几乎都是影响深远的鸿篇巨制，它们在绵延的传唱中不断吸纳时代意义而日臻丰美。

少数民族现实生活中产生的众多抒情与叙事作品，长期以来被界定为"民间文学"而少有论者问津，但这些作品大多保留着特定民族的价值观念、生活情趣和审美倾向，它们与主流意识形态和精英视野迥然相异，可以为理论提供少数族群甚至个人化的生存诉求、价值追索和艺术理想的多样性文学佐证。实际上这类作品中的精粹之作，如彝族支系撒尼人的《阿诗玛》、蒙古族的《嘎达梅林》、傣族的《娥并与桑洛》与《召树屯》、维吾尔族的《阿凡提的故事》、苗族的《张秀眉之歌》与《仰阿莎》、回族的《孖豆妹与马五哥》、壮族的《特华之歌》、纳西族的《人与龙》等，无不以鲜活的民间想象展示了独特的生存与反抗、向往与回忆，其中艰辛与美好交织、朴素与浪漫共存，景象独特意蕴丰厚，历史演进的多样化方式在这些作品中得以保存，这绝非主流意识与西方视点所能简单囊括或随意改写的。在现当代，多民族多区域文学更为丰富多彩，有许多主流化优秀作品如《白毛女》《刘三姐》等也来自乡土民间传说。中国广阔的民间以原生态养分滋育了作家的灵感、想象与激情，使之找到民族化的写作之路。

现代性历程中成长起来的一代代少数民族作家，他们的写作虽然以不同方式体现了对主流文学观念和意识形态的趋同倾向，但其作品中依然流动着少数民族的意识与激情，其独特的感觉、领悟与表达方式，以及在此基础上形成的不同艺术风格如群星闪烁，使我们得以领略到时代之歌的不同魅力。维吾尔族诗人铁衣甫江、藏族诗人饶介巴桑、蒙古族作家玛拉沁夫和诗人纳·赛音朝克图、彝族作家李乔、佤族作家董秀英、傣族诗人康郎英等就是这个群体的典型代表。今天，新的民族作家不断涌现，这个阵营在迅速扩大。

可以说，在新中国成立之后，由于民族国家通过发展民族文学艺术以塑造国家形象这一文化策略的实施，多民族多区域文学发展迅速，成就斐然，其丰富的整体构成绝对是中国当代文学理论研究的一片沃土，对它的沉潜与发掘，必能为中国当代文学理论发展提供新的启示。

在具体思路上，要以当代多民族文学研究推进文学理论发展，应该主要针对 20 世纪以来特别是新中国成立以来中国当代多民族文学创作和研究情况进行广泛的阅读、思考。就媒介而言要关注当代图书、报纸、网络、电子出版物等主要传媒和文学载体；就材料类别而言要注意各类文学作品、文艺评论以及相关的文学、文化研究材料。通过这些材料，重点阐释中国当代多民族文学时间意义上的内在联系和空间意义上的相互影响，探讨民族意识的内外成因，总结基本规律，彰显理论价值，最后归结到文学理论和文艺学学科建设高度，形成关于中国当代多民族文学的价值发现与理论总结；在中国当代文化大背景下找到开展当代多民族文学研究与文学理论建设的途径，形成中国当代多民族文学的价值辨识、形态分析与理论定位。对其中的少数民族意识、汉民族意识，以及多民族文学与主流意识的关系进行梳理，努力丰富中国当代多民族文学世界，我相信，这种追求一定会为文学理论形成一定中国化特色提供有益成分。

　　通过研究中国当代多民族文学与中国当代文学理论的内在联系，为中国当代多民族文学找到在中国当代文学整体形态构成中的位置，以及在中国当代文艺学学科建设中应有的地位，同时从民族的、区域化的文学研究中获得中国当代文学理论建设的有益的新因素，这是十分可行的中国化的文学理论建设方式。

五　诗歌方式

诗歌是一种什么方式

　　诗歌是一种什么方式？这是在经过了多年的写作与思考之后，我向自己提出的一个疑问。当然，我并不是想说，写作，特别是诗歌的写作是一个需要不断进行自我否定以求得升华的历程。对个体来说，随着年龄的增长，写作的外在理由会越来越暗淡，诗歌，甚至整个文学的写作其实并不是构成我们生活的唯一方式。在生活中你已经有了更多的更为实在的选择，你内心的激情正在被岁月逐步收拾，你的笔开始变得更为凝重……但写作仍在进行。那么，为什么写作？诗歌到底是一种什么方式？

　　在文学原理中，这是一些十分深奥的问题。多年来，我徘徊在文学理论的理性世界与文学创作的感性世界之间，我感到这两个世界为我们提供的答案竟如此不同。我们当然没有理由否认在文化深处寻求写作动力的理论方式，我甚至说过，人类的审美能力与精神创造能力总是以某种神奇的难以理喻的方式支配着作家个体心灵，才使个体心灵中有了超越自我的神奇成分，才使作家在创造真有巨大价值的作品时，仿佛在"代神立言"，当然这个"神"并不是宗教之神，而正是那种人类整体审美能力、创造能力的隐秘化身。[①] 关键是，在具体的写作过程中，作为作者，我们到底是如何呼应、展示了这一切？几乎没有一个写作者愿意对此做明晰的界定。许多时候，精彩的写作，一个漂亮的诗句，甚至一个使自己得意的词，总是在含混的、迷狂的思维之中出现，仿佛天幕上偶然划过的流星，转瞬即逝。它对理性的对抗（至少是表面上的对抗）会使一个作家获得言说写作的更为潇洒的可能，因此，它被最大限度地保持着秘而不宣的状态。然而，当文学进入历史格局的时候，或者说，写作业已完成，理性强大的整合力量便开始释放。人们总是力求将写作理解为合乎或者制造了一种历史趋向的深刻追求。在这种"格式化"的思维中，诗人对他心灵的坚守又被定位为庞大历史整体的组成部分，似乎任何一首诗都是历史的碎片，从中随时可以读出原型意味与文化情结。诗人言说的个体理由再次被遮蔽，或者取消。

我们正是在这样一种看似完美但并不确切的文化构建方式中从事诗歌写作的。一些人为的事端与争执由此产生。20 世纪以来的诗歌所表现出来的多样格局与不断转化，正是诗人心灵服从于历史幻象的佐证。我们因此对写作有种种限定与解释，甚至误解，我们常常为了这些限定与解释而写作，形成一个周而复始的旅程。幸运的是这个周而复始的旅程，将充满悖论的写作的内部与外部关系有效整合起来，将我们敏感的内心紧紧

---

① 董学文、张永刚：《文学原理》，北京大学出版社，2001，第 235 页。

系在时代的脚步之上从而获得冠冕堂皇的理由，将诗歌的本质、功能与言说方式不断改变，拓展出绵延的诗意时空。在此意义上，诗歌成为时代与历史的心灵，是社会后院中低声吟唱的一只百灵，它从诗人的手里飞出之后就不再属于诗人。对于诗人而言，诗歌，仅证明了诗人的曾经存在。

这个结局令许多人倍感欣慰，也左右了他们的写作，当然，最终也要使他们忽视心灵和精神本身。这是功利主义的灾难性结果。在这条道路上，内容与形式、题材与言语、起点与归属这些不断触动诗歌内涵的因素，一般都要倚重世俗价值来获得自身价值。因此，对于威廉·布莱克、T. S. 艾略特这些诗人，我们往往只看到他们对所谓"现代"的对抗性选择，而忽视了他们超越现代性乃至整个时间意义的精神索求。事实是《荒原》中的宗教灵光在最后的诗行里闪耀的时候，艾略特的伟大才具有了心灵意义。

说到这里，诗歌作为诗人心灵与精神生活主要方式的重要性必然显现出来。这是可以为诗人个体追求提供更多理由的因素。诗歌的写作行为许多时候是无法控制的，包括写与不写。在诗人写作现场，决定一首诗作优劣的理性判断往往是无效的。因此我更相信桑塔耶纳所说，诗歌"价值发乎我们情不自禁的直接性或莫名其妙性的反应，也发乎我们本性中的难以理喻的成分"[①]。尽管这句话看上去似乎并没有说出什么具体的东西，但它将心灵的重要性做了突出，这已经足够。

服从于心灵的写作对于写作者本人而言并不挑剔，因为生

---

① 〔美〕桑塔耶纳：《美感》，缪灵珠译，中国社会科学出版社，1982，第13页。

活对于心灵的支配力量消减了。相反心灵使诗具有了新的力量，"它把世界包含在自身之中时，使我理解了世界。同时，正是通过它的媒介，我在认识世界之前就认出了世界，在我存在于世界之前，我又回到了世界"①。这是杜夫海纳的思想，换成王尔德的话来表述，那就是"人生模仿艺术"。在一个自由的心灵世界里，你所感受的，你所书写的，其境界，绝对超越了你所生存的时空，绝对要为你的现实居所洒上一层精神的阳光。

我就是这样理解岁月深处发生的事情。在断断续续写下一些诗句的过程中，与其说我对我置身的时间与空间发生了兴趣，不如说它们本来就在我的心里存活。那些风中的花朵，遍布滇东的河流，高原深处的往事以及穿透一切的时光，总是在我心灵的视野里熠熠生辉，使我不能够释怀，使我必须用我热衷的方式记录这些幻象（而不是真实）。在今天这个物质的社会里，为什么写作？诗歌到底是一种什么方式？荷尔德林早已做过回答："待英雄们在铁铸的摇篮中成长，／勇敢的心像从前一样，／去造访万能的神祇。／而在这之前，我却常常感到，／与其孤身独涉，不如安然沉睡。／何苦如此等待，沉默无言，茫然失措。／在这贫困的时代，诗人何为？／可是，你却说，诗人是酒神的神圣祭师，／在神圣的黑夜中，他走遍大地。"这样的诗歌方式与流行可能缺少联系，但一定会与作者的心灵紧紧相连。我深信这才是诗歌固有的价值。

个人和时代的精神

没有人会否认诗歌创作对心灵的依赖，也没有人会拒绝时

---

① 〔法〕杜夫海纳：《美学与哲学》，台北五洲出版社，1985，第31页。

代精神对诗歌创作过程与结果的提升。个性、灵感与普遍价值，犹如鱼和熊掌，充满了选择的诱惑，许多时候，我们以为可以二者兼顾，既保持着心灵的自由与美妙，又体现了时代的博大与深厚。这种理想化的艺术状态，为许多人钦羡，甚至在文学的理论世界里，也作为艺术的至境获得逻辑推证。

事实真的能够如此？在写作的现场，我所感到的恰恰是两者无处不在的冲突或者毫不相干。写作永远是个人的，它源自天生的表达渴望与冲动，它用情感的方式带来超然的想象，以及和想象紧紧伴随着的种种快乐，它据此不断促成并满足着一些人孜孜不倦的追求，最终构成一个民族个人和整体的缤纷的艺术之路。可以说，自古以来，正是这种方式为所有艺术提供了存在的合理性和基本价值起点，并使它们生生不息，不断繁衍，仿佛长河流水，滔滔不尽，最终达成的，乃是艺术丰富的文化意义。诗歌尤其如此，无论是在历史深处还是现实世界，它都最大限度地满足了诗人激情甚至迷狂的内心，成为个人抒发情志的最佳方式。它短小精练的形式甚至使它获得远离客体的借口，从而把现实的束缚之力降到最低。在这里，高度的变形、意象，以及瞬息的幻觉几乎将写作的意义全部笼罩，有时还将写作的旨趣归结于语言，而不是语言所表征的浩大存在，结果诗人的种种灵性仿佛仅在语言的别致奇特与疏离陌生中熠熠生辉，一如静夜中遥远的星星，并因为在感性直观中满足了审美的寻乐本性而受到赞赏。

与此相反，现实，这个充满强力的诗人的"身外之物"，将写作置身其中又处处给予阻拒。事实上没有什么可以轻易刻画出"存在"这个哲学范畴的艰涩内涵，以及它带来的种种不可摆脱的悖论。它所释放的力量往往通过多种途径化为对艺术的限制，这些限制的共同特征就是形形色色的功利计较与索求。所谓载道明理，为时为事，忧愤与呐喊，热爱与赞美，等等，在绵延的艺术史中，几乎无一例外将诗歌的吟唱变得宏大，充满了时代的节律，似乎在对历史与现实的肯定或贬抑中就能将诗歌的价值厘定，并分出优劣品位；在很多特别的历史时期，它们则让诗歌随波追流，就范于世俗倾向与大众口味，让放弃责任变成一种不可思议的责任，结果导致某些诗歌缺少节制，芜蔓生长，但又故作潇洒，自以为达到丰富与自明之境。在此类状态中，我们所向往的所谓时代精神——如果它还存在，也由于失去了心灵的涵容而变得孤立、外在，实际上已经与诗歌的本质没有关联。不幸的是，在文学的文化视野中，人们依然乐于用它强求于诗，从而导致这些时代的诗歌艺术灵光不断散逸；同时，由于被抽象为概念或者成为推论的附庸，所谓普遍价值也失去了真诚，变得无比空泛又充满强力。由于服从了外在动因的支配，某些诗歌仍然会被视为时代的写照，看似博大与深厚，但实际上已经失去了诗性，成为心灵世界敬而远之的分行言说。

当然，时代精神，历史意识，丰富多彩的生活……这些我们耳熟能详的客体因素不会不与写作发生关联。作者与时代的关系永远是一种极为复杂的关系。在这里，最关键的是，诗人将生活诉求置于心灵还是作为外在的责任来承受。前者是一种人生境界，后者则是一种写作态度。在我断断续续的写作里，应该说，我渴望并逐步由后者趋近前者，这是多年来我逐渐领悟到的进入诗歌世界最为本真的方式。

换言之，我努力重视提笔之前心灵的感觉和律动，力求将生活融入内心，以构建诗意的生存方式。我以为，真正的诗歌方式，并不是写作诗歌的方式，而是生活的诗性方式，只有服从于心灵的生活意趣才能成就它。在这里，你会在风中听到箴言，并在语言的指尖领悟风声；当文字鸟群一样飞过，原野突然安静，心也随之空寂。你也将看到清灵的花朵，无比俏丽，开在夜里和清晨，它低语的声音，让夜晚、清晨和整个生活无比温馨。当你打开回忆，源源不断的水，开始滋润生命中永不衰竭的渴望；而故乡的节日，会在音乐的指点下轻轻浮动，红色的灯笼悄悄聚集，照亮了许多深藏在内心的隐秘。那些你去过的遥远的地方，或者你渴望要去的遥远的地方，激动与孤独并存，已将你久久铭记、等待。有时你甚至会看到另一个世界，水落白石之上，青苔静静蔓延，永远离去的亲人，静坐阶前，以风为语，仿佛正在和你讲述离别之后的漫漫岁月……而你的窗外，寒来暑往，是世俗生活的无限繁忙与嘈杂，似乎只有无限的困惑、无奈与痛楚和你相伴。欢乐与幸福在哪里存在？回答的声音只会来自你诗性的内心，因此你无限珍惜与深爱那些值得珍惜与深爱的人、事，在所有细小的事物里感觉到了美好，并铭刻于心；你喃喃自语般的诉说，由于远离了外在的束缚而进入生命的里层，被一个笑容，一朵艳丽的花悄悄提升……一切似乎都在证明，如果我们相信时代永远是人的时代，时代精神永远是人的精神，那么，个人与时代的精神，仅仅在诗歌的灵光里才会轻轻浮现。

回顾中国诗歌的历史，浪漫与现实、表现与再现、华美与凝重，不同的线索清晰明了，蜿蜒流传。多样的艺术选择和不同的价值理解，使我有理由更热衷于心灵的力量，更热衷于在想象的世界里抚触生活最柔软的部分，尽管我知道，浩大的现实从来就没有也不会远离我们的写作。因此，在写作的世界里，我愿意让几乎所有作品都尽量保持着明快的境界与节奏，以印证个人信仰对时代意蕴柔弱而绵密的整合力量。我坚信，诗意的星光不仅提升着诗歌，同时也提升着心灵和生活的内质。这虽然不是诗歌存在的唯一理由，但可以肯定，这一定是一个重要的理由。

美丽的云在永恒的天空飘动，这永恒的天空，其实正是我们永远渴望并感恩的心灵。

第五章

现象关注

新时期中国文学理论研究成果丰硕，但也存在不足。主要是总体趋近西方现当代文论，导致丰富中隐含单一向度，深入中存在理性偏激。在特殊历史文化影响下，人们观念上长期忽视多民族多区域文学的价值内涵，实践上撇开多民族多区域文学的创作作为，过多倚重西化的精英文学和主流文学是其主要导因。要改变这种状况，应在中国多民族多区域文学中寻找理论的本土特色与原创资源，以切实拓宽文学理论中国化民族化建设路径，使当代文学理论符合幅员辽阔的统一的多民族国家的文学实际和文化要求，形成中国化的多学派文学理论形态。

中国文论与西方文论的基本关系是建设中国当代文学理论不能忽视的重要问题。在中西文学理论交流、融汇过程中，中国文学理论不断发展；中国当代文论应更多关注中国文学现实，植根于中国多民族文学土壤，汲取更多的本土文学营养，努力追求并实现理论创新。

电影电视自诞生以来，以独特的话语方式，创造了一个活泼的亚文化体系。它代表着工业化社会人类文化的重大发展，标志着20世纪人类文化所开拓的新领域。影视艺术亚文化形态的构成，可以从三个方面进行认识：（1）与传统艺术的差异是其构成的起点；（2）与现代文化的认同是其构成的条件；（3）独特的价值功能及其释放是其构成的体现。可以说，影视艺术亚文化体系充分展现了现代科技的魅力，促成了一种新的经济方式和文化产业，造就了新的文化交流和传播方式，带给人们新的休闲和娱乐方式，塑造着人们的新的审美观念，成为当代人无法远离的艺术消费。

一 新时期文学理论

问题：丰富、单一与偏狭

中国当代文学理论走过半个多世纪历程，其成果蔚为大观。新时期是中国当代文学理论最为精彩的篇章。研究领域的不断拓展，理论观念的不断提升，思维方法的不断丰富所展现出来的勃勃生机与理论构建活力，学界有目共睹，赞誉良多。但在反思中国新时期文学理论成就之时，也有困惑与期待伴生。概言之，中国当代文学理论的中国化特色、民族化特色是否已经充分彰显？是否已经真正切近中国当代文学实际，与这个幅员辽阔的统一的多民族国家的文学状态相符称？是否已经获得了具有中国特色的话语权力与话语方式？对这些问题，显然，回答不可能完全肯定。中国新时期文学理论的历史走向，无论从文艺思潮还是学科建构看，也无论从基本范畴还是方法选择看，总体皆趋近西方现当代文论，带着引进、学习、借鉴和生发西方文论的明显痕迹，其中虽也包含某些民族化选择与追求，但尚不足以达成总体建构和价值主流，因而在与西方当代文论的比较中优势不明，在对中国文学创作的阐释与导引中话语欠丰力量不足，这是很多学者的共感。"我们以实事求是的态度总结回顾新时期近三十年文论发展的历史时，应该找到自己的差距和问题所在。……具有我国特色的当代文论建构任务尚未基本完成。说我国当代文论'失语'可能有些夸张，但说我国当代文论缺乏更多属于自己的话语却是事实。加上长期'欧洲中心主义'的影响和我国文论工作者的语言障碍，因此在国际文论讲坛上很少听到中国文论独特的声音。而我国当代文论对于现实的指导作用也发挥的不够，理论不能适应现实需要的情况没有得到根本的改变。"① 可以说，丰富中隐含单一向度，深入中不无理性偏激，已经成为中国当代文学理论一个不容忽视的问题。

究其原因，必须深入理论观念和文学实践中进行思考。文学理论建设有赖于理论观念和文学实践的共同作用，在注重"交往与对话"的当代文化背景下，我们的文学理论观念应该是多元融通多样共存的，既有西方思想的引入与运用，又有本土化观念的探讨与培育；我们的文学实践应该是宽容并包百花齐放的，既有现代性与主流化创作追求，又有多民族多区域的多样化写作倡导与价值认同，这样，文学理论才会体现出更加丰富的状态，并因此而彰显出一定的民族特色。反思新时期文学理论，可以说在上述方面存在某些重要缺失，主要是我们在观念上或多或少忽视了多民族多区域文学的价值内涵，在实践上不同程度撇开了多民族多区域文学的创作作为，致使多区域的特别是具有少数民族色彩的文学创作长期游离于主流文学观念和文学思潮之外，游离于主流文学实践成就之外，成为高度边缘化的文学存在。在影响中国当代文学理论发展的诸多复杂因素中，这是一个重要因素。进一步说，这是妨碍中国当代文学理论走向更为丰富多彩、更为鲜活有力的主要原因之一，也是妨碍中国当代文学理论中国化、本土化的主要原因之一。

---

① 曾繁仁：《中国新时期文艺学史论》，北京大学出版社，2008，导论第 9 页。

做出这种判断并不意味着我们没有看到中国当代存在丰富的民族文学和区域性文学创作园地及相应的理论研究园地。确实，在当代中国，特别是新时期以来，各省区市甚至各地州县市都有自己的文学刊物，有的还有理论刊物，国家文化体制所促成的文学的清晰的地域区划（它同时也会使文学体现出一些少数民族特点）可能在全世界都是突出的；国家还倡导并组织各式各样的民族题材作品创作、展示、上演、评奖等活动，许多少数民族文学作品常常得到国家文化体制的特别扶助与提携，少数民族作家往往受到某些特殊的政策支持与政治礼遇……此类文化策略使得民族国家的文化形态看上去十分丰富。问题在于，这些文化层面的丰富与文学理论领域所体现出来的观念上的盲视、价值认同中的偏侧形成了强烈反差，当人们使用"中国当代文学"一类概念的时候，所指其实并未真正涵容那个丰富多彩的文学状态，中国当代文学理论对"中国当代的"文学作品和文学现象的研究把握实际上也采取了分而治之的态度，它将精英化的汉语写作与区域化的"民间文学""少数民族文学"区别开来，使人们心中形成一个传统化的既定的占主导地位的"主流文学"概念，它约定俗成的内涵中一般并不包含多区域多民族文学实践。也就是说，由来已久的理解惯性已经使中国当代文学理论消减了理论应有的包容能力和普适性，"中国当代文学"的所指范围因之缩小，结果致使那些应该包容其中的成分如"中国少数民族文学""某某（区域）文学""民间文学"等分离而为一些孤立的文学范畴，一些与主流文学意识甚至中国当代文学整体意识差异明显的文学范畴。"提及各少数民族的文学，人们往往被刻板的印象所左右，用简约表象的文化符号替代了原本鲜活生动、意蕴深刻的内涵。"① 因此，从主导性文学理论视角来看，那是一些需要某种特别话语方式才能阐述的文学，而运用这套特别话语的人，在理论价值水准上似乎又先天性地低人一等，他们的作为，准确说应该是多区域多民族的文学作为因此难以被过滤和提升，成为中国当代文学理论的构成元素。甚至在文学史中也是这样，正如何光渝在"20 世纪贵州文学史书系"总序中所说，"中国文学史上，曾有不少虽不显赫但也并不默默无闻的地域文学，在今天的习见的文学史著作中，仅仅是淡淡一笔，有时甚至连一笔也没有"②。人们认可并倚重的文学是精英化主流化的文学，它们占据了中国当代文学的主导地位，对它们的阐释，暗合了人们长期以来西化的价值观念和文论话语方式，因而能充分体现并满足当代国家意识和知识精英视野的要求。换言之，这种意识和视野中保留着更多的高度统一的价值选择和过分西化的价值准则，因此可以与同样由来已久的具有西方意识（或"世界"视野）的当代文学达成高度契合。在这个基点上完成的理论概括、总结甚至整个文学理论建设，可想而知，必然会在总体上因过多注重所谓现代进程与世界水准而忽视或者放弃中国广大而多样的文学存在，放弃多民族多区域文学状态中蕴含的丰富的本土特色与原创因素，从而形成丰富中的单一与深入中的偏激格局。

导因：观念忽视与实践遮蔽

当然，对这种结果不以为然并支撑着那个发挥主导作用的

---

① 刘大先：《从想象的异域到多元的地图》，http：//www.chinananren.com，2006 - 8 - 7 10：46：06。

② 何光渝：《20 世纪贵州小说史》，贵州民族出版社，2000，总序第 2 页。

巨大观念的理由是：文学价值与其艺术水准有关。长期以来，许多人认可这样的观念：所谓多民族多区域的文学创作，历来思想水平不高，艺术成就不大，理论意义不强，往往仅是狭小地域或者少数民族个体意识的流露，其中缺乏超拔的人类视野和高度的艺术品位，其自身不能形成广泛影响，因而也无须人为给予它们文学的历史地位，否则同样违背了艺术发展规律；反之，如果某部作品达到了那种较高的艺术状态，那么，它自然会以优秀作品身份获得"中国当代文学"的入场券，《欢笑的金沙江》《穆斯林的赞礼》《尘埃落定》等作品难道不是这样？所以并不存在观念上的忽视和实践上的遮蔽。显而易见，这种理论恰恰是主流文学观念和主流文学视点唯我独尊的体现，它以一个相对统一的世界性尺度比量幅员辽阔的多民族国家的文学，它追求思想的普遍性深度而不是个体意义上的感悟与理解，必然会不断地技术化地过滤掉民族文学的多样性创作追求与特色，剩下的所谓有价值的成分，已经仅仅是趋同与纯化的精华，本土化原创性文学写作中那些粗糙的但充满活力的成分则被排除，或者视而不见。因此，毫无疑问这种观点本身是有局限性的，它的局限性正是我们进行反思的逻辑起点。无论在创作状态还是理论体系中，多区域中的少数民族文学都不应该成为理论观念深处的"孤独的个体"，因为"并不存在一种孤独的个体的人，真正能描写人的生活的就是欧洲古代的和世界其他地方的少数民族"。这是著名人类学家萨林斯在复旦大学所作"后现代主义、新自由主义、人性与文化"演讲之后，主持人王铭铭的一句点评，它从一个侧面道出了一位人类学家所看到的多民族多区域文学所应有的价值，这是意义深远的，在萨林斯看来，"后现代主义和新自由主义都错了""我们应当对当下建构的人性在原初就是文化性的建构和表达这一普遍观点有一个充分的尊重。……我谨慎的结论是，西方文明很大程度上是建立在一个对人性的错误观念之上的"①。可以说，在西方文论话语的笼罩下，中国当代文学总体上追求着一种西化的文学精华，并以之为主导，但同时也漏掉了另一些属于民族的更重要的文学精华；同样西化的中国当代文学理论观念在这种文学实践基础上促成的理论建构，必然会使它在远离民族国家多样性文学状态道路上走得更远。

值得注意的是，文学理论的这种状态并不是某种个人行为或者个人知识局限的结果，而是一个历史过程的结果。它对人们任何肯定或者否定的说法都提出了辩证要求。从文学实践层面看，它是在 20 世纪以来中国现代文学学科形态确立过程中初露端倪并逐步成形的。直白地说，中国的"现代文学"一直都被视为中国现代的具有现代意识的文学而不是"现代中国"的完整的文学。这是一个注重质的范畴而不是一个注重量的范畴。当然，这是文化选择的历史性造成的。在五四时期，新文化运动精英们顺时应世，引进学习西方和苏俄思想以变革这个古老国家，借鉴学习西方和苏俄的艺术思维与艺术手法以变革这个古老国家的文学。在这个时代的中国，社会历史意义是如此强烈地展示出对文学的影响与支配力量。新文学，忧患与启蒙，反帝反封建，觉醒之后的激愤与痛苦，血与火的呐喊与抗争，充盈在五四文化精英的文学书写中，开创了一个崭新的文学时

---

① 《人类学大师萨林斯复旦大学作演讲"后现代主义和新自由主义都错了"》，《东方早报》2008 年 10 月 8 日，C2 版。

代，也为中国社会的现代化进程提供了文学上的佐证。这种文化选择的历史必然性与深刻影响在百余年中国文学实践中不断显示出重大意义，它以不容置疑的力量为中国的现代文学确定了学科基调与基本框架，当然还有质的限定——一种以展示中国现代化进程为核心并充盈着西方思想和艺术手法影响的精英化文学书写，以及在抗日救亡之后逐步完成的向主流意识形态过渡并认同了这种意识形态的文学书写——与此无关的现代的文学写作自然难以在这个价值取向明确的"中国现代文学"学科框架中找到位置（甚至像沈从文那种稍微突出了地域色彩和乡间情调的写作也不例外）。"特别是对中国文学史而言，从黄人、林传甲等人的文学史，到胡适、周作人等人的文学史，再到王瑶的《中国新文学史稿》，历史的线性发展描述，历史因果关系的诠释，以文学史来附会社会史的潜在写作规范，一直得以延续并越来越完备。所以，族群、民族、国家等在历进性演进规律和结果中所潜在的复杂文化因素和文学现象并未能得到关注。"① 尽管在中国现代文学特别是中国当代文学的发展过程中，文学史"转型"与文学史"重写"时有发生，作为学科的现当代文学确有新的增质与扩容，但这个总体观念和总体格局一直在发挥作用。

　　从文学理论体系的构建和理论话语方式的形成看，自 20 世纪初至今，其西方化（有时是苏联化）路径更为清晰，其中还包含马克思主义被僵化理解运用所形成的负面成分。新时期，学习西方更大规模展开，短短时间已经将西方一个多世纪以来

---

　　① 李晓峰：《中华多民族文学史观下中国文学史之结构》，《西北第二民族学院学报》（哲学社会科学版）2008 年第 3 期，第 66 页。

的各种流派的文学理论、思潮、方法引进并操演了一遍。它使我们对现代化语境中的西方文论有了深入了解，同时也有了认同需要和自强追寻。然而，有一个怪圈存在，"在现代化语境中，东方文化的自身认同就变成了'让自己也变成西方'或者说'让自己变成他者'这样一种悖论性的自身认同，虽然它确实表达了自强的想象，可是这种自强却又是以否定自己为前提的"①。应该说，这确实道出了新时期中国文论内在变化的某些尴尬情形。值得注意的是，这种悖论方式造成了更为严重的结果，它使人既无法创建一种属于自己的"世界性"的文论，又必须否定"只有民族的才是世界的"一类防御性命题。具体到如何面对为文学理论建设提供实践基础的文学活动方面，所产生的最大负面影响就是，多民族多区域文学这一可以更多展示中国文学价值和促成中国文论"自强"形象的成分，在不可思议的逻辑怪圈中再次被迫放弃，无法显现出它们应有的作用和光彩。

思路：理论价值寻找

中国多民族多区域文学是一个浩大存在，对它的关注会因为观察视点与理论观念的不同而形成不同结果。在这里，不可能对这个浩大的存在进行完整表述，这有待于更为专门的研究，我们想提示的仅仅是，在经历了新时期数十年发展的中国当代文学理论，应该将这个宽广领域充分纳入自己的对象世界进行认真思考与总结，以逐步改变西方文论一统天下的格局。"未来中

---

① 赵汀阳：《没有世界观的世界》，中国人民大学出版社，2003，第27页。

国学术的健康发展之路，就在于去西方化和再中国化，排斥和清除西方话语，重构中国本土话语，反抗西方霸权。"① 目前，这种极端之见已经代表了一种急迫的学术意愿，但更为急迫的问题是，中国当代文学理论将以一种什么方式实现自身的中国化民族化？

理论观念和文学实践的共同作用在此依然有效。"理论的反思功能就在于它的核心是一个观念的问题，是对事物居于理性水平上的认识。"② 观念的反思往往会被拓展到哲学及其相关领域。由于西方现代多元的哲学流派、思潮和与此相应的丰富的文化研究理论具有强大影响与遮蔽作用，哲学创新往往是当代中国理论难以自决的神话。在此前提下，对于文学理论而言，更新文学观念和理论思路，调整对中国文学实践的认识具有更为重要的意义。当然，这仍然还是一个观念问题，但更多的也是一种态度和方法。我们必须充分意识到中国多民族多区域文学的丰富性多样性及其隐含着的理论建构价值，意识到自古以来作为幅员辽阔的多民族国家的中国文学，其实都是多样融通共存、相互影响相互促进的文学，而不仅仅是汉语文学和精英写作孤立发展的文学。"文化发展各具特点的各少数民族，他们的文学在与汉族文学的接触和交流中，并不是仅仅体现为被动地接受汉族文学对自己的单向影响和给予，少数民族文学同样也曾经向汉族文学输送了若干有益的成分，他们彼此之间的交流，始终清晰地表现出双向互动的特征与情状。可以说，中华

---

① 代迅：《新时期文学理论三十年：回顾与反思》，载《文学理论前沿》第五辑，北京大学出版社，2008，第 100 页。

② 王元骧：《文艺理论：工具性的还是反思性的?》，《社会科学战线》2008 年第 4 期，第 137 页。

各民族文学之间的交流互动，早已形成了固有的传统。"① 重新审视这个传统，是新世纪文论内在意义上交往与对话的重要内容，有利于当代文学理论朝着民族化中国化方向发展。

重视多民族多区域文学，首先意味着我们必须进行更多的搜集、整理与翻译工作，解决因作品分散、口头流传和使用少数民族母语写作导致的主流读者由于语言差异等原因而形成的接受困难。与此同时发生的，可能是我们的文学史观念、现当代文学学科观念的不适、阵痛与调整。但在这里，我们更为关注的是，从文学理论建设角度来看，多民族多区域文学是否真是一个浩大的存在，是否真有力量为中国当代文论的民族化进程提供更为丰富的文学实践支持。

我们仅以西南边疆（云南、贵州、广西三省区）当代文学创作为例进行简要考察也会有所收获。在新中国成立之初，西南边疆文学就曾以辉煌的成就参与完成用文学塑造新中国国家形象的重任，仅就云南文学而言，"新中国成立之后，云南各族人民不仅在政治、经济、文化上获得了跨世纪的发展，在文学，尤其是民族文学事业上，也获得了令世人瞩目的成果。五十年代，随着一批军旅作家的开拓性创作，一大批诗歌、散文、小说、电影走进全国文坛的视野，多彩的民族文化、民族历史进程的展现和深刻描写成为这些文学作品最特殊的品质；同时，一批本土民族作家的成长，给这块红土地增加了厚重感。彝族作家李乔的《欢笑的金沙江》进入世纪性文库；《五朵金花》、《阿诗玛》等现实题材的浪漫抒情和民族神话传说诗意的再创

---

① 关纪新：《20 世纪中华各民族文学关系研究》，民族出版社，2006，第 1 页。

作，成为云南文学有别于内地文学的地域特点，也成为云南文学日后发展的基本架构和路子"①。广西文学同样如此，《广西文学50年》概括了广西文学50年之精华，评论作家200余人，评述作品近千部（篇），涉及各个时期的文学活动，对广西生动活泼、丰富多彩的文学面貌做了充分的描绘；贵州文学则有黎庶昌、姚华、黄齐生、蹇先艾、谢六逸、石果、何士光等各个时期的代表作家显示着不可忽视的创作成就，这在"20世纪贵州文学史书系"中有着极为充分的概括。更为重要的是，近年，西南边疆文学取得了引人注目的成果，其作品不断在全国获奖。"改革开放以来，伴随文学新时期的到来，云南文学出现了前所未有的大发展。云南省民族文学作品在历次'骏马奖'评选中获奖数一直名列前茅，25个少数民族都有自己的获奖作家、诗人。云南已经有了一支年轻的、富有朝气的、文化素养较高和熟悉少数民族文化的作家队伍。"② 而且近年，西南边疆虽然远离文化中心，但其文学却体现出鲜明的时代性先锋性，甚至一定程度产生了对中国文学的引领作用。譬如关于广西文学，曹文轩说："20世纪末21世纪初，这个也许在经济上还不发达的地域，在文学上常常是率领潮流的。一批年轻作家所创作的作品，经常成为中国当代文学的话题。来自远方的声音，常常大面积地覆盖了当下的中国文学，这是一个奇观。那些与众不同的文字，吸引了无数专业的大众的目光。广西作家的先锋性在态度上表现为'不折不从'——不甘于步武人后、追随流行的

---

① 丹增：《坚持先进文化前进方向 努力繁荣云南文学创作》，http：//www.yunnan.cn/1574/2004/12/02/13@178358.htm，2004 - 12 - 02 15：02：49。

② 丹增：《坚持先进文化前进方向 努力繁荣云南文学创作》，http：//www.yunnan.cn/1574/2004/12/02/13@178358.htm，2004 - 12 - 02 15：02：49。

时髦'话题'，也不屑于取悦大众的口味，炮制畅销的通俗文学。""广西文学的另一奇观就是：它为中国的电影提供了上等的文学资源。中国当下走红的电影《英雄》、《十面埋伏》、《理发师》、《寻枪》、《幸福时光》、《姐姐词典》等，居然都是来自于广西作家的文学作品。它们为广西文学在更为广阔的领域里获得了更为响亮的知名度。"① 西南边疆文学的这种历史与现实状态，仅仅是中国多民族多区域文学的一个小小窗口，其更为丰富的整体构成绝对是中国当代文学理论研究的一片沃土，对它的沉潜与发掘，必能为中国当代文学理论发展提供新的启示。

前景：学派化多样共存

从多民族多区域文学角度反思中国当代文学理论，尝试通过文学观念和实践姿态的调整来加强中国当代文学理论与中国多民族多区域文学的联系，在多民族多区域文学中寻找理论的本土特色与原创资源，以期拓宽文学理论中国化民族化建设路径，这种倡导和追求，并不是要革除或取代过去以主流文学和精英文学为主导的理论方式和理论成果，彻底改变西方化文学理论思维和文学理论体系，甚至基本范畴和重要命题，达到某些学者所说的彻底的"弃西方化"。文化选择有其历史逻辑和自律性质，一百多年西学东渐所造就的历史积淀并非任何一种理论倡导所能轻易改变，任何理论都只有在实践成效上才可以获得价值验证。重视中国多民族多区域文学的理论倡导也一样，它需要艰难的观念更新与漫长的实践探索方可形成结果，其中

---

① 曹文轩：《"先锋"与"艺术"的广西文学》，《北京日报》2006年6月13日。

不可预知、难以言说的因素众多，但有一点是清晰的，即它所要促成的中国当代文学理论的中国化民族化倾向不是一种单一的排他的存在，而是融入整体格局中的一种充满自信的内质，它可以映照并放大汉语主流文学的光彩又为这种光彩照彻提升，它为主流文论中的主导意识提供多向度补充又最终要成为它不可拒绝的成分，它对西方的各种理论体现出应有尊重又始终保持着批判的力量……换言之，它符合我们对中国化文学理论的期盼和设想——内在的中国气质，形态的多元共生，宽广的中国文学视野，多样的文学阐释话语。"中国化就是要使文学理论获得实践品格、当代形态与民族特质，获得自身与其他文学学说平等对话的话语身份，而不仅仅是一个沉默的客体，或只做一个境外话语的倾听者和传声筒。"① 可以肯定，只有充分认识到多民族多区域文学在中国文学实践中的重要性，以之为理论出发点与归宿，这种文学理论格局才可以建立，所谓中国化的文学理论也才会符合幅员辽阔的统一的多民族国家的文学实际和文化要求。

事实上现当代以来西方文学理论的蓬勃发展，无不以彼时彼地的文学实际与文化要求相联系，无不是高度区域化文学实践的产物，即使它在后来的发展中形成了世界性影响，它也无法阻止和取消其他理论的形成与生长空间。俄国形式主义文论萌生于俄国现代主义诗歌创作土壤，新批评生长于英美的意象主义写作之中，西方马克思主义文论立足西方发达资本主义文学实践，而西方文化理论的兴衰，则与 20 世纪 60 年代的社会

---

① 董学文：《新时期文学理论回顾与反思的几个问题——纪念改革开放三十年》，《社会科学战线》2008 年第 9 期，第 26 页。

革命运动有着密切的关系，它是具体的、特殊的社会运动的结果，而非普遍有效的真理或方法。[①] 正因此，现当代西方文论呈多学派形态生长发展，才形成巨大活力，造就了空前繁荣的景象。我们从此获得的启示是，中国化的文学理论也必将是多学派并立的理论形态，因为在多元多样的当代社会中，谁也无法凭空创造一种统一的理论体系和理论话语。多民族多区域文学的存在，正可为这种多学派化的文学理论提供现实依据和文学基础。

近年国外关于族裔、生态女性主义、口头诗学等极富区域和群体意义并且同样处于理论边缘化状态的文学批评理论的兴起，也说明了多民族多区域文学所具有的理论价值。在美国，族裔和种族批评正是研究少数族裔文学的方法，其代表人物弗兰克·秦、朗格斯通·胡格斯、约翰·马修斯、亚美利科·帕里德等，对被主流族群文化强力支配的少数民族文学作品进行了反思。另有杰拉德·维泽诺、莱斯利·斯尔可和路易斯·厄德里克对美国原住民文学的研究，罗德夫·安娜亚和桑德拉·斯勒罗斯对墨西哥裔美国人文学的研究，汤婷婷和谭恩美对亚裔美国人文学的研究，使美国少数族群和个人文化权利得到了更多审视与关注。以法国女性主义学者 F. 奥波尼为肇始的生态女性主义（Ecofeminism），将女性美德和生态原则作为衡量文学价值的新标准，其意义在于以对女性这一独特弱势群体的文学关注催生了一种新的文学批评方法，形成了一种具有活力的文化言说。美国学者洛德创立的比较口头诗学研究，则以口头史

---

① Terry Eagleton, *After Theory*, Basic Books, 2003, Chapter 2.

诗创造力量为起点，建立了一套严密的口头诗学的分析方法，把口头史诗提升为跨文化、跨学科的比较研究领域。[①] 这些边缘化的文学批评理论从西方主流文论中逐渐浮现，使现代性背景下趋同、合流的文化表达不断呈现出多元化态势，实际上这也暗合了 20 世纪以来日渐兴盛的象征人类学理论的圭臬，如普里查德、利奇、道格拉斯和科恩等学者所做的那样，透过表象看文化的功能和意义，透过现象看行动者的中心观念，民族的区域的文学在此意义上正可大有作为。过去，我们对文化相对主义持过分谨慎与保留态度，但"文化相对主义的核心是尊重差别并要求相互尊重的一种社会训练。它强调多种生活方式的价值，这种强调以寻求理解与和谐共处为目的，而不去评判甚至摧毁那些不与自己原有文化相吻合的东西"[②]。不可否认，在多民族多区域文学与主流文学相容共存于中国文学这个观念更新进程中，汲取某些文化相对主义的思维其实并无大碍。对于中国多民族多区域文学，太多的怀疑与否定必然无益于文学理论建设工作，那么，改变一下策略与思路，以更大的包容姿态，重新审视并倚重这些同样属于中国的多民族多区域文学，使我们的当代文学理论视点不断从主流到边缘拓展，话语方式不断从西方到本土回归，而它的内质不断"从现代性到中华性"[③]嬗变，这正是我们反思新时期文学理论所获得的一个基本思路与理论渴求。

---

① 刘大先：《边缘的崛起——族裔批评、生态女性主义、口头诗学对于少数民族文学研究的意义》，《民族文学》2006 年第 4 期。

② Melville J. Herskovits, *Cultural Relativism*, *Perspectives in Pluralism*, pp. 1 - 2.

③ 张法等：《从"现代性"到"中华性"——新知识型的探寻》，《文艺争鸣》1994 年第 2 期，第 10 ~ 20 页。

二 在实践中生长的理论

课堂与学科

自 2001 年起，我在云南一个地方高校负责"文艺学"学科建设，这个学科后来成为省级重点学科，并在 2010 年的验收评估中获得"优秀"。这使我得以深切体会并理解了文学基本理论与文艺学学科的基本关系，理解了文学理论在实践层面所应具有的活力和这种活力的构成渠道。当我们试图通过文学理论来培养人才，以验证和实现它的实践功能与社会价值之时，这个看似何等空泛的理论世界成了实实在在的文化"现场"，在这里，文学理论研究所要解决的问题实际上是多么具体而明确——你首先需要的是主要范畴、基本原理和逻辑过程，需要内涵与边界、方法与思维，还需要明确的理论视点和恰当地切入现象的开阔与收束……一句话，你必须具有明确的学科意识和学理逻辑。

今天，"文艺学"毕竟已经不是一种空洞的文化现象，它进入大学教育体系，成为一个庞大的具体存在。如果它恣意而芜蔓，永远处于理论的漂移状态，它的实践特性和文化价值只能逐渐散逸。

学科是相对固定的知识领域，由国家根据知识的类别确定。学科建设的核心在于发现和创新知识，并将这种知识系统化、规律化。在这个过程中，基本理论起着动力作用。如果基本理论薄弱，或者出于种种原因被忽视，学科就会成为无根的存在，这是一个基本常识。然而每一个学科的基本理论都是这个学科的灵魂，不要说对它进行推进与丰富，就是靠近它也充满艰难，诚如乔纳森·卡勒所说："理论常常会像一种凶恶的刑法，逼着你去阅读你不熟悉的领域中的那些十分难懂的文章。在那些领域里，攻克一部著作，带给你的不是智慧和喘息，而是更多的、更艰难的阅读。"① 与这种付出不相符称的是，在学科的基本理论领域，很难有急功近利的收获，也不会形成泡沫式的绚烂，在这里，所有的探索都会因为试图靠近真理而倍感艰辛、沉寂与孤独。所幸的是，它会将探索者定位在一个重要的理论位置之上，以学科守护者的形象让人景仰。

文学理论尤为如此。新中国成立之后，文学理论这门十分抽象的知识成为一个学科，它的学科称谓是文艺学，这意味着一个艰难之旅的开始。在一定时代环境中，这个被建构出来的学科所操用的几乎是一整套西方和苏联的理论话语。它后来成为一个招收研究生的专业，源源不断地培养着文艺学专门人才。抽象的文学理论找到了它赖以生存的现实载体和存在方式，并日益壮大，发展至今。它给人的印象是，在中国，大学讲坛仿佛才是文学理论存在的主要场所，而不是文学实践的现场。这种状态导致一些重要问题出现。其一是文学基本理论的薄弱，它先天不足后天乏力。中国的文艺学怎样获得中国化的文学基本理论以适应、阐发和引领中国文学的发展，至今都是一个有待解决的问题。其二是在文艺学的内部发生了裂变。文艺学这个本来以文学理论、文学发展史、文学批评作为三个基

---

① 〔美〕乔纳森·卡勒：《文学理论》，李平译，辽宁教育出版社，1998，第17页。

本子系统的学科，被狭义性地等同于文学理论，文艺学专业成了文学理论专业。就是说，它更多地向着单一化和非学理化方向发展，成为一个过分纯化的领域，与文学的历时形态和共时形态逐步分离，最后大幅度地脱离了中国的文学现实状况，成为"为学科"而非为文学实际的文学理论。其三是这种蔓延或者播撒式的学科理论逻辑发生了偏移。它似乎无须致力于基本观念和基本方法的探索与建构，只要依赖于某种外部的观念和某种具体学派的方法便能维持理论的再生功能。因此，套用外来观念和移植外来体系是其最为便捷的理论生产方式。这是导致长期以来忽视文学基本理论问题研究的主要根源。

实践与逻辑

我们知道，文学理论既然是"文学的理论"，就必有自身的逻辑规律，有自己的理论生产方式，这种"逻辑规律"和"理论方式"当然不会一成不变，但无论千变万化，它们一定有着"文学的理论"的基本特性，而不是其他什么特征。沃尔夫冈·伊瑟尔在《怎样做理论》中写道："每一种文学理论都把艺术转变成认知，而这需要搭建一个基本框架，它从一个假定的前提出发，在其之上建立了一些结构，服务于特定的功能，该功能的实践通过特定运行来组织。"[①] 关键是，在中国，文艺学所需要的这个"假定的"前提、结构和功能并不是经由文学实践决定并满足于文学实践需要的，而是通过现当代不断演化的文

---

① 〔德〕沃尔夫冈·伊瑟尔：《怎样做理论》，朱刚、谷亭亭、潘玉莎译，南京大学出版社，2008，第1页。

化选择来设定，它容易带着统一的国家意识形态要求，也容易带着西方文学理论的种种观念色彩，体现出中国现代性历史进程的独特性质和影响痕迹。这种特殊的"理论基石"使许多非学理的体制化的学术行为逐渐转化为合理存在，形成了自己的理论生长路径。长期处于这种蔓生状态中的文学理论，在后现代多元多样的文化背景中不是感受到存在困窘，而是得天独厚，获得了更多的生长条件，其理论自律力量迅速大幅度削弱。由于学科之根漂浮不定，表面的繁盛难掩内质空乏，众声喧哗之中暗含着理论危机。正是在此意义上，有学者发现，"文学理论研究已被逼入'绝境'"。①

那么，文学理论有没有自身的构成逻辑？文学理论的发展需不需要逻辑规约？这些常识性问题在后现代文化背景之下变得含混不清，甚至会形成否定性答案。当然，如前所说，还有更为复杂的情况——中国"为学科"的文学理论实际在某种程度上已经搁置了这些问题；在文学理论本体世界和基本范畴被忽视的背后，隐藏着的是学理逻辑的混乱或匮乏。"相当一部分研究……是以多元的外来思潮和文化观念来填充这些概念和命题的意义，这就使文学基本理论研究显得十分脆弱和苍白。"②因此，寻找并依循文学理论逻辑，用文学理论的学理进一步规约理论的生长，这是文艺学学科建设的重要工作。否则，另一个极端必然出现——"如果文艺理论家都成了时评家，抵达问题实质的学理化论析都不见了，如果为文学批评和创作提供某

---

① 金永兵：《建构文学理论科学学派——文艺理论家董学文访谈》，《文艺报》2012年10月22日，第3版。
② 董学文：《文学理论研究的现状、问题与趋势》，《高校理论战线》2010年第11期，第32页。

种必要价值立场、理论态度和思维方式的生产都'停工停产'了，如果本该有的理论学派论争变成了鸡毛蒜皮的无聊的'圈子战'和'口水仗'，那么，文学理论的研究能不走上浮躁化、泡沫化、浅俗化和游戏化的歧途吗？"① 这样的结果，带来的是对文学理论发展致命的伤害。

我理解文学理论的"学理化论析"，也就是文学理论逻辑在理论生长中的具体体现。从学科角度观之，这种逻辑必然在两个层面形成强烈诉求。第一个层面是对文学的认识；第二个层面（也是更高级的层面）是对文学理论自身的认识。就前者而言，文学理论必须保持着对"文学"整体（而不仅仅是某一部或某一类作品）的阐释能力。这就要求它必须从现象出发而又远离现象，以抽象的方式追寻普遍规律，最后在另一个更高的层面回到现象。可以说，理论以自己的方式离开具体文学实践活动，乃是理论自身的内在需要，据此，它才能在自己的抽象话语系统里展示或者重建"文学真理"②。用西摩·查特曼的话说也就是："文学理论是对文学的本质的研究。它不会为了自身而关注对任何特定的文学作品进行的评价或描述。文学理论不是文学评论，而是对批评之'规定'的研究，是对文学对象和各部分之本质的研究。"③ 既如此，文学理论逻辑的约束力首先就会体现在理论范围的限定和文学基本问题的确立之上。没有无边无际的文学理论，当然也不会有无限丰富的文学基本问题，

---

① 董学文：《文艺理论：与荒凉和冷落对话》，《文艺报》2005 年 10 月 13 日，第 2 版。
② 张永刚：《文学理论：走向文学实践的可能及方式》，《文艺理论与批评》2009 年第 3 期，第 115 页。
③ 〔美〕西摩·查特曼：《故事和叙事》，载阎嘉主编《文学理论精粹读本》，中国人民大学出版社，2006，第 9 页。

文学发展只会在某种意义上充实或丰富某个文学基本问题的内涵，拓展它的外延，而不会取消或骤增一系列新的文学基本问题，除非理论逻辑出现了混乱或发生了错误处置。但中国当代文学理论的某种状态似乎正印证了这种异常，它的理论体系里面不断被塞进东西，像一个布口袋，充斥太多的非学理化的，甚至是派别化的概念、范畴，还有太多的个案、个人化成分与随意性阐释，难以形成强大的逻辑关联。文学概论教材的编写很典型地体现了这一点。人们都在做大做宽理论，以至于有人认为，今天的文学理论，几近于"奥吉亚斯牛圈"，为之做清理工作是难的，为之增添新成分却很容易。

　　关于这一点，在《文学原理》的写作中我的感受最深——五个文学基本理论问题（即文学是什么、文学写什么、文学怎样写、文学什么样、文学有何用）构成了文学原理的主干或基本框架，体现了缩水、减肥、纯化的原则。但缩水、减肥、纯化不是简单的排斥与删削，理论表达的困难在于如何给众多的文学问题以理论定位，使它们不至于与理论逻辑发生抵牾或游离；如何处置那些已经转化为常识的"理论问题"，不再让它们挤占、拥塞了原理的空间但又保持着理论铺垫的作用；如果"接着说"十分重要，那我们真正要说的有价值的东西是什么？作为教材，从理解角度如何将知识、方法与思维这些不同层面的重要因素整合为合理的、科学的逻辑系列，以满足不同层次的读者的接受需求，并适应他们的接受能力……这些问题在理论建构与表达中都是具有挑战性的，它要求作者必须具有明确的文学观念和理论观念，必须回到文学和文学理论的历时与共时状态之中，以之为理论起点和归宿，方能形成理论逻辑的延续与自洽。可以肯定地说，建构文学基本理论世界的困难正在于要将观念、方法与理论话语融汇在一起，最终形成富有特色的理论表达并构成完整的理论形态。

当这一切业已完成，从文艺学学科建设角度看，文学理论学理逻辑诉求的必然结果是走向它自身。文学理论到底是什么？它的内涵与边界如何构成？它的思维、方法与范式有无规律可循？……概言之，文学理论何以成为文学的理论？这些普通读者并不关心的问题在文艺学的理论世界深处显得十分重要。"假如没有对文学理论目的与方法的反省，没有对文学理论性质和特征的质疑，没有对文学理论关于文学解释的进一步探索，没有对文学理论中提出答案的可靠性及可检验性的认真反思，我们能认识文学理论活动的规律吗？文学理论能不断前进吗？没有这一切，不是等于放弃了文学理论所以为文学理论的理解的权利了吗？"[①] 特别是当我们要培养文艺学的专门人才，追求文学理论的创新之时，文学理论的自觉（而不仅仅是文学的自觉）问题就会更加紧迫地摆在我们面前。

换个角度说，只有恢复了文学理论作为一种"关于思维的思维"[②] 品质，它所体现的思维的力量、概念发展的有机组织，都形成一个系统、完整而又具有可转换性的结构整体，在此基础上，文学理论必然具有深厚的历史感和现实感，深刻的批判和反思功能。这样，理论的力量，也就成为一种理论的逻辑力量和说服力量，而不仅仅是常识化的经验的描述或者诗意化的

---

① 董学文：《文学理论学导论》，北京大学出版社，2004，第1页。
② 〔美〕乔纳森·卡勒：《文学理论》，李平译，辽宁教育出版社，1998，第16页。

理想的抒发才会形成。① 只有在这种状态中，作为学科的文学理论，才可以更好地承担文学研究与人才培养的重任。

三　中西方文论交流与融汇

作为文学理论实践领域的探讨，2014 年 4 月，中国文艺理论学会、曲靖师范学院人文学院在云南曲靖举办"当代西方文论与中国文论建设"学术研讨会。来自中国社会科学院、北京市社会科学院、辽宁社会科学院、云南省社科联、北京大学、中国人民大学、北京师范大学、南京大学、华东师范大学、云南大学、黑龙江大学、上海师范大学、苏州大学、福建师范大学、云南师范大学、哈尔滨师范大学、云南民族大学、天津财经大学、苏州科技学院、曲靖师范学院等单位的 40 余位专家学者参加了研讨。大家围绕"当代西方文论的政治转向""新世纪以来西方文论新学科、新流派的译介和研究""当代西方文论与中国文论发展""中国文论对当代西方文论的反思和批判""当代西方文论与中国多民族文学研究""中国西南边疆少数民族文学与文学理论建设"等问题展开了深入讨论，认为中国新世纪文学理论的发展取得了重要成就，这是中西文学理论交流、融汇的结果，体现了中国文学理论的创新意识与理论自信。

西方文论资源

如何认识和评价中国当代文论与西方文论的关系，是推进

---

① 李龙：《评董学文〈文学理论学导论〉》，《文学评论》2006 年第 1 期，第 198 页。

中国当代文论发展不可回避的重要问题。北京大学董学文教授认为，当代西方文论是中国文艺理论建设的重要资源，近30年的历程表明，单靠古代文论和我们自身的经验是难以解决当下文艺创作和理论研究的所有问题的。文艺理论要具有现代性，向西方文论学习是不可避免的。华东师范大学朱国华教授认为中国文论发展与西方文论的中国化关系紧密，中国学术原创问题离不开西学的影响。哈尔滨师范大学乔焕江教授用阿尔都塞"难题性"概念，梳理、阐述了20世纪80年代以来两次重要的文化思潮，就文化研究在大陆知识生产中发生与发展的语境加以描述，显明了当代西方文化研究思潮对中国文论的一个具体影响。我认为现代以来西方文论的影响使中国文论发生了理论观念、思路方法和话语方式的变化，在新时期，这种影响不断扩大，中国文论的发展成就十分明显，但它也带来了文学价值和理论方式过分西化的倾向，与中国文学实践形成了某种分离。范永康教授注意到后马克思主义文论的最新发展及其对中国马克思主义文化理论研究的启示，他认为，后马克思主义以"语言建构主义"为哲学基础，对于反思、丰富和发展当代马克思主义文化理论具有重要的借鉴意义。

在理论展开的具体层面，当代西方文论的丰富性为大家所重视，认为它给中国当代文论拓宽了视野和领域。中国人民大学吴琼教授借助罗兰·巴尔特阅读场景的回溯性建构来解读巴尔扎克的《萨拉辛》，通过四重阅读呈现重新打开巴尔扎克文本的多重意义的维度，以此说明西方文论的阐释方式。华东师范大学王嘉军从偶像禁令角度剖析了西方一些思想家对艺术合法性问题的认识。认为康德在偶像禁令下的艺术合法性来自无形式的最高道德走向；列维纳斯判定现代艺术"不合法"，因为现代艺术在对自身自足性的寻求中沦为静止的偶像；另外一些思想家，则从政治角度，将艺术的合法性视为对于意识形态和拜物思想的批判。在其政治和美学构想背后体现出一种反偶像崇拜的乌托邦主义的信念。黑龙江大学的马汉广教授根据文学空间叙事理论，回顾 20 世纪现代主义和后现代主义文学的发展，认为没有故事、没有情节，时序混乱、结构零散等文学现象，正是这种空间叙事丰富性的体现。南京大学哲学系殷曼楟则从辨析"Representation"两种译法入手，探讨了当代"视觉再现"问题的新意义。中国社会科学院文学所杨子彦借助西方完形理论分析《聊斋志异》中的父亲形象的缺失或无力，从西方文化角度看到中国古典著作对社会主流文化和父权权威的反感、愤怒与厌弃。上海师范大学潘黎勇分析了韦尔施的"反审美"思想内涵与理论意义。天津财经大学中文系刘昕亭从"再政治化"角度分析了齐泽克的政治哲学思想，认为"再政治化"不仅体现了齐泽克的政治关怀，同时也反映了当代西方批判理论的发展趋势。云南大学人文学院张震对詹姆逊的文学理论思想进行了剖析与反思。曲靖师范学院李兵认为巴赫金对话理论中的陈述理论、互文性理论是文学阅读中具有可操作性的方法，外位性理论和长远时间理论是避免文学误读的有效原则。总之，学习借鉴西方文论的方法以丰富中国文论的阐释空间，成为本次研讨会的一个重要话题。

理论创新诉求

要推进中国当代文论发展首先要辩证看待西方文论。董学文强调对于多元的当代西方文论的引入，应该要有批判精神，不能没有主导原则。不能把西方文论的介绍和移植等同于现有的文论建构。马克思主义及其文艺学说是实现西方文论的批评性转化的唯一指导思想。中国社会科学院外国文学研究所周启超教授认为，很长一段时间，我们的译著一直由英译、法译再转译为中文的"转口"状态，失却了它的本真。朱国华认为，西学的中国化是实现真正意义上中国学术原创的基本条件之一。西学的疲软不振，可以从拒阻西学的三个维度获得某种解释。这三个维度分别是中国民族文化无意识、当代西方人文学科的政治转向以及前辈大师接受西学的历史经验。我们获得的西学成就极其有限，因此必须意识到西学的中国化是一场漫长的学术革命，不可急于求成。中国社会科学院的赵稀方教授就近年兴起的"汉学主义"文论话语进行了分析和批判，认为汉学主义对后殖民主义进行了修正和补充，但在汉学主义构建中，中国人只是以自我殖民化方式参与其中，没有涉及中国人挪用西方话语，发出自己的声音的情形；汉学主义看起来批判了萨义德，但事实上复制了萨义德。曲靖师范学院代云红教授从当代中国文艺学"人类学转向"的历史角度分析了文学人类学历史中的三种文学观及"大文学理论"的建构问题；认为文学人类学界提出的"N级编码理论"不同于一般文艺学对中国文学理论建设思路，它是从中国历史文化及文学根脉上来建设中国文学理论的基本思路、研究途径与研究方法。苏州大学侯敏教授通过阐释现代新儒家对待中国文化与西方文化的态度来分析中国文论建设的问题，认为要注意中西文化精神指向的差异及互补性，警惕以西释中的弊病；要注意中西美学及文学传统的差异。因此要坚守中华文化立场，立足中国文论的自身精神取向；要加强中国文化与世界文化的对话，内化西方文论范式。

中国当代文论的创新诉求必然涉及对理论现状的反思。北京师范大学方维规教授认为，文学理论的多元化是一个不争的事实，理论的过剩和膨胀也是事实。而当下的境况是文学在继续丧失其重要性，公共领域对文学不感兴趣，而理论的空间和张力在很大程度上取决于文学生活本身。上海师范大学杨文虎教授就当前中国文艺理论展开反思，认为文艺理论通过研究文化来检讨理论话语自身的局限性，通过研究启蒙的失落史来揭示理性背后的偏执性，这应该是中国文艺理论在新世纪的光荣任务，为此应注意到理论的节操等问题。

关注中国文学现实

中国当代文论的创新必须建立在对中国文学现实的关注之上。中国是一个地域辽阔民族众多的国家，因此应该加强对中国多民族多区域文学的认识，改变狭窄化的现当代文学观念。中国社会科学院文学研究所吴子林通过"信仰叙事或神性写作的内在难度"强调文学理论应深入研究文学中的独特创作现象，在这个"不可言说的言说"世界中，"所有人类的错误无非是急躁"、"人类需要一个身体力行的天国"以及"我们必须有无可惧怕的精神"，文学理论如果对这些存在于多民族写作中的独特思考失去阐释力量，那必然失去必要的文学支撑。中国社会科学院民族文学研究所刘大先提出"边缘与中心""周边与华夏"是一种别样的文学目光，仔细审视多民族文学的历史与现实，正是现代历史转型与文学的知识建设的重要途径，它可以使我们的文学理论获得正确看待中西方文论的新的基点，实现更为有效的博弈与交融。笔者强调中国当代文学理论创新应该关注中国当代多民族文学研究；多民族文学是一个长期为理论界所忽视的丰富的文学世界，多民族文学研究虽日渐丰富，但尚未成为当代文学理论的有效成分。从文化背景看，重视多民族文学研究是当前世界文学理论发展的重要趋势和实践策略；从现实状态看，多民族文学研究正在对中国当代文学理论建设形成强烈诉求。因此，应当加强对当代文学理论和当代多民族文学研究基本关系的认识，通过多民族文学研究来丰富当代文学理论的基本价值、体系结构、话语方式和中国特色，实现理论创新。

网络文学的发展也是中国文学的一个新现象。北京市社会科学院文化研究所许苗苗认为当前网络写作中集体或团队创作的现象十分普遍，不同的写作行为带来了作者观念上的较大变化。文学理论应注意网络文学的媒介特性，重视其与印刷文学不同的特点。福建师范大学王茹从微博的公共功能角度分析了网络公共领域的文化身份问题，认为微博作为公共领域的虚拟空间，在相当程度上实现了去中心化，消除了现代社会中普遍存在的等级制度，一定程度上改变了人的身份。

总之，当代西方文论与中国文论建设是一个重要的文学理论问题，研讨会中不同的看法带来了深入的讨论，多样的观点中隐含了共同的认识，那就是：以辩证的眼光看待西方文论，努力融入更多的中国文学本土元素，未来的中国文学理论一定会因为更多关注中国文学实践而取得更为丰硕的收获。

四　影视艺术亚文化形态

电影电视自诞生以来，已经发展为重要的文化现象。无论作为艺术还是作为新的传媒形态，它们在现代生活中都占有重要位置。可以肯定，在每个现代人的成长历程和生命活动中，都有着与影视艺术无法分离的联系。换言之，电影与电视正在以有力的方式迅速进入人们的生活，对整个社会的经济、文化产生巨大的影响。

那么，我们是否已经注意到了电影电视的重要性？法国电影理论家马塞尔·马尔丹说："如果有人轻蔑电影，那是因为他们完全不懂得电影的美，总之，认为这门从社会角度看是当代最重要、最有影响的艺术可以置之不顾的看法是完全不合理的。"[①] 但是，要充分认识电影电视的文化价值，并不是一件容易的事，正如德国著名电影理论家克拉考尔说："即使你对太阳、对大气、对地球的自转有全盘的了解，你仍然可能错过落日的余晖。"[②] 对于电影电视来说当然更是这样。当电影从一种杂耍式表现手段，逐渐过渡到一种传播手段之后，这种本体性改变，便造就了一种新文化。影视成为艺术，这种文化的范畴随之发生巨大扩张。法国电影理论家克里斯丁·麦茨说："人们通常称作'电影'的东西，在我看来实际上是一种范围广泛而复杂的社会文化现象。"[③]

---

① 〔法〕马塞尔·马尔丹：《电影语言》，何振淦译，中国电影出版社，1982，第 1 页。
② 〔德〕齐格弗里德·克拉考尔：《电影的本性》，邵牧君译，中国电影出版社，1981，自序第 2 页。
③ 〔法〕克里斯丁·麦茨：《语言和电影》，载彭吉象《电影：银幕世界的魅力》，北京大学出版社，1991，第 161 页。

然而，电影与文化并非简单的包容与被包容的关系。"电影作为一种在科技上最先进也最为完备的文化载体，以其炫目的光影，动听的音响，光怪陆离的画面，始终占据着一个优势地位，以一种挑战者的姿态，对旧文化的保守与束缚表示着轻蔑与不屑。""文化造就了电影，电影却反目为仇。"① 电影电视正是以自身独特的活性，创造出一个活泼的新的文化体系，或者称为亚文化体系。它代表着工业化社会人类文化的重大发展，标志着 20 世纪人类文化所开拓的新领域。所以探讨影视亚文化形态的构成，具有积极的理论意义。

起点：与传统艺术的差异

人们通常把电影电视合而为一，视为一门全新的艺术，那是因为它们有着十分明显的共同点，据此与其他艺术拉开了距离。这种差距是重要的，它是我们理解影视艺术文化价值的起点。它使我们对影视文化的研究思路必须从比较开始，或者说，必须从传统艺术的基本特点开始。

"传统"是从时间和习惯意义上相对而言的。我们所说的传统艺术，就是在过去时代里延续下来并为人们习惯接受的艺术。显而易见，在这里，所谓"传统艺术"的定义，针对的不是某种艺术样式内部的纵向的风格形态演变，而是针对艺术之间的横向关系而言的。具体说，传统艺术也就是极少使用新的物化形态与表现手法即现代科学技术作为创作工具的艺术。

在电影出现之前，这样的传统艺术大概有六种，它们是音

---

① 夏林：《世纪之交的电影嬗变》，国际文化出版公司，1996，第 10 页。

乐、舞蹈、绘画、雕塑、文学和戏剧。这些艺术都有着悠久的历史和已经为人们所习惯的表现方式。由于它们用以构成形象的物质材料不同，它们的表达方式也各不相同。因此，所谓传统艺术的特点，并不能一概而论，它们相互之间其实是有着巨大的差别的。电影出现之后，卡努杜将它称为"第七艺术"。它当然既保持着传统艺术的共同性，又具有自己的独特性。

在这里，我们所要做的是将传统艺术的共同性与影视艺术进行比较，以便找出电影电视艺术呈现给我们的新的艺术与文化信息。也就是说，我们应该重视的是影视艺术的"新"的特性到底从哪些方面体现出来。从这点出发，我们要强调的传统艺术的特点，主要是单一性，非现代性，以及非大众化。

单一性是指传统艺术使用的物化形态与表现手法是相对单一的。如文学使用语言为物质媒介；绘画使用色彩线条为物质媒介；舞蹈则通过人的肢体来表情达意……物质媒介的相对单一必然导致表达方式的相对单一，也必然使这种艺术在整体上显得相对单纯。

非现代性主要是指传统艺术产生于过去时代，带有历史的规定性与惯性，在其发展演变中，虽然也有对现代社会生活内容的反映以及手法的变化，但在艺术形态上与现代科学技术发展成果和现代生活方式的嫁接、融合，缺乏一种自觉性或统一性，因此，总会与现当代接受心态之间形成距离，使人产生一种传统的感觉。

非大众化主要是就艺术传播的接受基础而言的。在艺术进化的历程中，传统艺术一般都完成了由民间化向精英化的转化过程，形成了一整套创作与接受规则、程式，积淀出人们难以简单认同的高雅特质；同时，传统艺术还十分重视艺术家的创作个性和作品的艺术品位，这就对接受者的素质提出了高要求。这些原因常常导致传统艺术作品超越于一般社会群体的直接功利欲求，形成曲高和寡、孤芳自赏状态，也就是一种非大众化状态。正如迪马吉奥和尤西姆在《文化资产和公共政策：政府赞助艺术过程中逐渐出现的紧张冲突》一文中所指出的："艺术只会使人口中的一小部分人，即社会精英受益。"① 可以说这正是传统艺术作品非大众化状态的具体表述。加之传统艺术作品讲究原创性，难以批量复制，也就难以广泛流传于世，普通人与艺术之间必然就会形成一个客观的距离；此外，人们对于传统艺术的感知能力，需要后天的学习来培养积累，这不是每一个普通人可以轻易完成的。结果，对于传统艺术的欣赏，演化为一种高贵的方式。这种方式，会拒绝人们对传统艺术最广泛的参与和投入。

影视艺术刚好相反，它是由演员扮演角色、在特定的情境中通过摄影机摄像而由银幕或屏幕显示出来的一种多元素构成的综合艺术。它吸取了各门艺术在千百年实践中积累起来的表现精华并将它们融合在一起，形成自身的艺术特征，但在取向上却保持了与传统艺术的相反状态。主要体现为以下几个方面。

（1）丰富性。从影视艺术的起源上看，影视艺术作为照相术的延伸，诉诸人们的视觉，以"活动的画面"构成一种娱乐形式而出现；受文学和戏剧的启发，这种"活动的画面"学会了"讲"故事，于是，影视成了一种艺术；随着声音的介入，

① 赵凤翔等编著《电视艺术文化学》，中国广播电视出版社，2002，第25页。

影视这个"伟大的哑巴"又多了一份艺术表达能力，能用惟妙惟肖声音模仿真实世界，产生了更多的传奇特性；在接受了现代科技的影响之后，影视艺术则成为承载文化信息的一种传播手段。因此，影视艺术包含丰富的文化内涵。从传播媒介上看，影视艺术既是一种记载文化信息、表达文化内容的艺术样式，同时又是传播民族文化的有效媒体，有着文化特性与意识形态双重属性。从影视艺术构成来看，它借鉴、融合了传统艺术的表现手段，但是这种借鉴不是把其他艺术元素进行机械拼凑，正如普多夫金所说，"其中没有任何一种因素能够完全保存它原来的一切艺术特征而独立存在"，它们必须"融化在影片之中，成为影片的有机组成部分"。[①] 在其他艺术形式中，较少有像影视艺术那样具有综合多种艺术的表现力。它创造性地将文字与非文字符号、时间与空间、视觉与听觉有机地组合在一起，借助其强大的传播优势，创造出新的艺术成果与成就，极大地影响着人类的审美情趣。从影视艺术表达来看，它具有多样的艺术表现力，可以形成多元的艺术品质，它是绘画，却是会动的画，时空俱全；它是摄影，但又讲述着故事；它是音乐，但又在可视性中呈现着空间，体现着建筑艺术那样的造型特点；等等。影视艺术以其多样性的表达和多元性的艺术品质，确立了自己的全新的艺术形态。

（2）现代性。影视艺术的产生、发展及其审美特性与科学技术密切相关，可以说，对科学技术的直接依赖是影视艺术区别于其他艺术的鲜明标志之一。没有光学、电学、化学、材料

[①] 〔苏〕普多夫金：《电影导演和电影素材》，《普多夫金论文选集》，罗慧生等译，中国电影出版社，1985，第157页。

学和机械学等科学技术的发展，就不可能有影视艺术的产生与发展。因此，美国学者戴维·波德威尔与克瑞斯琴·汤姆逊在《电影艺术导论》中说："对电影艺术的理解，首先必须依赖于电影是被机器和人类劳动制作出来的认识。"[①] 科学技术的发展三次促成了影视艺术本质的飞跃——从无声到有声、从黑白到彩色、从现实仿真到电脑虚拟，这不但丰富了影视的艺术表现力，还导致影视艺术的美学思潮和流派的嬗变。科学技术还改变了影视艺术的传播手段和途径，从广场杂耍的玩具，到家庭、影院的娱乐、休闲方式，再到具有时空优越的网络媒介，不仅使影视成为艺术，还最有效地体现了现代生活状态与韵味，如快节奏、多样化、即时性等。技术革新的结果，使得电影的形态不断发生变化，电影艺术元素不断丰富，电影的形式、品种不断拓展扩大。现代高新技术进入电影，使电影构成的元素、电影的时空观念、电视的声画、视听表现力、冲击力和感染力都在不断加强，换句话说，也使影视艺术紧紧黏附在现代生活之上。正如苏联电影理论家格·巴·查希里扬所说，如果没有电影与电视，现代人的生活将是不可想象的。[②]

（3）极为鲜明的大众化色彩。影视艺术作为年轻的艺术，还处于发展的民间阶段；它的直观性又决定了它具有接受的直接与确实感，合乎享乐原则；影视艺术因此有效消解了传统艺术接受的庄严，它以一种直观视像的平民化表达，将艺术受众与现代艺术之间的距离模糊了，从而获得超越所有艺术形态的

---

① 〔美〕戴维·波德威尔、克瑞斯琴·汤姆逊：《电影艺术导论》（英文第2版），牛津大学出版社，1985，第3页。

② 彭吉象：《电影：银幕世界的魅力》，北京大学出版社，1991，引言第4页。

最为广泛的接受群体，具有最广大的接受参与，形成必然的大众化倾向。同时，大众的接受付酬，又使它在价值取向上必须趋近大众，这使影视艺术的生存必须以社会大众的接受基础作为必要前提。影视艺术是最难以做到孤芳自赏、独自存在的。

另外，可以说，影视既是艺术，也是大众传播媒介。就传播学意义而言，影视艺术的大众化含义十分广泛。麦克卢汉根据媒介的发展进程，将人类社会的文化划分为口头传播、文字传播和电子传播三个时期。有人在此基础上，进一步将人类文化划分为四个发展阶段，即口头文化、手写文化、活字（印刷）文化和电波文化。[①] 影视艺术是以物理声光电波为媒介而形成的一种艺术形态，因此，影视艺术是人类文化发展最近阶段的一种文化形态。大众在这里找到了他们交汇的信息场所，同时，艺术作品得以传递和被更多的人分享，首先取决于艺术作品自身的可重复性和艺术作品复制的可替代性。影视艺术一旦成型，可以借助科技手段批量复制，以大量的替代品最大限度地适应影视艺术接受者的消费要求，形成最广大的消费市场。因此，它能够十分平易地最大限度地走进大众生活空间。

与传统艺术相比较所体现出来的这些鲜明特点，正是影视艺术构成亚文化体系的起点。

条件：与现代文化的认同

在人类源远流长的历史长河中，文化内涵已经十分丰富。美国学者克鲁克洪和克劳伯在《关于文化的概念和定义的检讨》

---

① 〔日〕竹内郁郎编《大众传播社会学》，张国良译，复旦大学出版社，1989，第30页。

一书中写道：在这个世界上没有别的东西比文化更难以捉摸。我们不能分析它，因为其成分无穷无尽；我们不能描述它，因为其形态千变万化。当我们要寻找文化时，它仿佛空气，除了不在我们手中之外，它无所不在。虽然如此，他们还是给文化下了一个被大多数人所接受的定义："文化乃包含各种外显或内隐的行为模式，借符号的使用而习得或传授，并且成为构成人类群体的显著成就；文化的基本核心包括传统（即由历史衍生及选择而生的）观念，而以观念最为重要。文化体系虽可被认为是人类活动的产物，又可视为抑制人类作进一步活动的限制。"① 这是一个学术化的文化观点。

在这种文化层面上，影视艺术以独到的话语方式，显示着人类意识形态的一个扩展与建构状态，在某种意义上甚至可以说，它标志着一个"纯粹艺术"时代的终结。

影视艺术的这种反艺术的倾向，是怎样求得与现代文化的认同，从而获得了存在与发展的条件呢？这又需要从现代文化的特点说起。

所谓现代文化，也就是体现现代特色的人类文化。在瞬息万变的社会发展中，现代文化具有不同于以往任何人类历史时代的特性，呈现出丰富、多元的格局。主要体现为以下几个方面。

（1）以科技为动力。让·拉特利尔所言，现代科学与技术的发展"不仅将改变文化的内容，而且将改变文化的基础"②。

---

① 〔美〕克鲁克洪、克劳伯：《文化：一种评述》，载彭吉象《电影：银幕世界的魅力》，北京大学出版社，1991，第162页。
② 〔法〕让·拉特利尔：《科学和技术对文化的挑战》，吕乃基等译，商务印书馆，1984，第556页。

从 19 世纪工业革命以来，科技在文化发展中的动力作用越来越大、突出，特别是 20 世纪中叶以来以信息科学为标志的现代科学技术的迅猛发展，带来了原子能技术、空间技术、微电子与信息技术、生物工程技术、新材料研究等的重大进展，形成了一系列新的技术群和产业群。计算机的最新发展，又使人们将这个时代称为"信息时代"。这对文化必然产生影响，使其形成新的文化格局，产生新的文艺生态系统。历史上，每一次新的通信方式（或曰传媒）的兴起，都会引起社会文化的大变革。譬如，中国古代的烽火台、驿站、竹书、帛书，奠定了一种古老的独特的文明；造纸术、印刷术的发明，则开拓出一种新型的文明；造纸术、印刷术传到欧洲，则影响了文艺复兴运动。

最初，依赖科学技术的影视从传统艺术中寻得了提升力量，但是影视艺术走进现代社会，成为现代文化不可或缺的重要组成部分，则是反过来从现代科学技术的发展中获得力量的结果。没有现代科学技术，影视艺术肯定无法形成自己的独特话语方式。当前，产生于科技的电影电视，信息技术进一步为它们提供了最为恰当最为有利的发展与传播的沃土，凭着同步通信卫星、光纤电缆、盒式录像带、DVD（VCD）技术的进步，影视与人们的联系增多，影视艺术的文化内涵加大，发挥出越来越明显的新的文化亲和作用。

（2）变革性。文化话语的核心符码永远是"现代"。每个时代的文化都会自觉或不自觉地融会以往文化的成果，然后在此基础上颠覆或超越传统文化。科学成就在近现代将人类的哲学和文化思维方式作了彻底的调整。恩格斯说："从笛卡儿到黑格尔和从霍布斯到费尔巴哈这一长时期内，推动哲学家前进的，决不像他们所想象的那样，只是纯粹思想的力量。恰恰相反，真正推动他们前进的，主要是自然科学和工业的强大而日益迅猛的进步，在唯物主义者那里，这已经是一目了然的了。"[1] 事实的确如此，科技的发展带来了哲学以及整个文化的变革。这种变革从多方面多角度体现出来，譬如从形而上学走入实验、辩证法领域，从单一走向多元，从承袭走向反叛，从保守变得趋新……现代文化可谓流派纷呈，花样迭出。艺术上的现代派、后现代派提供了许多例子。

（3）快节奏。20 世纪以来，在科学技术的支持下，人类社会发展呈现一种瞬息万变的特征，从知识结构、经济结构和社会结构，到人们的价值观念、生活方式，无一不在对稳定状态的超越中不断重构。生存危机、竞争压力，使得人们处于一种快节奏的生活状态中；在这种社会背景之下，艺术也变得越来越趋向于简单化、快餐化，即使成为一种流行时尚，也就各领风骚两三天。

影视艺术在这方面可谓得天独厚。和世界上已经出现过的重大文化现象的产生、发展相比，影视的来势之猛，发展之快，变化之剧，常常是人们所料不及的。我们甚至可以说，生活的快节奏，在某种意义上，正是影视的现代文化样式所催生的。

（4）大众化。大众化是一个内涵、指涉含混的概念，这里强调的是在一个社会群体中能够最大限度地参与的程度。现代文化可以说就是实现了最大限度的大众参与的文化，它往往以"产品"的方式呈现出来。大众文化产品具有模式化、类型化、

---

[1] 《马克思恩格斯选集》第 4 卷，人民出版社，1995，第 226 页。

标准化、复制性、包装性的特性，其功能在于向广大受众群体提供消费性娱乐。为追求经济效益，当代艺术缺少人文关怀和终极意义的探求深度，体现出即时性与消遣性的特征；同时，它还兼具反集体的个人化特征。这是一种后现代征候。影视艺术的接受特点使之成为最能实现大众化的艺术。1979 年中国电影观众达到 293.1 亿人次。现在虽然减少了，但许多人是通过电视来看电影的。

（5）全球化。这是信息时代的产物，信息传递的便捷使全球趋向一体化，政治、经济、军事、文化关联紧密。能够体现这种特点的文化也应运而生，长足发展。

在这种后现代文化氛围中，电影电视的作用空间可谓十分巨大。它以自身的独到优势，与现代文化特点相契合，甚至可以说，正是它的出现与推进，现代文化才体现出这些特点。影视艺术亚文化体系的形成，其外部条件，只能是它与现代文化的这种亲和关系。

意义：价值功能及其释放

今天，影视与影视艺术已经深入现代社会的每一个角落。影视艺术对现代文化生活的影响，是影视艺术作为文化的价值体现。这些价值释放出来，强有力地证明了影视亚文化形态的构成。影视艺术价值功能主要体现在如下几个方面。

（1）展现了科技的魅力，使生活中充满了科技的色彩。"电影在不到一百年的时间里的变化远远大于文学、戏剧等传统艺术的上千年变化"，这是"由于电影是科学技术的产物，科学技术不断为电影提供新的可能性，因此在研究电影时不同于研究传统艺术的方面之一就是，更多地不应从它的局限性出发，而是要随时考虑科学技术向它提供的可能性"①。从这种思路的反面，我们可以说，除了电影电视，还有什么能使我们看到如此丰富神奇的生活情景，还有什么能使我们感觉到如此逼真而鲜明的生活质地。

（2）造就一种新的现代经济方式和一系列产业、商业群体，形成强大的经济实体。影视艺术既是一种文化形态，又是一种文化产业。没有哪一种艺术需要像影视艺术那样进行大规模的商业性投资、大规模的企业化生产和大规模的商品性发行或销售。影视艺术带着极强的功利目的为大众服务，追求高利润高回报使得它从一开始就不会像以往的那些文化形态或艺术形式那样主动回避功利目的。它的生成和传播需要一个强大的物质环境的支持，它的运作，也就会促成一个巨大的经济产业链，产生直接的经济利益和社会影响力。这是显而易见的。忽视了这一点，也就违背了影视艺术的运作规律。

（3）以直观艺术形象方式迅速传达社会生活信息，造就了新的文化交流、传播方式。影视艺术以画面和声音作为自己的话语符号，直接诉诸人的感官，与文字不同，它有很强的现实性，对其读解并不需要接受者具备相对较高的素质，只要一个人耳目健全，就可以从影视艺术作品中获得信息和审美体验。因此，它能迅速传达社会生活信息，造就新的文化交流、传播方式。美国文化学者弗雷德里克·詹姆逊说道："整个文化现在正在经历着一场革命性的变化，从以语言为中心转向以视觉为

---

① 周传基：《电影·电视·广播中的声音》，中国电影出版社，1991，第102页。

中心。""现在可以感觉到的东西——作为后现代性的某种更深刻、更基本的构成而开始出现的东西，或至少在其时间维度上出现的东西——是现在的一切都服从于时尚和传媒形象的不断变化。"也就是说，现在影视艺术通过电子媒介，可以更大程度地超越时空的限制，在信息含量与受众范围上都有了大的突破，从而更为便捷地促成了世界范围内文化的沟通与交流。在影视艺术的联系下，人类文化的差距越小，共同的文化经验越多。在这里，影视艺术作品中也自然隐含着"话语权力"的问题，它使影视艺术的意识形态属性再次凸显。但我们不能因为它的意识形态属性而抵制它的文化交流价值，否则，在世界不同民族和文化之间便会少了一种新的交流、沟通途径。

（4）带来了新的娱乐和休闲方式。影视是一种艺术，它同时也是一种充满娱乐性的艺术。人们观看电影或电视，不是为了要绷紧神经，大多是为了放松自己，释放激情。当看完一部好的影视艺术作品，会在艺术的境界中感到满足，即使是悲剧，也会在伤心之后通体轻松，这样，可以释放一天工作中的烦恼、疲乏或紧张，从而达到休息的目的。在心理满足上，影视艺术不具有生活的强制作用，它的主要功能是为现代人"造梦"，"文化工业用令人兴高采烈的预购，来代替现实中陶醉和禁欲的痛苦"①。它成为现代人生活缺憾的心理补偿，满足好奇心，产生娱乐功能。

（5）塑造新的审美观念。影视艺术作品可以影响人们的审美观念与现实的审美水平，甚至人们的现实追求与人格理想，

---

① 赵凤翔等编著《电视艺术文化学》，中国广播电视出版社，2002，第208页。

这是不言而喻的。如对影视明星的"偶像崇拜"，就体现了当代社会一种审美梦幻，但它却往往会转化为一些人的现实行为，使审美功能得以"落实"，形成审美观念。电影电视艺术理论，又从较高层次肯定了这种现象，结果，审美日常化便可能出现。而审美也是一种意识形态，新的审美观念的种种状态，预示了影视的社会意义与社会价值的流变。其中的好坏善恶，是不可简单言说的。

（6）成为一种无法远离的艺术消费。影视艺术是一种"消费品"，这个观念大多数人都会有感受。在影视艺术活动中，传统的艺术、文化内涵被整合成一种流行资讯的卖点，可以激发人们的购买欲。上座率和收视率就是这种消费的见证。需要指出的是，影视艺术作为"消费品"，与一般娱乐消费有所不同，优秀的影视作品，它不仅停留在感官的愉悦层面上，而是深入人的精神和深层意识中为人们提供一种审美的愉悦。如果一部影视艺术作品不能使人获得一种精神或人生价值上的满足，只是一味说教或搞笑，最终也会使观众陷入疲乏而失去兴趣。但无论如何，影视艺术已经成为现代人生活的一个部分，一个可以和值得消费的对象，它强有力地逼近了我们的生活，这是极难抗拒的，除非你想游离于现代文化生活之外。

通过以上分析，我们的结论是，影视艺术亚文化状态的构成是确定的，同时也是有规律可循的。今天，这个亚文化体系已经变得十分丰富，就其结构看，人们通常认为，它包括了物质的、体制的、观众的多个层面。就其社会属性与社会功能看，它又有更为复杂的定位。这些由于超出了我们探讨影视艺术亚文化构成的依据这一范围，在此不作详论。

第六章

地方资源

地方文学资源是当下文学理论研究的重要资源，因此，在文学日趋多元多样发展的今天，将文学的地域意义和民族意义放大，以审思中国现当代文学的历史进程及由来已久的观念规约，似已成为十分必要的行为。中国是幅员辽阔的统一的多民族国家，它的文学形态应远远超过现代以来的主流文学范畴，更不是单纯的精英文学意识所能涵容。在现代性进程中，与民族国家一道成长的，是56个民族汇聚的伟大阵容，民族文学的丰富意义正在于书写了共同目标下的不同心路。它们的审美选择和价值追求，它们的讲述方式和话语内涵，犹如它们所依傍并根植的美丽山水一样，魅力无限又意味迥然，并不服从于单一的欣赏兴趣和理解思维。在这里，需要的是"换一种方式"，甚至"换一种观念"，这样，另一种新的文学景致将会改变我们由来已久的视野，中国文学的丰富性也必将得到业已存在的多民族多区域原生写作的佐证与支撑。

　　这正是我们思考云南民族文学与中国现当代文学基本关系的起点。在25个少数民族都有自己的作家的云南，自20世纪以来，我们发现，民族文学写作的成就与困惑共生，边缘化与主流化交织……每一种选择取向中似乎都包含与之背反的价值因素。也正因此，在我们反思20世纪以来的中国文学观念之时，云南民族文学具有不可替代的代表性。我深信，通过不断展开的意义追寻与审思，在其粗糙的硬度下面，必能发现精华与原创意味，一种本土化的理论成分，这将有补于过分西化的中国现当代文学理论建设，使之展现出某些中国特色和本土意义。

当代云南民族文学理论研究与当代云南民族文学创作共同发展，体现出"从边缘到中心"的运动轨迹和发展趋势。这既是一个实践过程，又是一种理论诉求。从实践角度看，当代云南民族文化研究为它提供了具有多民族特色和本土成分的前提与背景，省外当代云南民族文学研究发挥了推进作用，它自身在追求中形成"云南民族特色"、当代文化视点、"整体性思维"倾向和文学史意识，但在观念、方法和理论目标上还存在不足。从理论诉求角度看，将思考植入云南民族文学与中国主流文学及多民族文学关系之中充分凸显多民族文学研究的价值，是提升当代云南民族文学研究成效，真正实现由边缘到中心发展，获得更多话语资格和建构力量的必要路径。

当代城市的文化方向被强制规范为现代性的同质化趋势，这使城市成为攫取与消耗地方资源的最大场所。城市文化与地方资源应该保持恰当关系：城市应该尊重自然与人文传统，使其文化构建既与地方资源相协调，又体现出新的发展活力。这在云南边疆城市文化建设中尤为重要，以滇中城市群最重要的城市之一曲靖为例，可以看到地方资源与边疆城市的文化建构思路与实践案例，这对于汇聚地方资源打造城市文化特色具有积极启示意义。

一 从边缘到中心

开启当代云南民族文学研究

云南民族文学具有鲜明的区域形态，充盈着丰富的民族意识和民族色彩。云南 25 个少数民族大都有自己的神话传说和民间故事，长久以来，它们为中华文化的多样性及繁盛提供着重要佐证，也为众多民俗研究者所关注，成为他们深入研究的对象。尤为重要的是，云南民族文学在现当代有着很大发展，并且作为一个边疆省份的民族文学，它并未与中华文学和文化主流长期隔离，而是与之紧密相连。可以说，它的现代进程从一个独特角度展示了中国现当代文学发展历史的一个特别景致。20 世纪初期，它就与五四新文化运动"共振"，后又深受左翼文学"感召"，在抗战时期得以"凝聚"为中华主流文化中的重要成分。① 新中国成立之初，云南民族文学又参与了用文学塑造新中国国家形象的文化重任并取得辉煌成就。"五十年代，随着一批军旅作家的开拓性创作，一大批诗歌、散文、小说、电影走进全国文坛的视野，多彩的民族文化、民族历史进程的展现和深刻描写成为这些文学作品最特殊的品质；同时，一批本土民族作家的成长，给这块红土地增加了厚重感。彝族作家李乔的《欢笑的金沙江》进入世纪性文库；《五朵金花》、《阿诗

---

① 张直心：《边地梦寻——一种边缘文学经验与文化记忆的探勘》，人民文学出版社，2006，第 1~14 页。

玛》等现实题材的浪漫抒情和民族神话传说诗意的再创作，成为云南文学有别于内地文学的地域特点，也成为云南文学日后发展的基本架构和路子。改革开放以来，伴随文学新时期的到来，云南文学出现了前所未有的大发展。云南省民族文学作品在历次'骏马奖'评选中获奖数一直名列前茅，25 个少数民族都有自己的获奖作家、诗人。云南已经有了一支年轻的、富有朝气的、文化素养较高和熟悉少数民族文化的作家队伍。"① 可以说，在一个世纪的文学发展历程中，云南民族文学以多姿多彩的民族文化为底蕴，紧跟时代步伐，不断探索前行，用富有特色的创作展示出中国现当代文学的丰富多样形态，正在得到越来越多的认同与赞誉。

　　与云南民族文学创作共同发展的，是云南民族文学的理论研究。长期以来，在云南以至国内其他地方，正是因为有着许多文学理论家、评论家和从事民族文化研究的专家学者的共同关注和深入研究，云南民族文学的发展才获得了理论动力，才具有了理论平台和充分展示自身价值的空间。在当代，特别是在新时期数十年中，关于云南文学的理论研究作为更大，成就更丰，它展示了一个明显的运动轨迹和发展趋势（尽管它尚未完成），那就是从边缘到中心，从弱小的言说到逐渐发出较大的声音，使云南民族文学乃至整个中国民族文学在中国当代文坛的话语权利和理论诉求得以不断彰显，赢得更多关注，为中国文学的多样化形态和更具包容性的文学观念的形成起到不可忽视的推动作用。我们知道，长期以来的所谓"中国文学"观念，

---

　　① 丹增：《坚持先进文化前进方向 努力繁荣云南文学创作》，http：//www. yunnan. cn/1574/2004/12/02/13@178358. htm，2004 - 12 - 02 15：02：49。

仅仅是以汉语精英文学和主流文学为所指的观念，中国作为幅员辽阔的多民族国家的多区域多民族文学实际上并未涵容在这个观念里，这并不符合中国文学的实际状况，也影响了它在世界文学中的应有地位；在讲求和而不同多样共存的当代社会，这种文学观念上的偏侧应该得到适当调整。正因此，对云南民族文学研究的理论进程进行梳理和研究，使其中的理论成果得以突出，其中的不足和偏颇得以显明并矫正，从而为中国当代文学和文学理论建设提供来自西南边疆多民族省份的个案研究材料，其意义是十分重要的。

主要倾向与不足

梳理当代云南民族文学研究状况，可以发现它具有几个值得注意的倾向。

第一，自然地追求着"云南民族特色"的内在质地和外在特征。这是在上述背景和前提下进一步发展的当代云南民族文学研究显示出来的第一个主要倾向，也是我们必须肯定的主要特色，尽管在此方面它可能同时存在许多不足。李骞在其《论云南文学的多元化选择》①中概括云南当代文学创作有三种基本形态，即政治社会型、原始哲学和原始文化型、民族神话和民族传统型。这虽然是针对文学现象而言，但体现出理论思路的走向由于紧扣了云南文学实际和云南文化研究实绩而具有的民族视角与民族特色。在云南当代文学评论中，我们总是会不断看到"本土化""地域性""边地性""自然生态""民族特色"

---

① 李骞：《论云南文学的多元化选择》，载《作家的艺术世界》，成都科技出版社，1994。

等关键词，这正是这种思路的具体体现。如彭荆风的《云南文学的地域特色》①、马旷源的《云南当代彝族文学片论》②、章立明的《寻找民族文化之根——云南文学文本中出行与回归模式探略》③、胡彦的《自我表达·现代叙事·审美视角——对三部云南本土文学作品的探讨》④、王胜华的《云南民族戏剧论》⑤、梁明的《回顾与展望——新时期红河少数民族文学探微》⑥ 等论著都是从本土、地域和民族角度出发展开批评的较好文本，其合理性与独特性建立在这样的认识之上："云南文学的本土性是由云南在中国特殊的地理位置与独特的人文品质决定的。云南在中国特殊的地理位置可用边地性来概括，而云南的文化在中华文化中的独特性又是由其多元的民族性所决定的。在这样一种具有边缘性质的自然环境与人文环境中生长起来的云南文学，要获得其不可替代、不可忽视的影响力，首先必须对自己脚下的土地与文化有一种同情的理解与认识。因此，云南文学的本土性必然具有边地性与民族性的内涵。"⑦ 因此，可以说当代云南文学研究具有与其他省份所不同的起点与选择。更进一步，有的评论家则直接以当代云南少数民族作家的作品为对象进行专门研究，展现出强烈的少数民族文学研究主体意识和研

---

① 彭荆风：《云南文学的地域特色》，《滇池》2000 年第 4 期。
② 马旷源：《云南当代彝族文学片论》，《民族文学研究》1999 年第 2 期。
③ 章立明：《寻找民族文化之根——云南文学文本中出行与回归模式探略》，《学术探索》2001 年第 1 期。
④ 胡彦：《自我表达·现代叙事·审美视角——对三部云南本土文学作品的探讨》，《当代文坛》2001 年第 6 期。
⑤ 王胜华：《云南民族戏剧论》，云南大学出版社，2000。
⑥ 梁明：《回顾与展望——新时期红河少数民族文学探微》，云南大学出版社，2007。
⑦ 胡彦：《自我表达·现代叙事·审美视角——对三部云南本土文学作品的探讨》，《当代文坛》2001 年第 6 期，第 51 页。

究自信心。在这方面较有成就的是彝族女性作家和评论家黄玲，1997 年她出版了《李乔评传》，把具有"史诗般建构"的云南彝族文学泰斗李乔专书作论，使云南文学研究在民族性上得到进一步强化。李乔毕竟是属于云南的大家，是彝族人民和云南的"土产"和骄傲。2007 年 8 月，黄玲又出版了《高原女性的精神咏叹——云南当代女性文学综论》① 一书，这是一部"全景式"地描述云南当代女性文学创作的学术专著，洋洋 38 万余言，对云南半个多世纪以来多种民族、四代女作家展开深入研究，体现出云南本土民族女作家和研究者独到的艺术敏感与艺术追求。这部著作用三章篇幅对云南少数民族女性文学进行了"扫描"，当代佤族文学先行者女作家董秀英、哈尼族女作家黄雁、拉祜族女作家娜朵以及回族女作家群体、彝族女作家群体、两代纳西族女作家群体等都在黄玲的理论视野中获得了重要位置；同时，该著作始终坚持在比较中突出"多元民族特色"的思路，因而提升了整体的理论张力和理论水准。

第二，当代云南民族文学研究追寻当代文化视点，以现代主义甚至后现代主义理论解读云南当代文学创作，从而在云南当代独特的民族文学中发现了边缘化文学存在的新的文化意义。评论家朱曦、马绍玺、胡立耘、章立明、李丽芳等就是这方面成就较为突出的代表。朱曦在《新时期云南文学的文学人类学思考》中说道："面对云南的多民族文化特色和丰富的地域特色，用文学人类学的批评理论来解读云南文学具有广阔的前景，

---

① 黄玲：《高原女性的精神咏叹——云南当代女性文学综论》，云南人民出版社，2007。

它可以借助文学文本的形式层面，挖掘文本深处的文化意义。同时，还可以通过符号学理论的参与，加深对文学文本符号意义的理解，找出文学文本的隐喻和价值。因为文学人类学聚合了人类的文化精神，又体现着丰富的艺术精神，是一种极为有用的文学研究方法。"① 无疑，这是一种具有现代色彩的方法倡导和研究思路，它标志着云南文学研究所具有的前卫观念。在这种观念的审视之下，新的理解必然出现，因此形成对云南民族文学的某些新看法。"从结构主义的角度看，新时期云南小说处在一个结构的运动与变化中，是一个庞大的系统，其风格的变化不在外部，而在内部。因而，评估新时期云南小说的价值，不是以历时性眼光，而是要共时性态度，将新时期云南小说作为一个结构性整体，对其进行内部结构分析。"② 可以说，这种分析使云南民族文学的现代性得以凸显，甚至某些后现代色彩也浮现出来，比如佤族女作家董秀英的反思性追求，哈尼族作家存文学笔下的以思茅山地哈尼族生活为内容的玛格拉峡谷情结，彝族作家吉霍旺甲和哈尼族作家艾扎等人的魔幻现实主义特征，等等。在这方面感受最为敏锐，开掘最有深度，因而成就最为显著的是马绍玺（回族），2007 年 8 月他出版了《在他者的视域中——全球化时代的少数民族诗歌》一书，以"后现代"文化理论为基点，对全球化时代的少数民族诗歌进行深入分析，其中重点解读了云南少数民族青年诗人哥布（哈尼族）、鲁诺迪基（普米族）、聂勒（佤族）、晨宏（景颇族）、阮殿文

---

① 朱曦：《新时期云南文学的文学人类学思考》，《云南民族学院学报》（哲学社会科学版）2001 年第 2 期，第 84 页。
② 朱曦：《形式的转变与叙事的多样——新时期云南小说模式略论》，《学术探索》2004 年第 4 期，第 116 页。

（回族）、柏叶（彝族）、蔡金华（普米族）、马丽芳（回族）、相达（哈尼族）等人的诗歌作品和创作观念。马绍玺以少数民族青年学者的敏锐，领悟到同样是少数民族的上述青年诗人的现代性心灵焦虑与困惑，感受到文化认同的艰辛和认同的强烈渴望，他说："这类诗歌的创作资源是诗人自我民族文化的被撕裂与置身于'被撕裂的民族文化'中的焦虑性疼痛，以及由此激起的诗人对'民族文化共同体'的渴望与寻找——寻找文化的认同感与文化故乡——的执著而强烈的情感。这种创作情感与创作资源在诗人的创作中得到了清楚的表达。"① 由于分析视角的不同，马绍玺的著作展示出了一种新颖的深度，其独到的见解体现着鲜明的时代特征，得到较多认同。著名诗人于坚评论说："马绍玺的书不是时文……其论题在冷门的零度以下，必须要自己思考，自己创造说法，自圆其说。资料显然是必须自己去阅读收集的，都是第一手的材料。"② 这是对作者艰辛努力和研究成就的赞誉；著名民族文学理论家关纪新、汤晓青也在该书"序二""序三"里对这种理解民族诗人的新视角及其收获作了充分的肯定。可以说，马绍玺的研究显现了当代云南民族文学研究的一个新亮点。

第三，当代云南民族文学研究展示出一种"整体性思维"倾向和文学史意识。所谓整体性思维倾向，就是自觉或者不自觉地将当代云南民族文学视为云南文学的组成部分，纳入云南文学整体中进行考察，形成云南文学整体观念，反过来又以这

---

① 马绍玺：《在他者的视域中——全球化时代的少数民族诗歌》，社会科学文献出版社，2007，第 28 页。

② 于坚："序一"，载马绍玺《在他者的视域中——全球化时代的少数民族诗歌》，社会科学文献出版社，2007，第 3 页。

种整体观念替代了当代云南民族文学。这种整体性的"云南文学"观念有利于对区域化多民族的云南文学进行宏观研究，找到它的普遍性发展规律，进而全面把握它的总体价值倾向，厘清它的历史流变沿革，并确定它在民族国家文学格局和文化格局中的地位，使当代云南民族文学的存在价值在这个大过程思辨中得到自然呈现，避免了理解和把握上的琐屑散杂。应该说，在当代云南文学研究中这种整体思维确实发挥了较大的推动作用。在它常常使用的"世界的"或者"中国的"显在尺度下面，总是易于发现云南文学，特别是云南民族文学的不足，这就易于激发紧迫感和创新渴求。宋家宏、蔡毅、李骞等批评家较多具有这种整体意识，我自己所进行的云南文学研究，也不自觉地采取了这一视角。2008 年我出版《滇东文学：历史与个案》①，主旨也在于把云南东部的作家纳入云南文学历史流程和整体格局中进行认识。在整体性思维支配的研究中，常常出现"云南文学""二十世纪云南文学""云南文学五十年""回顾与前瞻""发展历程"等总体性概念。与之相伴的是文学史意识。立足整体，必看其流变，一般而言，文学史意识就会自然而然产生。宋家宏在其《二十世纪云南文学思考》（上下）② 长文中，回忆性地梳理了 20 世纪以来的云南文学历程，所论溯及艾芜、沈从文、闻一多、穆旦、冯牧等现当代文学大家对云南文学的贡献；李骞在《回顾与前瞻：云南文学 50 年》中对 50 年代的云南文学有细致的梳理和赞誉："如果我们把五十年代的云南文学放在整个中国 20 世纪五十年代

---

① 张永刚：《滇东文学：历史与个案》，云南人民出版社，2008。
② 宋家宏：《二十世纪云南文学思考》（上下），《玉溪师专学报》1996 年第 1 期。

的文学中去辨析比较，便有理由相信，无论从作品的数量、质量，从作品的影响、作家阵容的组成，都远远超出其他省市。"① 没有宏观视野就难以形成这样的判断；李骞具有文学史意识的梳理还延及90年代云南的彝族作家群和哈尼族作家群。由于有了较为开阔的视域，加之具有艺术审美思路，李骞的论述中充满了规律性的见解。

由于坚持了整体性思维和文学史意识，这个研究倾向中还体现了十分明显的"云南文学批评"自觉，蔡毅、宋家宏、李骞等对此都有许多反思。蔡毅在《云南文学评论现状透视》中对云南文学批评状况作了细致分析，其中充满了忧虑与期望，对批评队伍建设和批评价值追求提出了建设性意见。② 我们知道，文学批评永远都是文学创作的整体构成因素，对云南文学批评的重视，肯定是云南文学研究极有价值的层面，它对云南民族文学研究的影响是全方位的，也是更为深远的。

综观当代云南民族文学研究，其理论进程伴随着当代云南民族文学创作发展，一定程度发挥了阐释和导引作用，收获是巨大的。但是我们也必须看到当代云南民族文学研究还有许多有待解决的问题，其自身定位、观念和方法、所追求的理论目标都需要有更多的自觉。云南文学的优势在于它的多民族状态所体现的多民族特色。即使是20世纪50年代，云南文学的辉煌之中也闪耀多民族特色的光彩；汉族作家的创作往往也因为植根于少数民族生活的丰富养分之中而得到滋育。这是云南这块多民族聚居的土地对云南文学的慷慨赐予。但当代云南文学

---

① 李骞：《回顾与前瞻：云南文学50年》，《边疆文学》2002年第5期，第66页。
② 蔡毅：《云南文学评论现状透视》，《民族艺术研究》2005年第1期，第15～23页。

批评在许多重要时刻和重要环节，却过多放弃了这个丰厚的资源和可能具有的理论提升之力。作家的民族身份被有意或无意淡化，民族作家的独特感受和敏锐心灵所具有的文学价值得不到细致体察和理论放大，民族文学原创中的粗糙度、草根性所具有的理论启示意义和建构之力或多或少被忽视。换言之，当代云南多民族文学创作的精华被深受主流化精英化影响的理论之筛过滤掉，结果云南文学的总体价值也必然因为云南民族文学的价值流失而减少了分量。这不能不说是当代云南文学研究的一个重要缺失。这个缺失是观念的，也是实践的。如果说当代云南文学研究已经所做甚多，但仍然让人感到单薄单一是一个明显事实，那么缺少对多民族文学价值的进一步发现与理论提升，正是它的导因所在。

省外的研究与贡献

在国内其他地方，被云南本土理论家一定程度忽视的当代云南民族文学的民族价值却得到了某种肯定与弘扬，它从外部影响了当代云南文学研究，因而也成为当代云南文学研究理论进程的组成部分。并且，它对当代云南文学研究的推进作用与贡献是巨大的。

国内优秀的民族文学理论家，其开阔的研究视野和观念，呼应着全球化背景下对抗趋同性文化倾向的国际多元文化理论，对民族文学的民族价值有着更为广泛的切入。刘大先在《边缘的崛起——族裔批评、生态女性主义、口头诗学对于少数民族文学研究的意义》一文中通过"介绍族裔批评、生态女性主义、口头诗学等几种比较而言更切近少数民族文学批评的文学理论，探讨它们对于我国当代少数民族文学批评的意义"①。应该说，他所提到的美国这些极富区域和族群意义并且同样处于理论边缘化状态的文学批评理论，对我们形成民族文学研究新视点和新思路具有积极的影响力量。人们对国外理论的借鉴缘起于对国内民族文学研究现状的困惑，在这方面，应该提及的是李晓峰《中国当代少数民族文学创作与批评现状的思考》②、姚新勇《萎靡的民族文学批评》③、刘大先《当代少数民族文学批评：反思与重建》④ 等，它们对民族文学研究状态进行了深入的反思，其启示意义是很大的。但客观地说，这些文章充满思想的敏锐但亦隐含观念的偏激。最具建设性的工作以及对当代云南文学研究具有直接启发与指导性的研究出自王平凡、关纪新、朝戈金、李鸿然、张直心、王希恩、陈思和、丁帆、汤晓青、尹虎斌等学者，他们对中国少数民族文学的整体性、宏观化研究，以及对新的民族文学价值观的塑造，在我对当代云南民族文学研究的梳理中时时给我以启发。陈思和主编的《中国当代文学史教程》⑤ 专辟 "多民族文学的民间精神" 一章，这是传统文学观念和文学史观念转变的一种端倪；丁帆主编的《中国西部现代文学史》⑥ 则充满了对西部少数民族文学创作的肯定。

---

① 刘大先：《边缘的崛起——族裔批评、生态女性主义、口头诗学对于少数民族文学研究的意义》，《民族文学》2006 年第 4 期。

② 李晓峰：《中国当代少数民族文学创作与批评现状的思考》，《民族文学研究》2003 年第 1 期。

③ 姚新勇：《萎靡的民族文学批评》，《西南民族大学学报》2004 年第 8 期。

④ 刘大先：《当代少数民族文学批评：反思与重建》，《文艺理论研究》2005 年第 2 期。

⑤ 陈思和主编《中国当代文学史教程》，复旦大学出版社，1999。

⑥ 丁帆主编《中国西部现代文学史》，人民文学出版社，2004。

除了这些背景性的、观念上的影响之外，十分可贵的是，一些学者还从不同角度直接参与了云南民族文学的研究，取得了引人关注的成果。在这里我们仅以关纪新、朝戈金、李鸿然、张直心先生的相关研究为例略作概要说明。

关纪新先生在《中国少数民族文学五十年经典文库·理论评论卷》① 中对云南现当代少数民族作家阵营和创作成就的梳理，达到十分细致而全面的程度；他还与朝戈金一起著有《多重选择的世界——当代少数民族作家文学的理论描述》②，主编了《20 世纪中华各民族文学关系研究》③，两部著作对云南民族文学创作多有涉及；尤为重要的是，他关于中华多民族文学的总体观念对当代云南文学研究中存在的忽视区域特色和民族价值的倾向具有矫正作用；在全球化趋同性日炽的当代社会，他强调"中华多民族的文学之路，将在人们的眼前继续延伸。现在，21 世纪已经来临，肩负着民族文化神圣使命的我们祖国各个民族文学家，将要亲手建设的，正是这样一个更加令人骄傲的、各民族文学交流互动的新世纪"④。从这样的角度进一步理解、反思当代云南民族文学研究，我们的目标和价值选择会变得更为明确。与关纪新先生所做相类，李鸿然先生在其洋洋一百余万言的巨著《中国当代少数民族文学史论》中对云南少数民族作家李乔、晓雪、张长、康朗英、康朗甩、波玉温、木丽春、牛相奎、栗原小荻、张昆华、普飞、杨苏、那家

---

① 关纪新：《中国少数民族文学五十年经典文库·理论评论卷》，云南人民出版社，1999。
② 关纪新、朝戈金：《多重选择的世界——当代少数民族作家文学的理论描述》，中央民族大学出版社，1999。
③ 关纪新：《20 世纪中华各民族文学关系研究》，民族出版社，2006。
④ 关纪新：《20 世纪中华各民族文学关系研究》，民族出版社，2006，绪论第 6 页。

伦、景宜等所作的专章论述①，使当代云南民族文学的光彩在中国少数民族文学史中留下了鲜亮的印迹。在云南少数民族文学研究中辛勤耕耘的还有张直心先生，他的《边地梦寻——一种边缘文学经验与文化记忆的探勘》② 这本著作是云南民族文学研究专著。该著作深入探讨了 20 世纪 80 年代以来云南少数民族的小说创作，从董秀英（佤族）、存文学（哈尼族）、马宝康（回族）、娜朵（拉祜族）、黄雁（哈尼族）、哥布（哈尼族）、曹先强（阿昌族）、陈建华（傣族）、李必雨（苗族）、张焰锋（白族）、景宜（白族）、司仙华（傈僳族）等到摩梭人查拉独几，几十位少数民族作家都在这本充满了个案研究和体验性感受的著作里进行了细致阐述，作者的研究具有现当代文化研究的新视点，独到之论随处可见。更为可贵的是，作为一个在云南生活了几十年又离开云南的学者，"作者带着他全部青春与生命与审美的体验感受，和一个进入成熟年龄学人的充满理性与先锐的思考，深深触摸了生活于西南边陲大山中那些神奇民族的灵魂"，"拉长焦距上下探究的宽广视野，增强了自己于研究对象历史考察的纵深，给予云南少数民族群体文学的观察透视以一种深厚的历史感"③。可以肯定，孙玉石先生的这种评价是恰当的。张直心的《边地梦寻》确实是云南当代少数民族文学研究的精品，是省外理论家对当代云南民族文学研究的重要贡献。它连同上述各位学者的成就，从一

---

① 李鸿然：《中国当代少数民族文学史论》，云南教育出版社，2004。
② 张直心：《边地梦寻——一种边缘文学经验与文化记忆的探勘》，人民文学出版社，2006。
③ 孙玉石：《云南少数民族文学的"画梦录"》，载张直心《边地梦寻——一种边缘文学经验与文化记忆的探勘》，人民文学出版社，2006，序第 3 页。

个侧面，标志着对当代云南民族文学研究理论进程所形成的新的推进与贡献。

发展方向及理论设想

梳理云南省内外当代云南民族文学研究的基本状况之后，不难看出，当代云南民族文学研究"从边缘到中心"的理论进程既是一个实践过程，但更多的又应该是一种理论诉求和方法探寻。就前者而言，当代云南民族文学研究确实经历了从无到有、从分散到相对集中、从观念含混到逐步明晰、从方法单一到逐步多样化这样一系列变化，不断增加的成果有力显示了边缘化弱势民族文学批评的成长壮大过程，以及在主流话语中心逐步获得的某些文化关注。但是不可否认的是，这个理论进程所取得的成果尚不丰硕，甚至相对于它的研究对象即云南当代民族文学创作的丰富多样而言，它也是较为单一和单薄的。对于被主流社会文化所忽视或遮蔽的少数民族文学的存在权利和应有价值，它发出了呼吁之声，但这个声音还不够响亮，甚至不够明确。肯定地说，它还处在理论进程的路上。因此我们愿意将当代云南民族文学研究从边缘到中心的理论进程，更多地视为一种理论诉求和方法探寻。更有必要和更有意义的工作在于对当代云南民族文学研究的理论目的和理论路径形成更为明确的认识，以达到新的理论自觉，为现代性和后现代性背景下云南民族文学创作和民族文学理论自身的发展提供更加有力的推动力量。为此，必须仔细思考以下一些问题。

首先，是当代云南民族文学研究的理论定位问题。要对文学研究本身而不是文学创作现象进行理论定位是一件更为繁难的工作。它取决于它所依傍的文学创作的方向、特点及成熟程度（在这点上所幸的是云南民族文学确实具有较为丰厚的积淀和民族特点，可以为这种研究提供支持），更取决于理论观念的提升和理论思维的变化。为此，我们必须追问云南当代民族文学研究是否构成了足以在中国当代文学整体状态中自立的价值，有无足以自立的哲学和美学思想基础，它将在何种观念和思维中处理包括汉民族作家在内的当代云南多民族文学的丰富世界，能否形成民族色彩浓郁的流派化理论言说……更进一步，在全球化背景之下，它将如何应对文化与文学环境的发展与变化，在实践层面如何显示理论的拓展与建构之力，等等。可以肯定，这是当前云南民族文学研究所应关注和解决的重要问题。

其次，要研究当代云南民族文学中浸润的云南多民族意识与主流意识的基本关系，这是寻求民族文学价值的必由之途。纵观中国当代文学理论发展历程，长期以来，主流意识的强化使人们宏观上一定程度忽视了少数民族文学的理论研究，也忽视了体现出丰富的民族文化特色的特定区域（特别是边疆地区）文学的民族深层意识研究，所谓云南民族文学其实并未进入主流文学研究视野之中。具体到文学实践层面，云南当代民族文学又处于弱势地位，更多时候甚至是被主流学术观念歧视的地位，人们看不到（或者不愿意看到）这一特定区域的文学所蕴含的内在价值，看不到它所充盈着的丰富的多民族意识，它在中华文化的现代进程中所面临与承受的更为艰难、更为复杂但也更具研究价值的选择。人们对待云南当代民族文学研究，实际上也是持一种边缘化的、低起点的看法，甚至视之为自言自语。此外，由于云南本土理论家不具地缘优势，研究成果难以流布广泛，许多时候甚至自生自灭，得不到充分的关注与认同。因此，从云南民族文学入手，将当代云南民族文学作为一个丰富的世界而不是一系列抽象的符号看待，寻找其与主流意识之间的构成关系，在理论的对象身上获得理论话语的力量资源，对于推进云南民族文学创作和云南民族文学研究改变边缘弱势地位，有着较为开阔的空间。

最后，从文学理论的本土资源角度，重点研究云南民族文学理论追求和理论成果与中国文学理论本土资源的构成问题，在学理意义上找到弘扬云南民族文学和云南民族文学研究的合理性与合法性依据，这应该成为当代云南民族文学研究的理论目标。在 20 世纪中国现当代文学整体形态确立过程中，精英文学与主流文学扮演着主要角色。作为一个幅员辽阔的统一的多民族国家，民族文学的多样性被有效吸纳为构成这个整体形态的有用成分，但其独特价值往往被忽视。与此相适应的现当代文学研究，自然也是精英视点与主流意识交互掌控的世界。尤其应该注意的是，由于研究中较多地援引了西方文学理论的原理性阐述，套用其理论思维与方法，民族文学的多样性又不断地被技术化过滤掉。尤其是地处边疆的少数民族文学，在主流化的研究中往往被刻板的印象所左右，人们用简约的文化符号和抽象理解替代了它原本鲜活生动、意蕴深刻的内涵。中国文学的原创成分，在所谓世界性尺度的比量下或多或少排斥了广大而多样的地理环境造就的丰富因素。或者说，人们更看重文学的思想层面，而将滋育这些思想的多样化文化土壤逐出了视野。这种状态由来已久，似乎已习以为常。然而文学的成长很多时候并不仅仅服从于这种舍本求末的理念，无论从文学的哲学根源还是心理动因来看，丰富多彩的生活世界所提供的多样性与个性化方式永远是文学发展的内在力量，文化在其起点上永远都是"地方"的文化，地域规范、生活约定总会展示出它奇特而绚丽的艺术魅力。忽视了文学地方经验的文学理论必然带着残缺与空洞。因此，从文学理论角度而不仅仅是创作角度审视云南民族文学中所包容着的丰富的地域因素和地方经验，可以为云南民族文学研究提供理论建设的合法性学理支持，也可以为中国当代文学理论摆脱严重的西化倾向，获得更多的中国化本土化特色和话语权力提供理论资源。

当然，通过当代云南民族文学的研究寻找地方文学经验在中国文学理论建设中所应具有的积极作用，从而为中国当代文学理论在现代性潮流中亦能追寻本土化民族化方向积累某些资源和经验，这是一个具有难度的大课题。对它的涉及与深入，必须在文学理论建设的大体系大背景下进行。要达到我们的理论目的，必须注意避免简单的二元对立思路的重要性，雅克·拉康（Jacques Lacan）曾说，主体不是通过自身而是通过与他人的同一而形成的。① 在当代云南民族文学研究中其实同样存在少数民族文学批评要通过与主流汉语文学批评的同一和相容才能形成自己的主体性建构这一问题。因此，将思考植入云南民族文学与中国主流文学及多民族文学的关系中，乃是当代云南民族文学研究取得更大成就并实现由边缘到中心发展，获得更多话语资格和建构力量的正确之路。

---

① 〔法〕雅克·拉康：《拉康选集》，褚孝泉译，上海三联书店，2001，第90页。

二　富有特色的研究

丰富的研究状态

长期以来，云南民族文学被视为一种边缘化写作，与主流文学观念下的文学大相异趣，它的艺术水平与价值时时受到忽视或怀疑。这与中国少数民族文学的整体际遇是一致的，"提及各少数民族的文学，人们往往被刻板的印象所左右，用简约表象的文化符号替代了原本鲜活生动、意蕴深刻的内涵"①。这种观念由来已久，深深影响着人们对少数民族文学的理解。这是合理的吗？今天有多种迹象表明，这是主流文学观念作用下形成的一种整体性"误读"。作为幅员辽阔的统一的多民族国家，中国现当代文学应该具有更为多样的内涵和更为广泛的外延。事实确实如此，当我们变换一下角度，不仅仅使用20世纪以来所形成的精英文学标准和主流文学思维考察少数民族文学创作，我们就会发现，这是一个丰富多彩的绚烂世界，它带着粗糙的硬度，隐含原创的成分，有许多我们并不熟悉的意义和审美价值。可以肯定，对它进行深入研究，可以获得当代文学理论中国化、民族化的某些启示和支持。因此，多民族文学世界正是我们进行文学理论建构和创新所需要的理论沃土。

但也有种种迹象表明，这个观念与视角的转换是艰难的。就云南文学而言，纵观20世纪以来的现当代文学评论，甚至包

① 刘大先：《从想象的异域到多元的地图》，http：//www.chinananren.com，2006 - 8 - 7 10：46：06。

括新时期的文学评论，受主流文学和精英文学观念的影响十分明显，即使云南本土的文学评论家似乎也在刻意回避以少数民族的文化方式理解他们的作品，因此难有新的意义领悟和价值发现。倒是在云南文学评论与民俗研究的边缘地带，始终存在一种并不纯化（或专门化）的少数民族文学研究，它采取了文化研究的思路与方法，为云南民族文学意义的发现和弘扬提供了一条重要的追寻之路。了解这种追寻可以帮助我们更多认识云南多民族文学所具有的理论价值，使我们的理解思路更多回归民族文学价值原点。

可以说，自20世纪以来的云南民族文学研究，在很大程度上是云南少数民族文化研究的组成部分，或者说它融会在民族文化研究之中，是多民族文化观点的见证或多民族风俗的补充，民族文学研究的独立价值并未充分体现出来。但这并不意味着当代云南民族文学研究的"不入道"和粗浅散乱，相反，这是走向深入的第一道阶梯。因为无论从社会学还是人类学角度观之，民族文学首先都是"民族的"文学，历来任何民族的想象世界往往都要在真实世界获得意义才有文化价值，越原始的越"少数"的民族越是这样。即使作为文学源头的神话，它的心灵色彩也要在经由生存形态的"祛魅"之后才会增加质感。可见民族文学往往是人们通向民族原始文化的一条充满选择性的路径。正如文化人类学家叶舒宪所说："西方学术界对神话的认识，在18—19世纪，是以维柯的'诗性智慧'（poetic wisdom）说为代表的时代，也反映了浪漫主义幻想的复归文学原点之需要。到了20世纪，比较的眼界从欧洲中心论拓展到真正的世界范围，所谓世界各地'原始人'的神话第一次获得可以同希腊罗马神话相提并论的地位。……进入 21 世纪，神话对于我们人类的最重要的贡献将是其所蕴涵的丰富的生态智慧。我们完全有理由把它看成是一笔长久被文明人所忽略的宝贵的思想资源，一种对今人也具有重要教训意义的超前智慧。"① 这种定型化的具有普遍性的神话解读方式，有选择有目的地将神话的文学意义还原为生存意义和思想资源，并赋予了不同时代的自然内涵和伦理内涵，这既是神话价值的削弱又是其价值的加强。但无论如何，这种做法所提示的是一种关于民族文学研究的方法和思路，它要求民族文学研究必须与民族文化研究相融会，并从文化研究中获得理解的理论支点和理解的宽阔领域，这种民族文学研究才可形成厚重感与持久力。神话在列维·斯特劳斯的"理论人类学"中所具有的重大作用也证实了这种融会的意义所在。斯特劳斯依据神话文本的内在结构解读回答了许多需要烦琐的田野考察才能回答的人类学问题，这似乎也说明神话的文学价值确实植根在非文学的文化意义深处。因此，广泛的云南民族神话乃至整个云南民族文化研究对于民族文学研究的铺垫性作用变得相当重要，当代云南民族文学研究正是得力于丰富的云南民族文化研究提供的深厚基础与成果才具有了底蕴。似乎可以这样说，对于云南文学研究，人们的研究想象力与关注兴奋点大都源自各种各样的文化观念、文化现象，当然，同时也归结于这些文化观念和文化现象。这应当视为当代云南文学研究的极富价值的理论起点。

在这个文化色彩极浓的当代云南民族文化研究领域，云南

---

① 叶舒宪：《神话意象》，北京大学出版社，2007，第 169 页。

学者的成就是厚实而富有特点的。首先体现在这个研究阵营队伍庞大，汇集着许多有影响的学者，研究领域十分开阔。比如郭家骥、史军超、王亚南、高发元、张文勋、瞿明安、邓启耀、何明、和少英、纳麒、陈国新、陈庆德、吕昭河、王文光、蔡毅、王四代、施惟达、段炳昌、黄光成、黄泽、李子贤、冉隆中、张晓辉、周平、崔运武、尹绍亭、陈友康、李骞、王卫东、宋家宏、马绍玺、胡立耘、牛军以及英年早逝的萧亮中等（由于阅读所限，未能尽列所有理论家）先生，他们对云南民族文化的研究各臻其妙，或以云南民族问题和文化生态为起点，或以其为旨归，研究视野涉及少数民族文化史、少数民族人口与社会发展、民族关系史、民族传统文化与现代化、马克思主义民族理论与政策、民俗艺术学、少数民族艺术史、民族文化与少数民族艺术理论等领域，既富历史意义又有时代特征，客观上促成了当代云南民族文学研究意味深长的大背景，在观念与材料上的支撑作用都同样巨大。

鲜明的地域特色

当代云南民族文化研究具有十分鲜明的云南地方色彩，充满着云南独有的自然生态、民俗风情与历史特色。概言之，它的"滇味"浓郁，其独特深入的学术见解带着云南原生态民族文化意味，其研究往往影响广泛，甚至远播异域。因为上述学者大都具有云南本土身份，长期置身富有特色的云南民族氛围之中，有着田野考察的便利和融入对象、感受理解的独特角度与悟性，其理论的原初性、"在场"性、真实性必然加强。现在，在新的倡导下，"滇学"方兴未艾。据报道首届滇学学术研讨会 2008 年 8 月在玉溪市江川县召开，滇学依托云南厚重的历史文化和丰富而又独特的学术资源，是一门沟通历史与现实、探寻文明起源、分析社会变迁、揭示未来发展的综合性学科。①滇文化的古老意蕴正在以当代学术方式进一步和云南文学创作及其理论研究形成新的关联与互动。因此，它必然要成为我们梳理云南文学研究不可忽视的丰富前提和理论沃土。

云南多民族独特的审美形态和艺术追求，以及在此基础之上促成的云南民族文学风格的研究，对当代云南民族文学研究具有重要的铺垫作用。在这方面较有影响的著作有张文勋、施惟达、段炳昌等的《滇文化与民族审美》（云南大学出版社，1992）；蔡毅的《幻想的太阳：民族宗教与文学》（云南人民出版社，1992）；傅光宇的《云南民族文学与东南亚》（云南大学出版社，1999）；李子贤主编，李子贤、秦加华、傅光宇、李从宗等著的《多元文化与民族文学——中国西南少数民族文学的比较研究》（云南教育出版社，2001）；牛军的《云南少数民族宗教文化与审美》（中国社会科学出版社，2002）；王四代的《诗性的智慧——云南民族文学》（云南教育出版社，2000）；等等。严格地说，由于受研究对象和研究起点的限定，这些研究著作大都带有民俗考据和历史描述特点，并非针对当代云南文学创作和审美形态形成专论，其文本也多是原理性和概论性的。但它们的理解角度和研究成果中充盈着探幽发微的细致思路，同时又展示着比较思维的开阔，往往追求历史意识与当代视点结合，在民族文化背景下思考审美问题与文学问题，这就加大了它们的分量。

---

① 张巨成、任维东：《首届"滇学学术研讨会"召开》，《光明日报》2008 年 8 月 24 日，第 2 版。

也就是说，除了直接的理论成果之外，它还带着某些方法上的启示。比如《滇文化与民族审美》对滇文化圈中的各民族神话的论述，旨在突出地域神话或民族神话的不同特色。作为国家"八五"社会科学基金资助项目的"多元文化与民族文学——中国西南少数民族文学的比较研究"在这点上就更为突出，它"充分考虑中国西南边疆少数民族文学与少数民族文化的对应性，努力将各种独特的文学现象置于特定文化背景之上进行考察和透视，探寻文学与文化的内在联系和发展规律"；"力求在对中国西南少数民族文学作宏观把握的基础上，对某种独特的文学现象、文学样式进行微观研究，尽可能将宏观审视与深层开掘结合起来"。同时，还注意到了"半个世纪以来中国西南少数民族文学所经历的社会文化变迁，以及由此所引起的西南少数民族文学的种种变化，探讨西南少数民族文学的历史走向和演变规律"[①]。应该说这种较为主动的方法意识，增加了这部学术著作的理论价值，也标示了整个这类研究的理论追求和走向。

从当代云南文学研究角度观之，毫无疑问，上述文化研究是一个基础性工作，也是一个新的理论推进。它使我们寻找云南文学的本土价值和原创意味获得了一条可行之路，还暗合了20世纪中后期以来自西方开始流布的文学的文化研究思潮，以超前的实践证明了它的对象世界的丰富与多样，绚烂与深刻。肯定地说，它加深了云南文学研究的多民族特色和本土成分，彰显了云南多民族文学在当代文学理论建设中的应有价值，并充分回答了它们的来源和探索走向。

---

① 李子贤主编《多元文化与民族文学——中国西南少数民族文学的比较研究》，云南教育出版社，2001，后记，第442～443页。

三 地方化研究的价值

理论意义

作为文学理论实践视域的最底层，我想提及一些更为具体的文学状态，譬如"滇东文学""曲靖文学"等。

用"滇东文学"表达一种个人的理论视野，我并不是想特别强调我所选择的个案、我所作的文学文本与现象分析相对于滇东文学整体来说存在面上的差距，我必须为这些关于滇东文学的有限认识寻找合理性依据。我想谈论的是一些更具建设性的愿望或方法，以表明滇东文学在理论视域中的可能方式。

在文学的历时状态中，任何一个试图界定某种文学现象的范畴，几乎都会使相关的意义阐述显出狭隘，即使你选择了宏大的、全知全觉式的话语作为基本方式也不例外。伽达默尔认为，文学史方法论中起作用的是"效果史意识"，它注重的是个人历史经验分析，形成"问与答"的逻辑，被许多人看重的所谓文学的社会因素往往隐而不显。按我理解，被当作历史现象描述和总结的文学，只能是个人化的，甚至是个性化的存在。文学理论的科学性在文学史的任何梳理与写作之中均会受到挑战，它要么作为方法被运用，要么仅仅以观念的方式存在，使文学史成为"这样的"文学史。无论何种方式，其实并不会增添文学作品的价值砝码。罗伯特·姚斯意识到了这种挑战，他说："包含在一部作品的影响之中的是在作品的消费中以及在作品自身中完成的东西。"① 也就是说，一个文学研究者，首先是一个读者，其价值判断的起点并不像人们通常认为的那样，是他的纯粹的主观意愿，而是由作品决定的审美接受，只有这种审美接受才会为阅读兴趣提供合理依据。即使在文学的普遍性意义研究中，也很难出现普遍性的阅读。因此，可以肯定，只有作品本身才构成某一种具有现实意义的文本研究的起点。

这使我意识到，任何人（包括我自己）所做的有关滇东文学的个案研究均可能具有文学的历史意义。文学理解的个人化状态中必然包含由作品本身连带着的时代、区域和具有普适性的某种审美共通性，它们具有召唤约定和认同其他约定的构建之力，而不是纯理论范畴那种冷静的排他性。当然，一些人可能会"极为自然"地追问，什么是"滇东文学"？它在理论上的合法性和在现实中的可能性状态如何？在这些人的经验感受里，有着看上去十分理性的逻辑，即必须首先有一个"滇东文学"的存在，才会使那些有关它的历史叙述和个案分析获得逻辑起点。但是问题在于，由什么人来界定那个必须"先在"的总体性概念？它真有一个既成的内涵吗？它的边界又在哪里？什么样的概括才会准确涵容令人满意的"滇东文学"的众多现象？无疑，理论的锐性在这些问题中激发的将是无法摆脱的疑虑，结果，即使最初步的关于滇东文学的理论言说也可能会遭遇质疑。这是我们需要的状态吗？那种看似理性的思路能够把我们带上滇东文学的理论之路吗？结论当然是否定的。对于依然处在成长过程中的"滇东文学"，我认为个人化理解的价值肯

① 〔德〕H. R. 姚斯等：《接受美学与接受理论》，周宁、金远浦译，辽宁人民出版社，1987，第 23 页。

定超过了严格定义所具有的意义。因为前者追求的是使之不断丰富的活力，后者则会停留于某种历史状态，将滇东文学鲜活的生长点与延展性固化为某种停滞的成论。这样的理论结果，至少在今天，并不是十分必要的。

因此更进一步，我也不想为滇东文学的"历史"的准确性与完整过程寻找答案，虽然我使用了"历史"这个富有吸引力的词语。历史从来就是被叙述的历史，你想接近的历史真相，永远只会是一种预设的、观念的真相。为了追寻这种真相，我们可能将失去某些更为可贵的东西。知识的权力因素在这类行为中会显示出巨大的支配力量。"文学史不只是描述某一时期的作品反映出的一般历史过程"，它的更重要的使命是经由"文学演变"，实现跨越文学与历史之间、美学与历史知识之间的鸿沟。罗伯特·姚斯的这些认识，实际上已经暗示了我们应该做什么。除了作者和他的作品之外，没有什么东西能够跨越文学与历史之间、美学与历史知识之间的鸿沟。滇东文学自有其历史过程，但它在其亲历者或者研究者眼中，永远只是一些个案，或者现象。这些个案曾经在某个特定的"现实"中鲜活地存在，在时间之流中熠熠生辉，然后积淀，隐入历史深处。我们回溯这个过程，有意义的选择只能是：尽自己所能，捕捉它们闪烁的辉光，捡拾那些历史的碎片，逐步完成一种可能的叙述，使其鲜活的姿态得以在记忆之中有限地复现，而不是在逻辑的干燥状态中被拉长为所谓完整过程。只有这样，对于仍然在前进着的滇东文学，我们提供的才会是一种心灵的启示，而非理性的自足。

这种选择符合我对滇东文学的热爱，虽然更多时候，在我进行的文学的原理性研究中，我经常努力排除这类情感，以保持理解的深入性。但在这里我必须表明，这种感情恰好是支撑文学理论实践视域拓展的重要力量，是维系我进行深入思考的心理动力。我有幸出生并成长于云南东部这块土地，20 世纪 80 年代，在人所共知的写作热潮中，我被今天我们称为"滇东文学"的艺术氛围所吸引，被那个时代的激情所吸引，我写作并观察那些我熟悉的作者，我在思考他们的作品之时获得了提升自己的力量。今天，我把这些感受与理解尽量完整地呈现出来，使之保持着个案的鲜活与细腻，也许倒切合了我对滇东文学构成规律的认识：在没有完整的历史叙述之前，个案的存在肯定具有某种历史意味。我感到遗憾的只是不能更多、更充分地品读另外那些我同样熟悉、成就也同样骄人的滇东作家的作品，使我的个案选择和作品分析变得更为丰富，也使我的理论凝炼更为有力。

说到这里，我忽然意识到我表达的实际上是一种渴望。关于滇东文学，我并不是在完成一种结论性的工作，而是在开启一种建设性的意愿。在 21 世纪初期，审视我们走过的文学之路，"滇东文学"这一概念，无论在实践上还是在理论上，都是应该得到更多认同和赞扬的概念。这个美丽的云南东部，这个我们生活着的云南东部，给予了我们多少心灵的启迪和想象的灵韵！中国的第三大河流珠江，发源于沾益马雄山下；罗平美丽的地貌之中，万顷花海流光溢彩；林木葱郁、山势俊秀的翠山，静卧于曲靖城西，曾使徐霞客驻足流连……寥廓长天，辉映着滇东悠久的历史和文化，这里有古老的旧石器与新石器文化遗址，这里公元前 14 世纪就开始了稻作农业，五尺古道在秦代就将曲靖与内地连在一起，诸葛南征，修和孟获，历史的佳话从一个侧面把曲靖的重要定格在时光的镜像中，爨碑书法闪现瑰丽光彩，长久映照梦幻般的爨文化和我们的怀念之情；众多军事上的会盟与征战，经济上的耕作与冶炼，以及 20 世纪上半叶那次伟大的长征，都在这块神奇的土地上留下了辉煌的印迹。它们构成了滇东丰厚的历史画卷与人文精神。

20 世纪 80 年代以来，逐渐成长壮大的"滇东文学"，正是滇东自然与人文滋育的结果。它满含山水灵气，带着滇东特有的品格。它热情奔放又充满理性精神，它关注现实和历史又极富浪漫情怀。探索的先锋性和思想的敏锐犀利在它的许多作品里闪耀，某些重要时段，它甚至开风气之先，释放出巨大的活力与影响，在云南文学的整体构成中获得重要位置。可以自豪地说，多元多样的创作取向和丰富的艺术成就，鲜明的区域色彩和对区域意识的精神化超越，正在使滇东文学成为不能忽视的一种文学，一种真正属于"我们"的文学。在这个理论的思考与表达过程中，我感到我很难用一个简单化的价值标准框定它，也很难用一种统一的口吻叙述它。当然，这种困惑并未使我无所适从，我知道，在美学和文学理论领域，地方审美经验的存在实际上正是以无数具体的个别的现象体现出来的，牵强地统一了它们，也就终止了它们的活性与价值。在此意义上，可以说，如果我们在滇东文学面前已经感受到了知解力和概括力的困窘，那么，我们实际上已经进入了一种理论方式的逻辑力量之中，滇东文学的理性内蕴和存在价值正在开始浮现。

研究深化

位于云南东部的曲靖，被云贵高原的群峰簇拥。它悠久的历史与丰富的文化，见证了云南走向文明的足迹，同时也造就了刚毅坚卓、开阔兼容的滇东人文底蕴。在滇东的群峰之上，天高地阔，你几乎可以同时感受到大地深厚的承载和长天刚健的节律。这种心灵的启悟与滋育，成就了滇东所有属于心灵的东西，当然包含了它的文学。

2008 年，当我写作《滇东文学：历史与个案》这本书的时候，这种感受就逐步清晰地出现在我的思想里。20 世纪 80 年代初，曲靖文学迅速崛起，曲靖作家成为当时云南文坛上一个充满活力的群体。他们带着 80 年代特有的慷慨激昂与青春气息，一路前行，直至今天这个文学逐步边缘化的时代，仍以一种更为庞大和厚重的存在，显示了滇东高原群峰上的文学所具有的魅力。

当然，在没有这种整体审思的前提下，我们面对的只能是一些散杂现象，它甚至导致某种误读，以为曲靖文学的整体实力已经散逸。的确，文学是需要花絮与喧哗装点的世界，当人们以地域观念为基点来谈论云南文学的时候，其潜在心态其实是用排序方法代替深入的文学理解，在这种情况下，浮现于表面的光彩往往加大了自己的分量，并起着举足轻重的作用。

但这并不是文学的全部，文学的内在意义决定了它还有着超越这种简洁方式的理论需求。我坚信曲靖文学是具有深入阐释空间的文学，并且我认为已经到了对之进行深入反思和认真总结的时候。如果说 20 世纪 80 年代，曲靖文学曾经充满了思想、激情和群体观念，从而在艺术上获得了喜人收获，那么这种思想、情感和观念在今天到底显示了什么意义？在曲靖文学庞大的写作阵营之中，是否还保留着萌生于 80 年代，逐渐积淀、凝练而成的曲靖文学共同的理性精神？在趋同倾向日益明显的全球化时代，曾经十分清晰的滇东地域意识是否已经转化为文化资本价值并继续滋育曲靖作家的写作？新的时代已经拉开大幕并对文学提出新的诉求，曲靖文学又将怎样改变自己的选择，从而造就新的辉煌？……这些问题，几乎都具有决定大势的意义。换句话说，如果我们今天还要使用"曲靖文学""滇东文学"这类概念，那我们就绕不开这些问题。它们已经预设了当代曲靖文学的基本内涵和价值取向。

作为研究中国当代文学理论的人，这些问题对我产生了深深的吸引。我们生活在曲靖，曲靖文学的基本状态所形成的理论诉求具有鲜活的召唤效果。滇东雄奇的群峰和峡谷，红土地，这土地上激情澎湃的河流……不断在曲靖文学中通过心灵途径构成生命的居栖之所，或者生命的情感之源，成就了曲靖文学的丰富与大气。可以说，它使抽象乏味的理论演绎获得了某种久违了的来自文学现场的意味，与此同时，它唤醒了我们的一种责任，并为这种责任找到了实现的途径。

当我们深入曲靖作家作品之中，峰峦并峙的意象在我的思维中活跃，并使我对文学理论的地方资源和实践视域有了进一步理解。文学理论应该不断从鲜活的文学实践中获得启示以丰富其理论元素，只有走向文学实践的文学理论才具阐释的力量。即使十分区域化的文学，成长中的文学，也具有理论观照的价值。在此背景下，我们应该将我们所置身的滇东地区的文学纳入文学理论关注的视野。

四　城市文化与文学

由于艺术创作直接呈现了心灵状态，能将表现对象的有形特色内化为精神景致，因此城市的文学创作，往往成为城市精神文化积淀的见证，可以让我们窥见城市的文化风采，同时又可以构成城市文化建设的现实路径，将我们引向无形的精神领域，触及软性的城市文化魅力。

城市：想象中的世界

在探讨城市带来的辉煌和面临问题之时，我们发现，我们所能依赖的东西其实更多的是想象。城市就那样现实地存在着，就那样将我们包容其间，并不断扩展着它的内涵与外延，约翰·里德说："到 2030 年的时候，每三个人里将会有两个生活在城市。"对于这个庞大的存在物，我们肯定有许多具体的科学的手法探究它的方方面面，但实际上我们所做的，很大程度却出自想象，或者被想象所支配。

这看上去更像一种诗歌的表达而不是关于城市问题的思考。在某种意义上，城市与人们所喜爱的大自然一样，确实激发诗性，"汽车领我到高楼的墙角，高楼的地板映出我的身影，五颜六色的灯闪亮着，我的心已经空空荡荡"[1]。这是置身于城市但又并不认同和融入城市文化的心灵写照，出自云南边地一位青年诗人之手。我借它说明的是，不管你喜欢与否，城市都会直指心灵，同时打开你的想象。

这也就是对城市的评价历来毁誉参半的一个根源。不管城市被多少高楼、街区、林荫大道和霓虹灯装饰得美轮美奂，城市最可亲近的一面只会是它的个性，或者它的个性化存在。当

---

① 哥布：《母语》，云南民族出版社，1992，第 174 页。

然要使钢筋、水泥、石块的堆砌产生温情甚至生命的活力，有史以来尝试颇多却并不容易实现。许多时候，人们对城市的成就心照不宣，对它的负面却印象深刻。约翰·里德在回顾城市的历史状态时认为，城市给天才和暴君提供了激发他们雄心壮志的土壤，但同时更有成千上万人没有从城市中得到半点好处。"城市就是人类文明的明确产物。人类所有的成就和失败，都微缩进它的物质和社会结构。"刘易斯·芒福德在他极富理性的经典著作《城市发展史》（*The City in History*）中，十分详细地梳理了城市的起源、演变和前景，也不时地谴责城市，因为它帮助造成了不幸或是促使其居民做出任性而无用的决定。因此，里德写道，城市被定义为文明的产物，但是它们也是危险的寄生物，能够祸害远离其边界的广大地区。①

约翰·里德这本叫《城市》的书 2004 年在英国出版，2010年郝笑丛先生将它译为中文，由清华大学出版社出版。这部洋洋 30 余万字的著作被译者誉为堪与刘易斯·芒福德的《城市发展史》媲美，通过对最初的城市毁灭到现在的城市状况的系列研究，约翰·里德探索了城市如何联合、发展、兴盛，如何衰落和消亡，如何能够自我重建。里德还研究了城市与其周围乡村的寄生关系，城市赖以为生的贸易网络和外来移民，城市如何为居民提供食物和用水，如何处理排出的废物。他着力聚焦奥斯曼男爵对巴黎下水道的创造性，在此花费的笔墨一点也不逊于男爵的林荫大道规划，他对疾病和政府问题同样关注；在描述人类生活和建筑物上不分伯仲。总而言之，这是一次对城

---

① 〔英〕约翰·里德：《城市》，郝笑丛译，清华大学出版社，2010，第 8、343 页。

市为何以及曾经为何的全面探究。但最为动人的是，里德复活了城市。作为作家和摄影记者的里德，拥有伦敦大学学院（UCL）人类学系的荣誉研究学位，是皇家人类学研究院和皇家地理科学学院的成员。在他畅达的表达里充满了想象，因此城市是那样富有个性地呈现了它们的不同层面，它们的局限与不足正像它们的成就那样有着让人理解的空间。

城市并非天生存在，它像孩子一样长大，形成了不可遏制的活力，以及缺点。关于城市的产生，一般的观点认为，世界上第一个城市的出现仅仅是因为农夫们发现了一种增产粮食超过了自己需求的方法。但里德似乎更赞成这样的观念：城市首先出现，随后，出于对城市需求的积极反应，农业技术得以推进。在苏美尔地区的加泰土丘，这个被誉为"世界上第一个城市"的地方，里德想象性的描述复活了古老的城市生活（当然他运用了充分的史料），也为这个观点找到了依据。但我们也许会更看重他在此基础上的进一步表达：尽管城市一直是由周边地区的农业盈余维持着，但是它们却不是由其创造的。事实刚好相反，正是城市的建立，才刺激了农业的过剩生产。不是农夫，而是相关的手工艺人、商人和管理者组成平等的部落，同时在观念和物质表达两个方面，为城市和城市生活奠定了基础。这种认识具有启示性，现代社会的城市发展是否也体现了早期城市的这种功能与价值？这是值得深思的。发展中国家的大多数城市，由于城市机制及其运作链条的失衡，城市最朴素的带动作用难以保持并不断放大，城市转而成为依赖性资源消费的场所，它以攫取周边广大地区的养分成活，这类寄生城市在城市化进程中是一个危险的信号。

回顾历史，违背城市初衷的行为时有发生，因而即使那些最著名的城市在成长中也显现了粗鲁和尴尬。中世纪的伦敦在垃圾特别是人的排泄物的处理上就让人吃惊。据里德描述，伦敦城制定了关于处置垃圾的规章制度，但人们并不总是遵守或者严格执行。在 1349 年，国王爱德华三世亲自写信给伦敦市长，抱怨"白天黑夜都有污秽之物从房子里扔出来，在大街小巷里穿行的人们经常会被人的排泄物弄脏，城市的空气有毒，给过往人群带来极大危险……"。他因此命令城市和郊区净化所有气味，并且像古代一样保持清洁。这不单单是伦敦的情况，巴黎和米兰这些城市也遭遇了这类情形，以至于达·芬奇要在公共建筑中设计螺旋形楼梯，这样人们就不能在黑暗的拐角处小便了（因为人们通常在方形楼梯的平台上干这种事）。但是我们知道，垃圾以及城市所有废弃物的处理是城市永远的难题，与城市一道诞生，与食物、能源和水的供给一样重要，由于处理废弃物的工作肮脏复杂，往往低人一等，因此这些什物以及它们带着的问题在城市的暗处长久徘徊，考量着城市的文明程度，直至现代。今天，那些光鲜亮丽的城市有几个能够自信地宣称已经彻底干净？包括垃圾的处理以及与此相关的观念。这里不妨引述一段里德的原文：

> 从中世纪伦敦的污物处理问题到现代发达国家城市的杀菌清洁卫生，是一个漫长而艰难的过程，但是，这个进程还远没有像想象中的那么迅速和普及。例如，纽约市在 1986 年每天还仍然将未经处理的 7.5 亿升污水直接排入哈得孙河，排污口就在乔治·华盛顿桥的南边。到 1996 年，污水处理厂在清除百分之九十的有机物之后再排放。与此

同时，一份 1997 年的报告披露，中国只有不到百分之十的污水在排放到土地里作肥料之前接受过某些处理。（第252 页）

我们知道，受污染的河流和土地不仅属于城市，它们覆盖了更广的地区，城市把它的负面转嫁到了别处，同时也把一个技术问题转化为一个社会伦理问题，使城市面临道德的挑战。虽然时间已经进入 21 世纪，我们可以肯定这种状态依然存在，而且范围已大大扩展。在某些发展中的城市，甚至还保留着中世纪类似垃圾处理的"遗风"。的确，城市的问题是如此之多，在城市的现实世界中，城市负面效应和它的显赫成就一样更为直观。交通拥堵、住房压力、贫富差异、热岛现象、环境噪声、大气污染、水体污染……种种非宜居或不和谐现象使发展中的城市饱受诟病，引发诸多质疑，我们所居住的城市是否真的已让生活更加美好？

回答如果是否定的，那么必须找到更为积极的路径。想象在这里再次扮演了重要角色。在《城市》中，里德把这个通向未来的话题命名为"沉重的脚步"，并把它放在了该书的最后位置。"生活质量"成为该节关注的重点。里德引用了一个世界领先的人力资源顾问公司的年度报告所列的种种指标来说明问题。指标的范围很广，从一个国家的经济、政治、社会、文化及自然环境，到气候、住房、公共服务、交通、医疗和卫生设施、学校、犯罪率、审查制度、消费品的适用性，还有餐馆的大体水准及休闲娱乐活动等，共 39 项关键的决定因素。我们看到，在这些因素中，不同的城市有着不同的价值侧重和处理方式，有的达到了很高层次，有的却在低点徘徊。问题是人的期望与日俱增，即使是最完善的城市也存在着永无止境的困难，这些困难往往归结于整体性困惑与挑战，城市文明问题最终汇入了人类文明的长河，必须在更高的境界中才能解决。

比如环境问题，每一个城市都在改善自己的环境，但是种种努力似乎已经造成一种整体情形，那就是环境恶化、资源损耗、地球变暖、气候变化。在此背景下，里德发现，我们不断地遭到坏消息和阴沉预言的轰击：上升的海平面将要淹没成千上万的城市乃至国家；转基因的农作物将会永远改变植物界；森林正在消失；鱼类资源正在减少；动物、鸟类和昆虫种类正在灭绝；土壤被投毒；河流被污染；空气本身已不再适合呼吸；而且，当臭氧层变薄了，连太阳光也成了杀手。问题的关键在于，如果这些都已经成为确定无疑的事实，我们所能做的是什么？

芒福德曾寄托于共同信仰来解决过去城市存在的麻烦，里德则着眼于未来，表现出更多的宽容与乐观，因此也代表了我们的观点。他认为，即使是最有眼光的梦想家也不可能超越当时的知识局限，为未来做的规划也许符合当时对需求和增长的理解，但他们无法考虑到自发的适应、创造更新及技术改革所带来的后果。因此城市是一个永远充满了挑战的世界，创造与改变在这里有着无限宽广的需要和可行之途。这实际上正是人类文明进化的规律。"石器时代的结束不是因为没有了石头，而是因为某人发现了如何制造青铜。"

这种浪漫主义的想象使里德注意到中国的城市，虽然中国迅速发展的城市正在面临众多问题。里德认为，在中国，一个理想化的城市概念一直存在并且超越了物质现实。当然里德并没有说明这个在历史上发挥着重要作用的"理想化的城市概念”具有何种现实启发意义。这使我想到最近看到的另一本关于城市的书，这就是美国城市生态学家、城市设计师、作家理查德·瑞吉斯特的《生态城市——重建与自然平衡的城市》，只要注意它的副标题“重建与自然平衡的城市”就可以知道这是一部更具想象力的著作，它着眼于未来，试图以全新的方式“重建”更合于自然规律也更人性化的城市，这种生态化的城市设想令人鼓舞，而且他注意到了中国，并提出了富有吸引力的建议：“中国正处在大规模城市投资、建设和大规模改变自然与人类环境的关键时期。中国城市要么按照美国的‘汽车－城市蔓延－高速公路－石油’的模式去发展经济，重蹈美国破坏世界环境的覆辙；要么就必须利用这个人类历史的重要时机，正视汽车时代固有缺陷的挑战，选择一条可持续发展的新路。世界上没有哪个国家有中国这么多的人口和这么大的资源潜力去建设一个比当今工业化国家的城市好得多的生态城市。”① 无疑，这个建议中包含更加美好的想象，这其实也是中国城市化进程的美好期望。2010 年上海举办了世界城市博览会，这种想象得到证实。

“城市，让生活更美好”，这是上海世博会的主题。我认为它的鼓舞性作用以及成功的展出并非要在理念上校正人们对城市的看法，而是传达出一个共同的预期。上海世博会用人类在城市建设中所取得的成就表达了我们在城市化进程中所应该达到的目标。2010 年 10 月 6 日，在历史文化名城杭州举行了上海世博会“和谐城市与宜居生活”主题论坛，路甬祥先生在致辞

① 〔美〕理查德·瑞吉斯特：《生态城市——重建与自然平衡的城市》（修订版），王如松、于占杰译，社会科学文献出版社，2010，第 19 页。

中说，上海世博会"城市，让生活更美好"的主题，体现了人类对未来城市美好生活的共同向往和追求。上海世博会为世界城市多元文化和多元化的发展提供了相互交流的平台，展现了和谐城市和宜居生活的未来城市多彩多姿的范本。① 注意，路先生说的是"未来城市"多彩多姿的范本，如果说这正是上海世博会重要意义的深入概括，那么我确信我们再一次使用了想象。这个想象包含并强化了一种城市发展的新理念与新思路，那就是尊重城市多元文化，重视环境与城市和谐发展，创新，继承与借鉴人类城市文化的优秀成果等。无疑，这些主词的共同指向是未来，是我们正在行走的城市化道路和我们正在建设的城市，它们对我们如何有效避免城市发展史上的负面因素提供了想象的指引，并且，它们的诗性意味将城市文化与文学创作连在一起。在这种联系中形成的城市文化与文学表达，当然也将成为文学理论的实践沃土。

边疆城市文化

在具体层面，可以云南边疆的某些城市作为个案，来理解城市所具有的文化资源价值。

纵观城市发展史，从某个角度可以说，城市是攫取与消耗地方资源的最大场所。迅速发展的城市，甚至会迅速破坏它置身其中的自然环境和传统的人文环境。正如《城市》一书的作者约翰·里德所说，城市被定义为文明的产物，但是它们也是危险的寄生物，能够祸害远离其边界的广大地区。② 城市的这种

---

① 陈惟：《建设和谐城市　创造宜居生活》，《文汇报》2010年10月7日。
② 〔英〕约翰·里德：《城市》，郝笑丛译，清华大学出版社，2010，第8、343页。

负面效应将城市与地方资源的矛盾凸显出来，它引发我们思考：城市文化与地方资源到底应该保持怎样的关系，城市应该怎样尊重自然与人文传统，应该在何种意义上恰当地利用地方资源，使其文化构建既与地方资源相协调，又体现出新的发展活力，这是当前城市文化建设，特别是边疆城市文化建设所应充分重视的。

在城市建设的实践中有一种盲目的极端化的认识和行为存在，许多人认为，城市就是城市，作为社会发展的新现象，它充满了经济增长的活力，体现的是时代的"现代化"状态与特征，它将人越来越多地聚集在一起，用高楼和街区框定他们，用相同的生活方式显示其对生活的规范作用，并造就不可抗拒的宏大时尚；文化的多样性在这里几乎无一例外地被淹没，或者被加以整合，留下的只是趋同的价值与可以复制的模式。对长久存在的地方资源，它只有攫取而没有尊重的义务。这就注定了地方资源的劣势地位，它要么就范于强制的扭曲之力，要么被抛弃，逐步退出城市的空间和视野。城市因此获得了共性，并以此为荣，在达成一种更广泛的交流与沟通之时让世界扁平化。换句话说，当代城市的文化方向总是被强制性地规范为现代性的同质化趋势，而不是历史回味的多样性状态。

在理论意义上对这种认识进行否定并不是一件难事，关键是它具有实践强力。中国迅速推进的城市化历程正在不断为此做出例证，在这个过程中，十分明显而单纯的经济索求与可有可无的文化建设行为形成巨大反差。结果城市的弊端在钢筋水泥的蔓延中不断壮大不断显现，导致城市化必然带来文化沙漠而不是文化绿洲，城市因此可能最终失去自己的特色与风格，变成千篇一律的复制品。它从一个角度说明，城市化的显赫功利其实已被文化缺失的无可奈何所抵消。

种种迹象表明，城市化也正在以这种方式蚕食云南边疆丰富多彩的文化。与普遍规律相一致，在云南宏大的城市设计中，经济当然是一个优先考虑的因素。2010 年 5 月《滇中城市群规划修编（2009—2030）》在省住房和城乡建设厅主持的联席审查中获得通过，一个包括昆明、曲靖、玉溪、楚雄，总规划面积9.6 万平方公里的滇中城市群建设版图逐步浮出水面。这个滇中城市群建设规划按照"一核三极两环两轴"的空间结构体系，协同四州市发展，着力打造成西南地区产业密集区和经济增长极。根据规划，"一核"是指昆明城区及其周边紧密发展的昆明都市区，是滇中发展的核心区域，包括昆明主城区、呈贡新区、机场新区、海口、晋宁等；"三极"分别是指以曲靖、玉溪和楚雄及其周边紧密发展的三城都市区范围；"两环"是指连接滇中主要城市内、外环高速公路，配合滇中"核心圈层放射"的空间结构，构建以昆明为核心，联系昆明半小时经济圈和一小时经济圈的双环交通，内环加强安宁、嵩明、宜良、澄江、晋宁这些城市间的联系，外环加强区域内昆玉、昆曲、昆楚及其他城市间的联系；"两轴"是指滇中区域产业、城镇密集发展带状走廊。一为"中国—东南亚"发展轴，是东连接我国中部、东部经济发展地区，南连接东南亚各国的发展主轴；一为"亚欧"发展轴，是滇中出滇入海的重要轴线，即向东直通我国东南沿海港口，向西连接南亚并接通欧洲。[①] 这个城市发展规划体现的

---

① 云南省城乡规划设计研究院、云南省城乡规划评估中心、瑞士联邦理工大学：《滇中城市群规划修编（2009—2030）》，2010 年。

也正是云南省委、省政府关于滇中城市经济圈发展规划的核心内容。可以看出，边疆中小城市正在被一体化的经济发展格局加以整合，边疆文化的多样性将开始在城市经济的勃兴中为整体共性所取代。

事实上，边疆早已开始的城市化建设也已经将文化上的负面因素显现出来了。我们以滇中城市群的重要城市曲靖为例就可以明显看出。曲靖位处云南东部，自然资源丰富，历史文化悠久，在云南发展史上曾经占有重要地位。但进入近代以来，曲靖的文化发展远远滞后于经济发展速度，特别是近几年，经济社会发展加速，曲靖的经济总量已经位居全省第二，曲靖中心城市的人口及城市规模步入大城市行列，但曲靖城市的文化建设以及与此相关的软实力却没有相应跟上，曲靖缺少鲜明的城市文化形象，缺少有知名度的文化品牌，整个文化状态与其在云南省的经济地位不相符称，出现了"经济总量大市，文化产业小市；人口大市，体育小市"的"既大又小"现象。[1] 原因是明显的，长期以来，曲靖的城市建设都是以经济发展为中心进行设计规划，城区不断向外扩张，更多依赖于工业产业的引入，西片的工业园区就是一个典型。人们对城市的价值指向和如何建设城市文化等缺乏认识，没有形成具有滇东特色的城市文化理念，导致城市建设中模仿和复制现象比较普遍，结果是建筑雷同，街区没有风格，文化景观缺乏特色……整个城市与曲靖的历史文化和自然环境失去了紧密呼应与有机联系。

曲靖城市文化的状态表明，城市要发展，文化必须跟上，

---

① 岳跃生：《曲靖市会泽县商务局信息科采摘》，2011 年 1 月 17 日。

甚至可以说，城市的发展，应该在文化的整体理念下进行规划、设计，使城市化一开始就显现出更完美品格定位和更科学的实践追求。当然，这是一个具有挑战性的思路，会带来十分复杂而难以解决的问题，最后的解决方式也可能是多样化的。在此，我们想特别强调的是地方资源的运用问题，可以说，对于云南大大小小的边疆城市而言，运用好地方资源具有重大意义，"一个城市或许没有过于强大的经济力量，但如果有了文化品位的魅力，就能赢得人们的关注，从而在吸引人才、资金等发展资本的激烈竞争中夺得制高点"①。可见，边疆城市化进程应形成边疆的特点，化劣势为优势，如果实现了地方资源与边疆城市的文化的和谐建构，边疆城市将逐步体现出自己的文化风格，从而形成更大的发展潜力和发展空间。

所谓可以影响一个城市文化建设和文化发展的地方资源，我们认为，也就是城市所处区域在自然环境和历史文化传统共同作用下所形成的可资利用的文化建设资源，它主要包含两个基本方面，即可升华出人文价值的自然因素和体现历史积淀的人文因素。它们的作用无疑是巨大的，"城市作为人类生活的聚落，伴随着文明的演进而发展，地域赋予城市文化以基本色调，经过漫长的历史变迁，形成为城市文化的区域特征"②。因此，在睿智的城市设计者和城市文化建构者那里，地方资源都会得到充分的重视。刘易斯·芒福德在其著名的经典著作中就曾经论述道："对于地球和城市两者而言，区域规划的任务是使区域可以

---

① 《文化，成就一个城市的品位》，http://24.gzonline.net/Channel/content/2009/200909/20090925/14179.html。
② 柳中权：《"城市与人"的社会学叙事》，大连理工大学出版社，2010，第32页。

维持人类最丰富的文化类型，最充分地扩展人类生活，为各种类型的特征分布和人类情感提供一个家园。""为人类差异微妙的不同层次的感觉和价值，形成一个联系背景的栖息之地。"① 不难看出，芒福德充分注意到区域因素在城市规划中的意义并把它提升到一个情感与诗意的高度，使它的文化意味得以充分彰显出来。但是在我们的城市化过程中，极为不幸的是，由于过度追求现代城市意味，其规划往往是从取消区域特色开始的。

如何运用地方资源，不同的城市可以有不同的方式，但这些方式，应该体现出一些共同的关注和价值内涵，从而使具体城市的文化表达获得清晰的状态。概言之，这些共同关注与价值内涵会体现为以下一些诉求。首先就是要建构一个概括性的文化称谓对某个城市的文化状态进行统摄；其次要在多样化文化取向甚至芜杂的文化关系之中找到一个具有特色的凝聚点；再次，要有指向明确的文化载体，以表明或者固化这种文化诉求；最后，要让文化建设的成果得以留存，而不是时过境迁，不断散逸，不能形成有价值和有特色的文化积淀，这样城市文化才不至于始终处于飘移状态。可以肯定地说，这些诉求都可以在地方资源中的深入开掘和恰当运用中有所获得，并形成坚实的基础。

以曲靖为例。曲靖是云南最重要的城市之一，也是滇中城市群最重要的城市之一，探讨它的文化建设方式，可以使我们发现某些典型性因素，看到现实案例的明晰理路。可以作为曲靖城市文化建设重要基础因素的地方资源是什么？回答是"珠

---

① 〔美〕刘易斯·芒福德：《城市文化》，宋俊岭等译，中国建筑工业出版社，2008，第374页。

源文化"。换句话说，曲靖要在城市建设中充分利用地方资源，就必须注意到只属于曲靖的"珠源文化"，这是曲靖最大的地方资源。用好它，"珠源文化"可以成为曲靖概括性的城市文化称谓，也可以成为曲靖文化特色的凝聚点和文化载体，并最终使曲靖城市文化得以充分表达和留存下来。

所谓"珠源文化"，也就是长期以来围绕珠江源所形成的曲靖的地域与传统文化。曲靖地处云南东部，这里是珠江的源头、爨文化的故乡、云南现代师范教育发源地之一。可以说当代曲靖正是在曲靖的地域特点和传统文化中发展起来的。作为主动开展的文化建设行为，汇聚"珠源文化"，首先是理解与发掘"珠源文化"。也就是说，"珠源文化"应该作为曲靖城市的总体文化理念来追求和建构，逐步形成一种观念和表达，使人们清楚地看到，曲靖的城市文化，就是最充分体现"珠源文化"的文化；曲靖的文化魅力，正在于凝聚了"珠源文化"的精华。

珠江源是中国第二大河流之源①，是大自然给予曲靖的最显赫的自然和文化地标。"珠源文化"的基本内涵正在于"水"和"源"。"珠源文化"理念的建构，可以从"水"和"源"这两个方面展开。也就是说，"水"和"源"可以作为一种思维方式引领曲靖的文化发展，使我们找到文化建设的基本方式和启示。我们可以根据"水"与"源"的形象与特性，结合中国传统文化关于"水"与"源"的义化理解，提炼出与人的发展、城市的发展相关的一些基本要素和原则，化为曲靖文化建

---

① 中科院 2012 年 2 月 22 日发布信息：珠江长 2320 千米，流域面积 446768 平方千米，按流量为中国第二大河流，http：//times. clzg. cn/html/2012－02/24/content＿259981. htm。

设的积极因素，使曲靖的城市文化与自然相融，又体现出曲靖的人文精神，具有如水的纯粹、柔韧、包蕴和奔涌不息等特性。概括起来说，"千里珠江，源头起航，源远流长，自强不息"，这正是珠源文化给予曲靖城市最大的精神启示和象征意味。

将"珠源文化"作为重要文化理念进行建构，在实践层面上可以展开为三个不同的系列，形成其自然之源、人文之源和教育之源交相辉映的多种含义。或者说，作为城市文化凝聚点的珠源文化正是由自然之源、人文之源和教育之源等内蕴深厚的文化意义构成的。在这个框架之中，将曲靖的有形文化和无形文化建设进行分类整合，形成体系，既可获得表达的便利，又可产生深厚的意蕴，长期积淀，必然有利于曲靖城市文化建设形成地方或区域特色。

在实践层面上，作为曲靖城市文化总体理念的珠源文化，必须通过分类建构才会产生实际意义。具体而言，曲靖城市的整体布局、建筑、街区、文化景观乃至所有有形与无形的文化实体与行为，皆应尽量在"珠源文化"观念的统摄之下，找到切合文化理念的操作方式，形成明显特色。

首先，是展示自然之源的美丽。集珠江源之灵韵于城市，形成体现自然精华的景观，让无形的源流之思化为有形的行为启示，这是珠源文化建构的物化基础。在城市设施建设的自然题材方面，应注重突出山水景观乃文化载体的意义，加强对水的运用。独特的山水必有独特的情韵蕴藉其间。曲靖城市山水景观应以珠江之源做空间贯串，形成表达线索，源的萦绕流变，又可作为时间上的暗示，形成幽邃古老的历史脉络，将历史事件和自然环境组合起来。因此，必须在历史事件与特征性山水景观的处置中把握好真实性尺度，既体现历史真实与环境真实，又有虚构和创造，以形成总体气势和神韵为最高准则。切忌将曲靖各地的风景名胜平均地、孤立地、标签似地粘贴上去。如果不能突出总体构想，必须进行选择，进一步加工提炼，体现出创造色彩。

其次，要体现人文之源的魅力。人文是"珠源文化"的精神亮点，它预示着我们的城市文化从千百年来地方文化积淀的精髓中汲取了营养，并把这些精神要素融汇于城市文化建设的血脉之中。在城市设施建设的历史题材方面，应注重所选事迹的悠久、独特及文化推进作用。对曲靖的历史文化，应该始终突出它的开拓与趋新色彩。在曲靖这块土地上，有古老的旧石器与新石器文化遗址，公元前 14 世纪就开始了稻作农业，五尺道在秦代就把曲靖与内地紧紧联系在一起，诸葛亮南征将曲靖在经济、政治中的重要地位定格在历史的镜头中，从爨碑书法中闪现出来的瑰丽光彩把爨文化的神奇映照于时间的流程里，此后军事上的会盟与征战，经济上的开矿与冶铜，以及现代史上那次举世瞩目的长征，都在这块神奇的土地上留下了许多辉煌的史迹，构成曲靖开拓与进取的人文精神。这一切，应该固化在曲靖城市的现实世界里，成为曲靖城市文化的重要标志。

最后，要凸显教育之源的厚重，休现曲靖教育事业的源远流长，打造曲靖的文化名片。曲靖逐渐发展的现代教育有其深厚的文化源流，应该在曲靖的城市文化中得到体现。1907 年，曲靖开办了"师范传习所"，开启了曲靖师范教育的先河。1912 年，蔡锷下令增设师范学校；11 月初，民国云南省都督府教育司决定在曲靖设置省立第三师范学校……至今，曲靖已经形成了高等教育、中等职业教育和基础教育的齐头并进蓬勃发展的良好态势。在曲靖教育中成长起来的文化名人，如抗日名将王甲本将军、抗日战歌《在太行山上》的词作者桂涛先生、中国人民解放军总政治部前副秘书长徐文烈少将等，都应该在曲靖城市文化中获得应有的位置。围绕珠源文化，曲靖应开设珠源大讲坛，培育相关文化产业，创作文艺作品，重塑红色文化，重视城市文化研究，通过多种形式的文化活动，逐步打造自己的文化品牌，使珠源文化在曲靖的现实发展中发挥精神的启示与引领作用。

珠源之水明泽亮丽，珠源文化宽阔深厚。可以肯定，地方资源的运用将会使曲靖这个充满朝气的城市，内蕴不断充实，外延不断丰富，尽快形成明显的城市文化特色与持久的城市文化魅力。

曲靖的例子说明，汇聚地方资源打造城市文化特色，将地方独有的自然特色与传统人文资源加以发掘整合，使之成为城市文化建设的重要资源，在当前边疆城市文化建设中具有重大意义和现实可行性。在城市文化建构中，如果说我们已经知道特色与风格的重要，我们也已经知道特色与风格对区域自然与文化传统的依赖，那么，意义之中有没有负面因素？换言之，地方资源对城市的发展是否会形成另一种限制？是否会削弱城市文化的时代特色与趋新力量？对这些更具人文色彩的问题的关注，是我们在思考当前蓬勃发展的城市文化状态之时同样不能缺少的，否则我们将顾此失彼，无法走向圆满的文化境界。为此，我们必须坚持我们的态度，这个态度的基本起点始终是人的生存，无论人生活在乡村还是城市。有了这个基点，对所谓城市文化风格的理解与追求就有了人文色彩。就像有的学者所言，"我们坚持对风格的爱护和执着，并非文化保守主义，或是文化中心主义复活，因为我们内心很清楚，真实的文化目标是人类生活的意义价值，是生活的丰富性和我们在其中的安适感，我们没有放弃学习其他文化的权利责任，也珍惜自己的文化传统，但我们更注重有文化根基的新的文化劳动和创造"①。我们赞同这样的观点，并相信，只有在这个层面上，所谓地方资源与城市的文化建构，才会显示巨大而持久的力量。

---

① 陈宇飞：《城市文化概论》，文化艺术出版社，2008，第223页。

后　记

　　2013 年，当我完成《后现代与民族文学》一书的研究与写作，我感到这个艰难的理论历程使我获得了一个坚定的文学信念，并看到了一条更为清晰的学术路径。2014 年 1 月，《后现代与民族文学》由人民出版社出版的时候，我在后记中不无情感地写下了我对多民族文学世界的理解与尊重。我认为，中国作为一个幅员辽阔的统一的多民族国家，它的文学是一个丰富的世界——比我们习以为常的理解更为丰富的世界。在中国多民族文学世界之中发现它的价值，这是中国当代文学理论建设不能忽视的，让这些价值真正成为理论建构的元素更是当代文学理论建设所急需的，也是理论建树最具特色的部分。也就是说，我们应该肯定多民族多区域文学为当代文学理论的发展提供的巨大实践空间。这种信念强化了我对文学理论与文学实践关系的关注，可以说，我对文学理论实践过程的认识，正是在这个文学信念中不断深化、明晰起来的。这种认识，具体构成了本书撰写的基础和动力。

　　当然，学术的思路并不必然会让现实获得相应的明晰意义，对于我，2015 年可以说是一个纷扰与怅然的年头。一如既往的繁忙，似乎使我无暇他顾。我在这种心态中重新审视构成价值的许多事物，所幸生活中总有美好的东西等待心灵去感悟和珍惜。诗歌给了我这种可能。我在诗歌的世界里编织纯净的境界，并品味想象的无限意味，我的第三本诗集《飘动的云》在 2015年由中国文联出版社出版，这是一束最为明亮的光，将我的心照彻，并使我相信疲惫与嘈杂永远无法将美好的意愿掩饰，只要你真正渴望拥有它。文学是一盏灯，总是会在迷茫时刻让你看到希望。我知道我断断续续的写作已经让我体会到它给心灵和思想提供的力量，这也印证了理论层面关于文学价值的宏大言说。因此我愿意让我的思维回到文学现场，将文学理论的实践视域作为一个重要主题展示出来，并构成这本粗浅的著作，让它在这些纷芸的时光中面世。

此外，我的另一个希望是通过本书将我过去的研究和即将开始的研究联系起来，并提供某种思路上的启示，起到桥梁的作用。不久前，我获得教育部人文社会科学研究项目"后现代背景下中国少数民族文学研究的基本状态与价值"，这是在我已经完成的国家社科基金项目"西南边疆少数民族文学发展中后现代问题研究"基础上的深化研究。在新的项目里，显然，理论的实践过程已经成为研究的重要对象，研究观念和思路的确定需要我梳理过去所做的点滴探讨，并让它归结于一个正确的方向，那就是在对象世界和哲学意义两个层面上将文学理论的实践价值放大。我相信这会给我即将开始的研究带来益处。

无论如何，完成一项繁复的写作总是让人感到欣慰，我感谢在艰难时刻给予我热情帮助的同事和朋友，其中一些人与我长久合作，成为我各类团队中的重要成员，有些甚至参与了部分内容的研究工作。王炜在文学意识形态问题上，马继明在影视艺术亚文化形态构成方面，与我共同探讨，并完成了部分具体事项；张宝利、陈艳丽、荀利波总是以热情、积极的心态支持我的工作，为本书稿做了大量文字上的整理。在此，我对他们深表感谢！

在本书的出版过程中，我负责曲靖师范学院的云南省重点学科"中国语言文学"、云南省哲学社会科学创新团队"云南民族文化和文学理论研究创新团队"、国家特色专业"汉语言文学专业"等建设项目，本书的出版，得力于这些项目支持，也是这些项目的一个成果。2017年底，本书入选云南省哲学社会科学创新团队成果文库，这是对我的进一步激励。

感谢在我的学术成长过程中给予我帮助的所有师长、同事、亲人和朋友，你们的关心、帮助与爱，我已铭记于心，并永远珍惜！

张永刚

2017 年 12 月 17 日于曲靖西苑寓所改定

图书在版编目（CIP）数据

文学理论的实践视域 / 张永刚著. -- 北京：社会
科学文献出版社，2018.7
（云南省哲学社会科学创新团队成果文库）
ISBN 978 - 7 - 5201 - 2612 - 0

Ⅰ.①文…　Ⅱ.①张…　Ⅲ.①文学理论 - 理论研究
Ⅳ.①I0

中国版本图书馆 CIP 数据核字（2018）第 078989 号

·云南省哲学社会科学创新团队成果文库·

文学理论的实践视域

著　　者 / 张永刚

出 版 人 / 谢寿光
项目统筹 / 宋月华　袁卫华
责任编辑 / 袁卫华

出　　版 / 社会科学文献出版社·人文分社（010）59367215
　　　　　　地址：北京市北三环中路甲 29 号院华龙大厦　邮编：100029
　　　　　　网址：www. ssap. com. cn
发　　行 / 市场营销中心（010）59367081　59367018
印　　装 / 三河市东方印刷有限公司

规　　格 / 开　本：787mm×1092mm　1/16
　　　　　　印　张：18.75　字　数：206 千字
版　　次 / 2018 年 7 月第 1 版　2018 年 7 月第 1 次印刷
书　　号 / ISBN 978 - 7 - 5201 - 2612 - 0
定　　价 / 98.00 元

本书如有印装质量问题，请与读者服务中心（010 - 59367028）联系